DuMont's Kriminal-Bibliothek

John Ball (1911–1988), geboren in Schenectady, New York, arbeitete in einer Vielzahl von Berufen – Zirkusartist, Pilot, Musikkritiker, PR-Manager, Journalist etc. –, ehe er sich 1963 als freier Autor in Encino, Kalifornien niederließ. Schon sein erster Kriminalroman, »In der Hitze der Nacht«, fand nicht nur weithin Anerkennung und brachte ihm den Edgar-Award ein, sondern diente auch als Vorlage für den gleichnamigen Film mit Sidney Poitier und Rod Steiger, der 1967 den Oscar als bester Film erhielt. Von John Ball sind in der DuMont's Kriminal-Bibliothek bereits erschienen: »In der Hitze der Nacht« (Band 1064) und »Das Jadezimmer« (Band 1075).

Herausgegeben von Volker Neuhaus

John Ball

Die Augen des Buddha

DUMONT

Die Deutsche Bibliothek – CIP-Einheitsaufnahme

Ball, John:
Die Augen des Buddha/John Ball. [Aus dem Englischen von Franziska Wirth]. – Köln: DuMont, 1999
(DuMont's Kriminal-Bibliothek; 1081)
ISBN 3-7701-3834-1

Umschlagmotiv von Pellegrino Ritter
Aus dem Englischen von Franziska Wirth
Die der Übersetzung zugrundeliegende Originalausgabe erschien 1976 unter dem Titel *The Eyes of Buddha* bei Michael Joseph, London

Satz: Greiner & Reichel, Köln
Druck und Verarbeitung: Clausen & Bosse, Leck

Printed in Germany ISBN 3-7701-3834-1

Die Vorbereitungen zu diesem Buch wurden mir durch die uneingeschränkte Kooperationsbereitschaft der Polizei von Pasadena/Kalifornien, der Mr. Virgil Tibbs angehört, sehr erleichtert. Einschließlich Chief Robert H. McGowan standen mir Dutzende Mitglieder der Dienststelle in Pasadena mit Rat und Tat zur Seite. Ich möchte ihnen hiermit meinen herzlichsten Dank und meine Wertschätzung ausdrücken, vor allem jenen Polizeibeamten, mit denen ich in der Praxis arbeiten durfte.

Hochrangige technische Assistenz gewährte mir der Zahnarzt der Pathologie, Dr. Philip Peck.

Mit ständigem Rat und Hilfe standen mir Captain William Wilson, John Marshall, Ray Cockel und William Lewis aus Pasadena zur Seite, sowie das pathologische Institut von Los Angeles.

Mein Dank gilt weiterhin Mr. Tyler Tanaka, dem Vorsitzenden der Japan-Orient-Tours, durch dessen unübertroffene Versiertheit es mir möglich war, einige sehr abgelegene Reiseziele in Asien anzusteuern.

Zum Schluß möchte ich mich für die unendliche Geduld der Sergeanten Chris Hagerty, Jerry Ferguson und Agent Gary Bennett aus der Öffentlichkeitsabteilung der Polizei von Pasadena bedanken. Sie waren bereit, jedes Problem anzugehen, jede noch so banal erscheinende Frage zu beantworten und mir ihre volle Aufmerksamkeit zu schenken.

Gentlemen, meinen tiefempfundenen Dank.

John Ball

Erstes Kapitel

Von Zeit zu Zeit bringt die Stadt Pasadena selbst im Februar einen strahlenden Tag hervor. Dann zeigt sich die sagenhafte Schönheit Kaliforniens einmal mehr, und nicht einmal die häßlichen Freeways, die sich wie Narben durch die Landschaft ziehen, können die strenge Erhabenheit der San Gabriel Berge schmälern, die wenige Meilen nördlich des Stadtzentrums zum Himmel ragen. An solchen Tagen ist die Luft so glasklar und voller Frühlingsstimmung, daß Wanderlust aufkommt und schlafende Begierden erwachen.

Pfadfinderführer Bob Larson war von genau diesen Gefühlen erfüllt, als er seine Truppe gen Norden durch den Oak Grove Park in Richtung Turbinenhaus führte. In der näheren Umgebung war es fast unmöglich, richtige Wälder zu finden, aber das Gebiet nördlich des erschlossenen Parkteils war ein sehr geeigneter Ort für Pfadfinderbasisarbeit; es gab wenig Hinweise darauf, daß je eine Schaufel oder ein Bagger die Landschaft verunstaltet hätten; so ließen sich mit einigem Glück noch seltene wilde Tiere oder Pflanzen entdecken.

Die wenigen rostigen Dosen oder sonstigen Formen von Zivilisationsmüll, die dort gelegentlich zum Vorschein kamen, wurden, dank der unausgesprochenen Spielregeln, tapfer ignoriert. Wenn einige der jüngeren Mitglieder der Pfadfindertruppe sie überhaupt bemerkten, dann glaubten sie, daß sie von den ersten Pionieren stammten, deren Planwagen einst jenes Gebiet durchkreuzt hatten.

Während Bob die ihm für einige Zeit anvertrauten Jungen im Gänsemarsch hinter sich her führte, hielt er sorgfältig nach rostigen Metallstücken Ausschau, die sich in einen Knöchel bohren könnten, oder nach Brombeersträuchern, die ungemütlich nahe am Pfad wuchsen. Seine Arbeit als Elektrowarenvertreter bot ihm wenig Gelegenheit für Freiluftaktivitäten, und gelegentlich war er sich schmerzlich bewußt, daß seine rundliche Figur nicht ganz dem Bild vom schlanken und kraftstrotzenden Naturburschen entsprach. Dennoch war er in der Umgebung von Pasadena einer der angesehensten Pfadfinderführer, denn er beherrschte die verschiedenen Campingtechniken und galt als versierter Wanderführer durch die unterschiedlichsten Landschaftstypen. Eine Zeitlang hatte er davon geträumt, Mitglied der Bergrettungswacht des Sheriffs zu werden, aber sein Alter und seine mangelnde körperliche Geschicklichkeit hatten diese Bestrebung schnell zunichte gemacht. Als Pfadfinderführer war er jedoch zweifellos eine Idealbesetzung, und die Wände seiner bescheidenen Hütte zierten zahlreiche Plaketten, mit denen seine Pfadfinderarbeit immer wieder ausgezeichnet worden war.

Als er den Fuß eines kleinen Hügels erreichte, hob er eine Hand. »Wartet hier«, befahl er. »Ich werde erst mal das Gelände vor uns auskundschaften.« Die Chance, zu dieser Jahreszeit auf eine Klapperschlange zu treffen, war mehr als gering, dennoch hatte er vor zwei Jahren, nicht weit von dieser Stelle entfernt, ein Exemplar getötet. Seit diesem Zwischenfall war er zum Wohl der Jungen besonders auf der Hut.

In ein paar Sekunden war er oben angelangt und begann seine Inspektion. Da er sorgfältig und gewissenhaft vorging, sah er in einer Entfernung etwas liegen, das sonst vielleicht seiner Aufmerksamkeit entgangen wäre. Mit seinen Armen bedeutete er den Jungen noch einmal zurückzubleiben, dann lief er auf der anderen Seite hinunter, um sicherzugehen, daß er sich nicht getäuscht hatte.

Als er sich seiner Entdeckung näherte, wünschte er, sich getäuscht zu haben. Er holte ein Taschentuch hervor, hielt es sich vor die Nase und zwang sich, bis auf drei Meter an den auf der Erde liegenden Körper heranzutreten.

Es war ein furchtbarer Anblick. Das, was da lag, mußte einst eine junge Frau gewesen sein; von dem Gesicht war gerade noch so viel übrig, daß er sich beim Blick auf ihr Profil vorstellen konnte, wie hübsch und ansehnlich sie einmal gewesen sein mochte. Jetzt war es von Fliegen umschwärmt und verströmte einen üblen Geruch. Urplötzlich war Bob sein Ehrgeiz vergangen, Mitglied der Bergrettungswacht zu werden; zu häufig bestand deren Arbeit darin, menschliche Überreste zu bergen, und unter keinen denkbaren Umständen hätte er das, was da vor ihm auf der Erde lag, anfassen mögen.

Er drehte sich um und dankte im stillen Gott dafür, daß den Jungen dieser Anblick erspart geblieben war. Wieder bei seiner Truppe angekommen, kehrte er zum Kommandoton zurück und versuchte, sich nichts anmerken zu lassen. »Wir kehren an dieser Stelle um«, sagte er. »Ich muß aus einem wichtigen Grund zurück. Danach setzen wir unsere Wanderung fort.«

Die Enttäuschung der Jungen war groß, denn sie konnten den Grund dafür natürlich nicht begreifen. Bob nickte seinem siebzehnjährigen Gruppenleiter zu und versuchte deutlich zu machen, daß es ihm ernst war. Er hatte Erfolg; der Gruppenleiter, der kurz davor war, zum Superpfadfinder ernannt zu werden und vor allem deshalb dabeiblieb, machte mit seinem linken Arm eine Befehlsgeste. »Laßt uns gehen.« Während die Truppe kehrtmachte, kam leises Murren auf, aber die Jungen gehorchten. Nach einer Minute hatten sie sich weit genug entfernt, so daß Bob sein Walkie-talkie hervorholen konnte, das er immer bei sich trug, wenn er mit seiner Truppe unterwegs war. Er zog die Antenne heraus und stellte eine Verbindung her. »Ruft die Polizei von Pasadena. Sie sollen jemanden zu mir rausschikken«, sagte er. »Ich habe gerade eine Leiche in der Nähe des Trails entdeckt, und allem Anschein nach liegt sie schon eine ganze Weile hier draußen.«

Officer »Buzz« Ostrom fuhr gerade in seinem weißen Matador Streife, als ihn der Anruf erreichte. Er nahm das Mikro und meldete der Einsatzzentrale, daß er sich darum kümmern werde. Keine fünf Minuten später fuhr er auf einen Parkplatz und gab durch, daß er jetzt sein Auto verlassen werde, um nach seiner Kontaktperson Ausschau zu halten. Zügigen Schrittes nahm er den wahrscheinlichsten Weg bergauf. Zwei Mädchen, die ihm entgegenkamen, grüßten den blonden, gutaussehenden Mann mit »Hi!«

»Hi«, erwiderte Ostrom und setzte seinen Weg fort. Ein paar Minuten später sah er Pfadfinder auf sich zukommen, die offensichtlich nichts von der Entdeckung wußten. Er ging freundlich grüßend an ihnen vorbei und traf auf Bob Larson, der ihm als Erwiderung zunickte.

Beim Anblick von Ostroms Uniform zweifelte der Gruppenleiter nicht mehr daran, daß irgend etwas Besonderes los war. Als die restliche Gruppe an ihm vorbei war, blieb er in der Hoffnung zurück, etwas von der gewiß höchst interessanten Unterhaltung aufzuschnappen, was Larson sofort bemerkte. »Ich habe hier keine Verwendung für dich, Jack«, sagte er. »Kümmere dich bitte um die Truppe, bis ich zurück bin.«

Der Gruppenleiter gehorchte nur widerwillig. Sobald er fort war, wies Larson mit einer Kinnbewegung auf den oberen Teil des Trails. »Ich kann Ihnen zeigen, wo es ist.«

»Gut. Gehen Sie bitte voran.«

Ostrom war von seiner Abteilung mit der Tapferkeitsmedaille ausgezeichnet worden, aber beim Anblick dessen, was Larson gefunden hatte, mußte er seine Bauchmuskeln anspannen, um seinen Magen unter Kontrolle zu halten. Er nahm sein eigenes Walkie-talkie und gab seinen Bericht durch. »Ich habe hier eine Leiche, weiblich, inzwischen teilweise verwest. Die Tote war eine Weiße, Alter schätzungsweise zwischen achtzehn und dreißig, mit dunklem Haar und schlanker Figur. Das Gesicht ist teilweise unkenntlich, und der Körper ist halb begraben, etwa von der Hüfte an.«

Nachdenklich hielt er einen Moment inne. Er erinnerte sich genau an das Plakat, das vor über einem Jahr am Schwarzen Brett gehangen hatte, und an einige Details, die dort zu lesen waren. Der Fall hatte seinerzeit zu einer der umfangreichsten Ermittlungen geführt, an der seine Abteilung je beteiligt gewesen war. Es war gut möglich, daß die Lösung, an der einige hochkompetente Leute so lange vergeblich gearbeitet hatten, jetzt zum Greifen nah war. Er stellte sein Gerät noch einmal an.

»Ostrom.«

»Nur zu.«

»Geht um die Leiche hier im Oak Grove Park. Liegt in einsamer Gegend, aber recht nah am Trail. Möglich, daß sie bedeckt war und ein Teil der Abdeckung inzwischen fortgeweht ist.«

»Letzte Nacht hatten sie für die Gegend starken Wind vorausgesagt.«

»Ich weiß.« Ostrom holte tief Luft, bevor er die Bombe platzen ließ. »Nach dem, was ich erkennen kann, könnte es sich um Doris Friedkin handeln.«

Ohne Zeit zu verlieren, übermittelte die Frau von der Einsatzzentrale diese Information sofort an den diensthabenden Beamten der Mordkommission. Lieutenant Dick Smith, der den Anruf entgegennahm, informierte seinerseits umgehend den Coroner vom Bezirk Los Angeles, zu dessen Aufgabe es gehörte, die Leiche abzuholen, nachdem die Untersuchung am Tatort abgeschlossen worden war.

Ein Sergeant und drei Beamte fuhren in einem speziell für solche Fälle ausgerüsteten Wagen zum Park. Zwei weitere weiße Streifenwagen wurden abgestellt, um Schaulustige vom Fundort fernzuhalten, die in solchen Fällen immer wie Pilze aus dem Boden sprossen. Nachdem das erledigt war, rief Smith den Captain Ray Cockel zu Hause an.

»Wir haben eine Leiche im Oak Grove Park«, teilte er ihm mit. »Oben im nördlichen Teil. Der Beamte am Fundort beschreibt sie als weiblich, weiß, wahrscheinlich Anfang zwanzig. Offensichtlich ist sie schon eine Weile tot. Dunkles Haar.«

»Schlank?«

»Ja, danach habe ich auch gefragt.«

Cockel holte hörbar tief Luft. »Könnte sich um die kleine Friedkin handeln.«

»Ja, Ostrom, der draußen ist, hat das auch schon vermutet. Er berichtet, daß das Gesicht infolge Verwesung teilweise unkenntlich ist, aber verdammt gut möglich ist es.«

Das reichte, um den Captain auf den Plan zu rufen. »Rufen Sie Virgil an und schicken Sie ihn hin«, befahl er. »Ich weiß, es ist Sonntag, aber versuchen Sie ihn aufzutreiben. Halten Sie mich auf dem laufenden. Wenn es Friedkins Tochter ist, komme ich sofort hin. Und benachrichtigen Sie Chief McGowan.«

»Ja, Sir.«

Die Nachricht, möglicherweise die seit langem vermißte Doris Friedkin gefunden zu haben, schlug ein wie der Blitz. Binnen weniger Minuten wußte die gesamte diensthabende Mannschaft Bescheid. Eine Innendienstbeamtin rief Jerry Ferguson zu Hause an, um ihm die Nachricht zu übermitteln. Ferguson, der die Öffentlichkeitsabteilung leitete, fuhr sofort zur Dienststelle. Falls sich herausstellte, daß es sich bei der Leiche tatsächlich um die kleine Friedkin handelte, dann hätte er es mit einer größeren Sache zu tun; er mußte entsprechend dafür gewappnet sein.

Im Oak Grove Park übernahm Sergeant Bill Orr das Kommando. Er half, die notwendigen Kameras und sonstige Ausrüstung auszuladen, während er gleichzeitig den Männern, die in den weißen Matadors vorgefahren waren, Anweisungen erteilte, welchen Teil des Geländes sie absperren sollten. Ein paar Kinder hatten sich bereits eingefunden, und Orr mußte sie höflich vertreiben.

Danach nahm er sein eigenes Gepäck und begann, dem Trail zu folgen bis zu der Stelle, an der Ostrom auf ihn wartete. Die vor ihm liegende Aufgabe würde alles andere als angenehm sein, doch er versuchte noch, den Gedanken daran zu vertreiben. Er war mit Leidenschaft Polizist, aber diese Tatsache änderte nichts an seinen Gefühlen, und er haßte nichts mehr als den Umgang mit Leichen, die zu lange im Wasser gelegen hatten oder die auf ähnlich ekelerregende Weise verwest waren. Dennoch ging er zügig weiter.

Er brauchte ein paar Minuten, um den Punkt unterhalb der Anhöhe zu erreichen, an dem Ostrom auf ihn wartete. »Sei hier auf einiges gefaßt«, warnte ihn Buzz.

Orr war für seine sachliche Art bekannt. »Wie schlimm ist es?« fragte er.

»Schlimm genug. Teilweise verwest, massiver Leichengeruch. Zu Lebzeiten war sie ein hübsches Mädchen, nehme ich an, aber jetzt ist sie es nicht mehr. Ich verstehe nicht, warum sie nicht schon früher gefunden wurde, und warum keine Tiere dran gegangen sind.«

Ostroms Funkgerät meldete sich. »Ist Orr da?«

»Gerade angekommen.«

»Schon irgend etwas über die Identität bekannt?«

»Negativ.«

Orr griff nach dem Walkie-talkie. »Was ist mit Virgil?« fragte er.

»Der Dienststellenleiter hat ihn ausfindig gemacht. Geschätzte Ankunftszeit in ungefähr einer halben Stunde.«

»Gut«, sagte Orr und stellte das Gerät ab.

Als der Sergeant die Anhöhe erreicht und den Fundort überblickt hatte, war ihm sofort klar, daß mögliche Fußabdrücke längst nicht mehr nachweisbar waren. Nach zwei Tagen heftigen Regens war der kräftige Santa Ana Wind über das Gelände gefegt und hatte die lose Erde gegen die Stämme der wenigen zähen Büsche gehäuft. Orr war sich sicher, daß nicht einmal der erfolgreichste Fährtenleser aller Zeiten – Inspektor Napoleon Bonaparte aus Australien – hier noch irgendeine Spur gefunden hätte. Die vorbereitenden Arbeiten waren sorgfältig und gründlich durchgeführt worden. Aus jedem erdenklichen Winkel wurden Fotos gemacht, und die gesamte Umgebung wurde nach möglichen Hinweisen abgesucht, zum Beispiel Stoffetzen, die sich in Ästen verfangen haben könnten, oder irgendwelche kleinen Gegenstände, die möglicherweise fallen gelassen worden waren. Selbst eine Zigarettenkippe wäre sorgsam verwahrt worden, aber nichts dergleichen wurde gefunden.

»Wir werden das Ganze hier mit einem Rechen durchkämmen müssen«, sagte Orr. »Der Wind war stark genug, um potentielle Gegenstände ein paar Zentimeter tief zu begraben.«

Ostrom benutzte sein Funkgerät, um die zusätzliche Ausrüstung anzufordern. Er hatte gerade das Gespräch beendet, als ein weiterer Mann über die Kuppe kam und sich dem Leichenfundort näherte.

Er war mit Mantel und Schlips erstaunlich gut gekleidet, und seine Schuhe ließen trotz des staubigen Trails erkennen, daß sie regelmäßig poliert wurden. Seine Hose war aus bestem Tuch und der passende dunkle Blazer saß wie für seine schlanke Figur maßgeschneidert. Für den Colorado Boulevard perfekt gekleidet, wirkte er in der Halbwildnis des nördlichen Oak Grove Parks eher etwas fehl am Platze.

Orr ging zu ihm rüber, um ihn zu begrüßen. »Ich wünsche einen schönen Sonntagmorgen, Virgil. Wir haben hier die halbverweste Leiche einer jungen Frau gefunden und ansonsten nichts, was uns weiterbringen würde. Was hat man Ihnen gesagt?«

»Herzlich wenig. Nur daß ein Pfadfinderführer eine Leiche gefunden hat und diese auf den ersten Blick zu der Beschreibung von Doris Friedkin paßt. Gibt's dazu etwas Neues?«

»Nein, noch können Wetten angenommen werden. Sie haben gute Gewinnchancen.«

Virgil Tibbs ging nicht darauf ein. Er nickte den anderen kurz zu und ging dann hinüber, um die Leiche eingehend zu begutachten, die zur Hälfte bedeckt auf der Erde lag. Es gab keinerlei Anzeichen dafür, daß jemand versucht hatte, ein Grab zu schaufeln; wahrscheinlich war die Leiche dort einfach abgelegt und teilweise mit loser Erde und Geröll zugedeckt worden. Warum der Kopf und die Arme freilagen, war nicht ganz klar. Ein Teil des Gesichts und der Haare fehlten bereits, aber vielleicht ließ sich auf einem retuschierten Foto trotzdem erkennen, wie sie in etwa ausgesehen haben mochte.

Orr schaute auf die Uhr und zog daraus die richtige Schlußfolgerung. »Es tut mir leid, daß wir Sie deswegen aus der Kirche holen mußten«, sagte er.

Tibbs entspannte sich einen Augenblick. »Zum Glück immerhin, bevor der Klingelbeutel rumgereicht wurde. Haben Sie alle notwendigen Aufnahmen gemacht?«

»Mehr als fünfzig – in Farbe und Schwarzweiß.«

»Dann werde ich mir das Mädchen mal näher ansehen. Ich wäre ganz dankbar, wenn ich ein Paar Handschuhe bekommen könnte.«

Während man sie ihm heraussuchte, zog Virgil Mantel und

Schlips aus, hängte sie über einen Busch und band sich ein sauberes Taschentuch vors Gesicht. Anschließend zog er ein Paar Gummihandschuhe über seine dunklen Hände und kniete sich neben die Tote.

Es war keine angenehme Arbeit, aber das ist sie für einen Spezialisten der Mordkommission selten. Die normalerweise an erster Stelle stehende Frage, ob noch ein Funken Leben in dem Körper steckte, stellte sich hier nicht mehr. Mittels eines dünnen Stahlbandes maß Tibbs die freigelegten Körperteile und zog dann mit den Handschuhen das übriggebliebene Fleisch zurück, um die Zähne zu untersuchen. Ebenso untersuchte er eingehend die Ohren und steckte dann ein paar lose Haarbüschel in einen durchsichtigen Plastikbeutel. Danach begann er, den immer noch bedeckten Teil der Leiche mit den Händen freizulegen, und war immer noch damit beschäftigt, als zwei Männer des Coroners mit einem Zinksarg und einer dünnen Plastikfolie eintrafen.

Virgil stand auf und gab nickend seine Zustimmung, die Leiche zu entfernen. »Bei dieser hier möchte ich eine ausführliche Untersuchung«, sagte er. »Todesursache, eventuelle Vergewaltigung, alles, was Sie noch über den Zeitpunkt des Todes herausfinden können – einfach alles.«

Der Mitarbeiter des Coroners war zuversichtlich. »Die werden alles finden, was sich herausfinden läßt«, versprach er. Zusammen mit seinem Kollegen wickelte er die Leiche in die Plastikfolie und hob sie in den Zinksarg.

Es war bereits dämmrig, als die Ermittler der Mordkommission schließlich den Fundort verließen. Das sorgfältige Durchkämmen des direkten Fundorts war ebenso erfolglos gewesen wie die gründliche Suche nach etwaigen Hinweisen in der weiteren Umgebung. Überdies war unglücklicherweise nichts bei der Leiche gefunden worden, was Aufschluß über ihre Identität hätte geben können. Die Möglichkeit, daß es sich um die seit längerem vermißte Doris Friedkin handelte, bestand noch immer.

Als Virgil Tibbs ins Polizeihauptquartier von Pasadena zurückkehrte, erhielt er die Nachricht, er möge Chief Robert McGowan zu Hause anrufen. Das war nicht weiter überraschend, Virgil hatte schon damit gerechnet. Er wählte die Geheimnummer und binnen weniger Sekunden war der Polizeichef persönlich in der Leitung. »Wie sehen Sie die Dinge zum gegenwärtigen Zeitpunkt?« fragte McGowan.

Tibbs wußte, worauf die Frage abzielte. »Auf den ersten Blick besteht eine Ähnlichkeit zu Doris Friedkin: Größe, Haarfarbe und Körperbau – all das stimmt überein. Das Gesicht war bereits größtenteils unkenntlich; allein nach unserem Foto würde ich mich nicht festlegen wollen. Und ich halte es nicht für ratsam, die Leiche den Angehörigen zu zeigen.«

»Sonst noch was?«

»Ja, aber noch sehr vage. Auf dem Weg zum Park habe ich kurz hier gehalten, um die Zahnabdrücke der Friedkin mitzunehmen. Zwei Füllungen stimmen überein, zwei andere nicht, aber die sind vielleicht erst im letzten Jahr gemacht worden. Allein die Wahrscheinlichkeit spricht dagegen: Daß Doris Friedkin wieder auftaucht, hier in Pasadena, unter solchen Umständen, nach über einem Jahr, das wäre schon ein ziemliches Ding.«

»Ja«, stimmte der Polizeichef zu, »das wäre es sicher. Aber ich werde auf jeden Fall die Friedkins informieren, bevor sie es in den Nachrichten hören. Wie ist sie überhaupt gestorben?«

»Ermordet«, erwiderte Tibbs. »Ich würde sagen, das ist so gut wie sicher. Aber wenn sie so umgebracht wurde, wie ich vermute, dann haben wir es mit einem ziemlich seltsamen Fall zu tun. Darauf gebe ich Ihnen mein Wort.«

Zweites Kapitel

Am darauffolgenden Morgen wurde Herbert Friedkin um Viertel nach acht von seinem Chauffeur vor dem Polizeibüro von Pasadena abgesetzt. Er betrat die Eingangshalle und wandte sich an den Schalter, hinter dem zwei uniformierte Polizistinnen als Empfangsdamen fungierten. »Ja, bitte, Sir?« fragte eine von ihnen.

»Chief McGowans Büro?«

»Links durch die Schwingtür, Sir. Dahinter befindet sich auf der Mitte des Flurs ein Aufzug: Fahren Sie bis in den dritten Stock.«

»Danke.«

Friedkin drehte sich um und folgte den Hinweisen. Der mit Linoleum ausgelegte Flur wirkte nüchtern und stark abgenutzt. Auf halber Strecke bis zum Aufzug begegnete er einem Polizisten der Motorradstreife, der mit seiner Lederuniform, dem Helm und einer Sonnenbrille in der Hand beeindruckend groß wirkte.

»Morgen«, grüßte der Polizist mit einem angedeuteten Nicken.

»Guten Morgen«, erwiderte Friedkin. Es waren leere Worte; seine Gedanken waren ganz woanders.

Als er im dritten Stock aus dem Fahrstuhl stieg, war er von der für Chefetagen typischen Stille umgeben, die ihm sofort vertraut erschien; einen Großteil seines Lebens hatte er in einem ähnlichen Umfeld verbracht. Ohne zu zögern, stieß er die nächsten Schwingtüren auf und fand sich in einem ziemlich großen Komplex wieder, der rechts in eine Reihe von Büros unterteilt war, in deren Vorzimmern je eine Sekretärin saß. Links befanden sich zwei geräumige Büros. Automatisch wandte er sich dort hin, denn er war es seit Jahren gewohnt – egal, worum es ging –, nur mit den Spitzenleuten zu verhandeln.

Mrs. Diane Stone, die Sekretärin des Chiefs, war von den Damen des Empfangschalters bereits vorgewarnt worden und erwartete ihn. »Kann ich Ihnen helfen, Sir?« fragte sie.

»Mein Name ist Herbert Friedkin. Ist Chief McGowan in seinem Büro?«

Die ersten fünf Worte hatten ihr bereits alles gesagt, was sie wissen mußte. »Bitte, treten Sie ein, Mr. Friedkin. Der Chief ist im Hause und wird in wenigen Augenblicken hier oben sein.« Sie führte ihren Gast in das Büro und wies auf eine bequeme Sitzgruppe in der Ecke. »Wie wünschen Sie Ihren Kaffee?« fragte sie.

Während sie noch sprach, betrat McGowan hinter ihr das Büro. Mit seinen ein Meter siebenundneunzig wirkte er ziemlich imposant, aber er wußte, wie er mit Menschen umgehen mußte, damit sie sich in seiner Gegenwart wohlfühlten. Er begrüßte seinen Besucher mit Handschlag und setzte sich dann so hin, daß er ihm ins Gesicht sehen konnte. Da er um Friedkins Stimmung wußte, kam er sofort zur Sache. »Sicher wollen Sie wissen, ob wir bereits konkretere Angaben zu der Toten machen können, die gestern im Oak Grove Park gefunden wurde«, sagte er.

Für gewöhnlich ließ sich Herbert Friedkin seine Gefühle nicht anmerken, aber er stand unter außergewöhnlicher Anspannung. »Mrs. Friedkin und ich haben die ganze Nacht kein Auge zugemacht«, gestand er. »Der Arzt sieht jetzt nach ihr. Sie werden vielleicht verstehen, daß …«

McGowan unterbrach ihn mit einem mitleidvollen Nicken. »Nur zu gut. Doch zu diesem Zeitpunkt kann ich Ihnen nichts mitteilen, was Sie nicht schon wüßten. Außer daß der Coroner den Zahnstatus Ihrer Tochter erhalten hat. Vor nicht einmal zehn Minuten habe ich persönlich mit Dr. Noguchi gesprochen und ihn gebeten, die Untersuchung so schnell wie irgend möglich durchzuführen.«

»Das war außergewöhnlich freundlich von Ihnen, und ich bin sehr dankbar dafür, aber wenn ich mir die Tote vielleicht ansehen dürfte …«

Er wurde von Mrs. Stone unterbrochen, die den Kaffee hereintrug. Als sie ihn abstellte, schüttelte McGowan freundlich den Kopf. »Die Tote befindet sich in Los Angeles«, sagte er. Er vermied es hinzuzufügen, daß sie sich in einem Zustand befand, der es von selbst verbot, sie besichtigen zu lassen.

»Darf ich hier warten?« fragte Friedkin.

»Das wollte ich gerade vorschlagen – es kann sich nur um wenige Minuten handeln.«

Friedkin entspannte sich etwas. »Ich habe das Gefühl, daß wir uns bereits bei ein oder zwei Gelegenheiten begegnet sind.«

»Ja, Sir – das stimmt. Bei einer Feier nach den Rosenspielen, wenn ich mich richtig entsinne, und bei der Einweihung des von Ihnen gestifteten neuen Krankenhaustrakts.«

Friedkin hob seine Kaffeetasse. »Dies ist eine passende Gelegenheit, Ihnen noch einmal aufrichtig für die ausgiebige Ermittlung Ihrer Männer zu danken, die nach Doris' Verschwinden durchgeführt wurde. Ich weiß, daß Sie alle Möglichkeiten ausgeschöpft haben.«

»Wir sind jedem noch so zweifelhaften Hinweis auf den Grund gegangen«, erklärte McGowan ihm. »Sogar Hellseher und Wahrsager, die vorgaben, etwas zu wissen, haben wir befragt. Manchmal schnappen diese Leute irgendwelche Informationsfetzen auf der Straße auf.«

Mrs. Stone kam noch einmal ins Zimmer. »Chief Winders ist eingetroffen«, meldete sie.

»Bitten Sie ihn zu uns. Und schauen Sie nach, ob Captain Cockel auch frei ist.«

Deputy Chief Tom Winders humpelte wegen seines Gipsbeins auf Krücken herein. Friedkin erhob sich, um ihn zu begrüßen, und fragte: »Was ist passiert?«

»Ein Motorradunfall – unglücklicherweise außerhalb der Dienstzeit.« Winders wurde ihm vorgestellt, und sie begrüßten sich mit Handschlag.

Ein paar Sekunden später betrat Captain Cockel das geräumige Büro. Er war schlank, schätzungsweise Mitte vierzig und wirkte relativ zurückhaltend, doch seine funkelnden Augen verrieten eine gewisse innere Unruhe. Am Umfang der Akte auf dem Schreibtisch des Polizeichefs erkannte er sofort, worum es sich handelte; als Leiter der Ermittlungsbehörde war er mit so ziemlich allen Einzelheiten des Friedkin-Falles vertraut. Er gab den Anwesenden kurz die Hand und zog dann einen Stuhl heran, um an der Diskussion teilzunehmen.

Friedkin ergriff das Wort. »Gentlemen, Sie wissen natürlich, warum ich hier bin. Ich habe gerade schon Chief McGowan gesagt, wie sehr ich es zu schätzen weiß, daß unzählige ihrer Männer sich mit immensem Zeitaufwand um das Aufspüren meiner Tochter bemüht haben. Sie haben mehr getan, als irgend jemand hätte erwarten können.«

»Das ist unser Job«, erwiderte Winders. »Um so mehr bedauern wir, daß wir bis jetzt keinen Erfolg hatten.«

»Vielleicht sehen Sie in ein paar Minuten klarer.«

»Ja, das ist schon möglich, nach über einem Jahr allerdings ist die Wahrscheinlichkeit mehr als gering.«

Friedkin schaute auf das Telefon, das auf dem Schreibtisch des Chiefs stand, als ob er es dadurch zum Klingeln bringen könnte. Als es dennoch still bliebt, wechselte er das Thema.

»Sie haben da einen Mann, über den ich schon einiges gelesen habe«, sagte er. »Einen schwarzen Detective.«

Obwohl diese Beschreibung auf einige Angehörige der Polizei von Pasadena zutraf, verzichtete der Chief darauf, sich unnötig dumm zu stellen. »Sie meinen Virgil Tibbs«, legte er nahe. »Unseren besten Mann in der Mordkommission.«

Friedkin trank seinen Kaffee aus. »Wenn das stimmt, was ich über ihn gehört habe, dann muß er ein ziemlich außergewöhnlicher Mann sein.«

»Das ist er«, pflichtete ihm McGowan bei. »Wir sind sehr stolz auf ihn.«

Friedkin rang die Hände; die ungeheure Anspannung, die er so sorgfältig zu verbergen versucht hatte, brach nun aus ihm hervor. »Seit Doris verschwunden ist«, sagte er, »haben meine Frau und ich keine ruhige Nacht mehr gehabt. Jedesmal wenn das Telefon klingelt, springen wir auf; wir haben sogar unsere Nummer öffentlich bekannt gegeben, nur für den Fall, daß uns irgend jemand einen Hinweis zukommen lassen will.«

Er unterbrach sich, um seine Gedanken zu ordnen. »Mir ist klar, daß wir möglicherweise heute morgen eine Antwort erhalten, aber ich stimme mit Ihnen überein, daß die Umstände dagegen sprechen. Sollte es sich bei dem Mädchen, das im Park gefunden wurde, nicht um Doris handeln, dann würde ich gerne wissen, ob sie noch eine andere Möglichkeit in Betracht ziehen würden. Selbstverständlich waren Ihre bisherigen Ermittlungen umfangreich und absolut professionell, aber wäre es vielleicht möglich, daß sich Mr. Tibbs den Fall noch einmal ansieht?«

Eine betretene Stille trat ein, die dadurch verstärkt wurde, daß diese Frage niemand so recht beantworten wollte. Friedkin spürte das und fuhr fort. »Ich möchte nicht, daß noch weitere öffentliche Mittel dafür ausgegeben werden, aber wenn Sie Mr. Tibbs für diesen Zweck freistellen würden, dann würde ich alle anfallenden Kosten übernehmen. Egal wie teuer es wird.«

Bob McGowan sah, daß der Finanzier nach jedem Strohhalm griff, und er konnte es ihm nicht einmal verübeln – der Mann war durch die Hölle gegangen. Daß er ein Multimillionär war, hieß nicht, daß er keine Gefühle hatte. McGowan gab ihm eine diplomatische Antwort: »Bevor ich Ihnen diese Frage beantworten kann, Mr. Friedkin, müßte ich mich erst mit dem Bürgermeister und dem Stadtdirektor beraten.«

Friedkin schaute wieder zum Telefon und wartete einige Sekunden. Dann wählte er seine Worte mit Bedacht. »Ich kenne beide Herren sehr gut«, sagte er. »Daher habe ich mir erlaubt, sie schon im Vorfeld zu fragen, ob ich mich in dieser Angelegenheit an Sie wenden dürfe. Beider Antworten lauteten identisch: Sie leiten die Polizeibehörde, und die Stadtverwaltung wird, egal welche Entscheidung Sie treffen, hinter Ihnen stehen.«

Bob McGowan war durch diese Aussage leicht gereizt, bemühte sich aber, dies zu verbergen. Er schaute zu Winders hinüber und sah, daß es seinem Stellvertreter genauso ging. Dann erinnerte er sich an all das, was Herbert Friedkin bislang für die Stadt Pasadena, wenn auch nicht direkt für seine Abteilung, getan hatte. Vielleicht berechtigte ihn das einfach, seinen Einfluß ein wenig geltend zu machen. Und schließlich war sein einziges Kind kurz vor dem Höhepunkt seines vergleichsweise jungen Lebens verschwunden.

Als er gerade Luft holte, um etwas zu erwidern, merkte er, daß Friedkin noch nicht zu Ende geredet hatte.

»Mir ist bewußt, daß Virgil Tibbs als Polizist rund um die Uhr für Ihre Behörde im Einsatz ist, aber soweit ich weiß, haben Sie ihn schon einmal der Polizeibehörde von Wells in South Carolina zur Verfügung gestellt. Ich habe es schon mit Privatdetektiven versucht – ohne Erfolg. Darf ich noch einmal deutlich machen, daß ich Ihnen, wenn Sie mir diesen außergewöhnlichen Gefallen gewähren – im wahrsten Sinne des Wortes – einen

Blankoscheck ausstellen werde? Nicht nur für Mr. Tibbs' Gehalt und seine Ausgaben – es steht ihm selbstverständlich frei, zu seiner Unterstützung zusätzliche Hilfskräfte einzustellen. Egal wie hoch die Rechnung ausfällt, ich zahle sie gerne, auch wenn er nicht den kleinsten Schritt weiterkommt. Mrs. Friedkin und ich könnten dann zumindest sicher sein, daß absolut nichts unversucht gelassen wurde. Er bekommt eine Vollmacht, alle mir zur Verfügung stehenden Mittel zu nutzen: jedes Flugzeug und selbst die Jacht, falls er sie brauchen kann. Wirklich alles, was ich besitze.«

Mrs. Stone tauchte geräuschlos im Türrahmen auf. Als der Chief ihr zunickte, trat sie ein und reichte ihm ein Stück Papier. Er las es und blickte dann in Friedkins ängstlich fragendes Gesicht. »Es war nicht Doris«, sagte er.

»Ist das absolut sicher?«

»Ja. Wir wissen zwar noch nicht, wer sie war, aber wir können mit Sicherheit ausschließen, daß es sich um Ihre vermißte Tochter handelt.«

Friedkin schüttelte den Kopf; er versuchte, einen klaren Gedanken zu fassen. »Aber irgend jemandes Tochter war sie«, murmelte er.

McGowan nickte. »Ich fürchte, daß Mr. Tibbs wegen des neuen Falls für einige Zeit vollauf beschäftigt sein wird.«

Er sah den Ausdruck tiefer Niedergeschlagenheit auf Friedkins Gesicht und traf eine Entscheidung. »Aber da der Fall Ihrer Tochter ja noch immer ungelöst ist und diese neue Situation sicherlich einiges wieder wachrufen wird, werde ich Virgil vorschlagen, einmal bei Ihnen vorbeizuschauen. Möglich, daß ihm etwas einfällt, woran wir alle bis jetzt nicht gedacht haben.«

Drittes Kapitel

Im Hause der Friedkins gehörte es zur Tradition, den Kaffee nach dem Abendessen im Wohnzimmer vor dem Kamin einzunehmen. Die Tradition verlangte auch, daß dies der Entspannung galt, und trotz des dunklen Schattens, der schon so lange auf ihnen lastete, bemühten sich Herbert Friedkin und seine Frau, diese vornehme Gewohnheit weiter zu pflegen. Sie gab ihnen ein wenig Halt, um nicht in völlige Verzweiflung zu versinken.

Im Laufe der Jahre war das auch eine Zeit der Vertraulichkeiten geworden; eine Zeit, um Dinge auszusprechen, die vielleicht unangenehm oder schwierig mitzuteilen waren. Grace Friedkin war besonders sensibel, was diesen Aspekt der Kaffeestunde betraf, und fürchtete mögliche Enthüllungen. Sie war sicher, daß es eines Tages Neuigkeiten geben werde; hatte sich jedoch schon damit abgefunden, daß es schlechte Nachrichten sein würden; jeder Tag, der verstrich, bedeutete, daß die Chancen sich verringerten, irgend etwas von ihrer Tochter zu hören. Falls ihr Mann an diesem Tag etwas erfahren hatte, was ihre letzten Hoffnungen zunichte machen würde, dann würde er es ihr während der Kaffeestunde sagen.

Als sie sich hinsetzte und zur Haltung ermahnte, wußte sie, daß ihr Mann etwas auf dem Herzen hatte, aber sie hatte nicht das Gefühl, als handele es sich dabei um eine Katastrophe. Instinktiv wußte sie, wie sie sich verhalten mußte, daher schwieg sie und überließ es ihm, das Gespräch zu beginnen.

Was er schließlich tat. »Ich habe mich heute morgen mit Chief McGowan und einigen seiner Spitzenleute auf dem Polizeirevier getroffen. Sie waren überaus kooperativ. Du weißt, warum ich dort hingegangen bin?«

Seine Frau nickte. »Wegen der jungen Frau, die im Park gefunden wurde.«

»Ja, und laß mich dich sofort beruhigen, Liebling – es war nicht Doris.«

Grace Friedkin begann wieder normal zu atmen. »Ich habe nicht geglaubt, daß sie es ist«, sagte sie, »aber ich bin sehr froh, daß du dich vergewissert hast.«

»Während ich dort war, habe ich noch etwas anderes mit ihnen besprochen. Vielleicht hast du schon gehört, daß sie einen Detective in ihrem Team haben, der einen ungewöhnlich guten Ruf besitzt. Sein Name ist Tibbs – Virgil Tibbs. Ich habe den Chief gefragt, ob es für diesen Mann eventuell möglich wäre ... die bisherigen Ermittlungen noch einmal durchzugehen. Da die Privatdetektive nicht eine einzige Spur aufgetan haben, ist mir dieser Experte wieder eingefallen. Er ist spezialisiert auf Mordfälle.«

»Demnach glaubst du ...«

Friedkin schüttelte hastig den Kopf. »Nein, ich glaube nicht, daß Doris tot ist. Aber bis nicht irgendwo ein weiterer Mord passiert ...«

»Ein Mord?«

»Sie haben es nicht so direkt gesagt, aber ich bin sicher, daß die junge Frau aus dem Park ein Mordopfer ist.«

Grace Friedkin beugte sich vor. »Wie furchtbar. Und bis zu seiner Klärung wird der Mord seine ganze Zeit beanspruchen, nicht wahr?«

Das Schrillen der Türklingel erfüllte den Raum.

»Offensichtlich nicht«, antwortete Friedkin, »denn Chief McGowan sagte mir, daß er ihn bitten würde, bei uns vorbeizuschauen. Ich glaube, das könnte er sein.«

Kurz darauf wurde Virgil Tibbs hereingeführt. Als dieser recht selbstsicher eintrat, bemerkte Grace Friedkin sofort einige Dinge an ihm: die exzellente Paßform und Qualität seines Anzugs, die geschmackvolle Krawatte und die Art, wie er auftrat. Sie schätzte ihn auf etwa Mitte dreißig. Es überraschte sie etwas, daß er Neger war – oder sollte sie jetzt lieber Schwarzer sagen? Sie war sich nicht sicher, aber Neger erschien ihr als eine würdige Bezeichnung, und sie zog sie vor.

Friedkin stand auf und kam seinem Gast entgegen, um ihn zu begrüßen. »Mr. Tibbs?« sagte er und ließ die dabei implizierte Frage zu einem Statement werden. Er gab Tibbs die Hand und stellte ihn dann seiner Frau vor. »Nehmen Sie doch bitte Platz. Wir trinken gerade Kaffee – bitte leisten Sie uns dabei Gesellschaft.«

Noch während er sprach, erschien die Haushälterin mit einem weiteren Kaffeegedeck. Die folgenden fünf Minuten wurden mit dem Austausch der üblichen Höflichkeiten zugebracht. Als das Ritual beendet war und Tibbs es sich mit einer Tasse Kaffee in der Hand bequem gemacht hatte, brachte sein Gastgeber das Thema zur Sprache, das ihn am meisten bewegte.

»Mr. Tibbs«, begann er, »Sie wissen sicher bereits, daß unsere Tochter Doris vor über einem Jahr unter äußerst merkwürdigen Umständen verschwunden ist. Seit damals haben wir nicht den geringsten Hinweis über ihren Verbleib erhalten.«

»Der Fall ist mir recht vertraut«, erklärte Tibbs.

»Dann wissen Sie auch, daß Ihre Abteilung damals umfassende Ermittlungen angestellt hat.«

Virgil nickte. »Ja, Sir. Und ich darf hinzufügen, daß sehr kompetente Leute an dem Fall gearbeitet haben – ich glaube nicht, daß ihnen irgend etwas entgangen ist.«

»Davon bin ich absolut überzeugt, Mr. Tibbs, und das habe ich auch Chief McGowan gesagt. Ich habe darum gebeten, Sie kennenzulernen, weil ich weiß, welch guten Ruf Sie genießen und wie erfolgreich Sie in der Vergangenheit waren.«

Einen Moment lang schien Tibbs fast verlegen, dann wechselte er schnell das Thema. »Soweit ich weiß, haben Sie darum gebeten, mich freizustellen, um den Fall noch einmal durchzugehen.«

»Wenn Sie keine ernsthaften Einwände haben.«

Tibbs verschränkte die Finger und drückte sie gegeneinander. »Mr. Friedkin, ich habe einen Großteil der letzten Nacht und des heutigen Tages damit zugebracht, die Akte noch einmal durchzusehen. Ich konnte keine Unklarheiten entdecken; alles, was damals bekannt war, ist buchstäblich bis zum Ende verfolgt worden.«

Friedkin wurde geschäftsmännisch. »Ich glaube, das Schlüsselwort lautet ›damals‹. Vielleicht ist seitdem doch noch etwas Neues zu Tage getreten. Ich hoffe, Sie wissen, daß ich keine weiteren öffentlichen Gelder in Anspruch nehmen will; ich werde die gesamten Kosten übernehmen. Es ist mir völlig gleich, wieviel Sie dafür benötigen, und ich möchte keine Auflistung der einzelnen Ausgaben – dazu besteht keine Notwendigkeit. Sie erhalten eine Blankovollmacht, alle mir zur Verfügung stehenden Mittel zu nutzen. Falls sie zu Ihrer Unterstützung weitere Leute einstellen möchten, werde ich sie umgehend auf meine Gehaltsliste setzen lassen.«

Er machte eine Pause und fuhr dann in einem anderen Tonfall fort. »Mr. Tibbs, ich bin mir sehr wohl der Tatsache bewußt, daß Sie in erster Linie Polizist sind und noch dazu einer mit besonderen Aufgaben. Um es deutlich auszudrücken – ich habe darum gebeten, Sie in ähnlicher Weise ›auszuleihen‹, wie damals, als Sie diesem Polizeichef in den Südstaaten zur Verfügung standen. Wie war noch sein Name?«

»Gillespie.«

»Ja, jetzt erinnere ich mich. Auch ich bitte Sie um Ihre Hilfe in Ihrer Eigenschaft als Polizeibeamter. Meine Rolle besteht lediglich darin, für die Zusatzkosten aufzukommen.«

Einen Augenblick lang herrschte Stille. Virgil Tibbs trank seinen Kaffee und ließ die Atmosphäre auf sich wirken. Dann antwortete er: »Mr. und Mrs. Friedkin, ich kann sehr gut nachempfinden, welche Qualen Sie beide nun schon solange dulden. Und auch die fürchterliche Ungewißheit.«

»Wir leben rund um die Uhr damit«, sagte seine Gastgeberin. Sie beugte sich vor und füllte seine Kaffeetasse wieder auf.

»Danke.« Virgil nahm einen Schluck von dem frischen Kaffee und kam dann zur Sache. »Wenn ich neu ermitteln soll, vor allem nach so langer Zeit, dann gibt es für mich nur einen Weg: Ich werde tiefer graben müssen als alle meine Vorgänger, in der Hoffnung, daß dadurch etwas Neues ans Licht kommt. Das bedeutet unter anderem, daß ich möglicherweise bis zu einem unerträglichen Grad in Ihre Privatsphäre eindringen muß. Sind Sie je einer privaten Steuerprüfung unterzogen worden?«

»Ja«, antwortete Friedkin, »und Teile davon grenzten an einen Gewaltakt.«

»Ich weiß, Sir, aber was ich zu tun hätte, könnte noch schlimmer sein. Ich müßte Sie um Informationen ersuchen, die Sie lieber für sich behalten würden, zum Beispiel jedes noch so minuziöse Detail, das die Intimsphäre Ihrer Tochter betrifft. Es ist ein bißchen, als bohre man nach Öl: die leicht zugänglichen Quellen sind bereits erschlossen. Um jetzt noch irgend etwas zu finden, muß man sehr tief ins Gestein bohren.«

Friedkin hörte aufmerksam zu, bevor er das Wort ergriff. »Wenn es Ihnen gelingt, unsere Tochter zu finden, oder wenn Sie definitiv herausfinden können, was ihr zugestoßen ist, dann werden wir dankbar alles dazu Notwendige ertragen. Bitte halten Sie mich für einsichtig genug, Ihre Vorgehensweise zu verstehen und sie, so gut ich kann, zu unterstützen.«

»Des weiteren, Sir, sind gewisse Vorbereitungen erforderlich, damit ich beginnen kann. Ich habe einen Mordfall zu klären, aber ich werde mich bemühen, alles, was ich kann, für Sie zu tun.«

Friedkin griff hinter sich und nahm Papier und Stift zur Hand. »Ja?« fragte er.

»Ein mit Ihrem persönlichen Briefkopf versehenes Schreiben, daß mir freien Einblick in alle Krankenakten Ihrer Tochter gewährt. Dieser Brief muß an ihren Hausarzt adressiert sein. Weitere Briefe für ihren Zahnarzt und für andere Mediziner, die Ihre Tochter vielleicht konsultiert hat, einschließlich Gynäkologen oder Psychiater, und einen für ihren Kieferorthopäden, falls sie einen gehabt hat.«

»Ich kann Ihnen versichern«, sagte Friedkin, »daß sie keinen Psychiater nötig hatte; sie ist, oder sie war sehr gesund – eine normale junge Frau.«

»Von einigen Menschen, auf die diese Beschreibung zutrifft, mußten wir erfahren, daß sie Hilfe suchten, um es auch zu bleiben«, klärte Tibbs ihn auf. »Ich werde auch eine Ermächtigung benötigen, um mit ihrem Priester oder Rabbi zu sprechen, mit ihrem Augenoptiker und mit jedem, der je aus beruflichen Gründen Kontakt zu ihr hatte.«

»Sie hat nie eine Brille getragen«, fiel ihm Mrs. Friedkin ins Wort.

»Als die Polizei uns befragte, haben wir vollständige Angaben gemacht«, fügte Friedkin hinzu. »Und sie ist viele Male gekommen.«

»Danke.« Die Kommentare ließen Tibbs offensichtlich unberührt. »Ich werde auch eine schriftliche Erlaubnis brauchen, um Zugang zu Ihrer Post zu haben. Wie waren die Finanzen Ihrer Tochter geregelt?«

»Sie hatte etwas eigenes Geld. Und als sie alt genug war, habe ich ihr eine Vollmacht für unsere Haushaltskonten ausgestellt. Sie hat dieses Privileg nie mißbraucht.«

»Das glaube ich, Sir, aber ich benötige freie Einsicht in alle Bankauszüge, die in irgendeiner Weise Ihre Tochter betreffen. Außerdem möchte ich Sie bitten, schriftlich Ihren Anwalt zu ermächtigen, mir offen und vollständig jegliche Auskunft zu erteilen. Dies sind meine Grundvoraussetzungen: Im Laufe der Ermittlungen werde ich wahrscheinlich noch weitere benötigen.«

Friedkin saß stumm da und dachte nach. Er blickte zu seiner Frau und sprach dann mit gewisser Bedachtsamkeit. »Sie scheinen überaus gründlich zu sein, Mr. Tibbs, aber ich wußte ja vorher, was da auf uns zukommt.«

Virgil blieb zurückhaltend, versuchte aber nicht, seine Haltung zu ändern. »Ich habe noch nicht einmal begonnen, Mr. Friedkin, und es bereitet mir sicherlich kein Vergnügen, Sie zu belästigen, aber ich werde jedes noch so kleine Detail über Ihre Tochter wissen müssen. Ihre Lieblingsfarben, was sie gerne trug, welche Art Unterwäsche sie bevorzugte.«

Zum ersten Mal sah Herbert Friedkin einen Augenblick lang leicht verzagt aus. »Steht das nicht alles schon in Ihrer Akte, Mr. Tibbs?« fragte er. »Wir haben bereits tausend Fragen beantwortet – zumindest kam es uns so vor.«

Virgils Stimme blieb ruhig und kontrolliert. »Nein, Sir, unglücklicherweise liefert die Akte kein wirklich vollständiges Bild von Doris. Zum Beispiel steht dort nichts über ihren Musikgeschmack, und das könnte recht wichtig sein. Spielt sie ein Instrument? Hat sie ein gutes Ohr oder gehört sie zu den Leuten, die zwar musikbegeistert sind, selbst aber keine Note singen können?«

Grace Friedkin ergriff das Wort. »Mir wird eine Sache klar, Mr. Tibbs. Sie haben vor, Türen zu öffnen, hinter die wir selbst nie geschaut haben. Niemand hat uns bisher zu ihrem Musikgeschmack befragt, und ich kann verstehen, daß solche Dinge vielleicht wichtig sind.«

»Sie haben vollkommen recht, Mrs. Friedkin. Vor gar nicht so langer Zeit habe ich einen Fall gehabt, wo ein Junge, der auf einen seiner Freunde wütend war, mit dem geladenen Gewehr seines Vaters von zu Hause abgehauen ist. Wir haben in Erfahrung gebracht, daß er ein großer Anhänger des California Angels Baseballteams war und ihn schließlich im Stadion gefaßt. Daß wir seine Vorlieben kannten, hat uns den Fall wesentlich erleichtert.«

Für einen kurzen Augenblick erstarb die Unterhaltung. Virgil war darauf bedacht, still zu sein und seinen Kaffee zu trinken, während sein Gastgeber offensichtlich über etwas nachdachte. Tibbs war mit seinen Bedingungen absichtlich ziemlich weit gegangen, um zu ermessen, wieviel echte Kooperation er erwarten durfte. Die Friedkins waren es nicht gewohnt, sich von anderen Menschen etwas vorschreiben zu lassen.

Schließlich ergriff Herbert Friedkin das Wort. »Mr. Tibbs, ich verstehe Ihren Standpunkt und akzeptiere ihn. Daher werde ich alles in meiner Macht Stehende tun, um Sie zu unterstützen – dazu gehört, daß ich jegliche Form von persönlichen Unannehmlichkeiten auf mich nehme und auf einen Gutteil meiner Privatsphäre verzichte. Sie bekommen alles von mir, was Sie benötigen – alles –, solange es Ihrer Suche nach Doris dient. Und Sie sind derjenige, der das am besten beurteilen kann.«

»Danke«, antwortete Virgil. »Ich weiß dieses Vertrauen sehr zu schätzen.«

Er machte eine kurze Pause, aber es war deutlich, daß er noch mehr zu sagen hatte. Als er fortfuhr, blieb seine Stimme ruhig und leise. »Mr. Friedkin, nach Ihrer eben abgegebenen Erklärung möchte ich Ihnen noch eine wichtige Frage stellen. Warum geben Sie und Mrs. Friedkin sich gerade jetzt so große Mühe, eine vielleicht lebenswichtige Information zurückzuhalten?«

Viertes Kapitel

Herbert Friedkin warf seiner Frau einen Blick zu, aber sie hielt den Kopf über ihre Kaffeetasse gebeugt. Dann wandte er seine Aufmerksamkeit wieder Tibbs zu. »Mir war nicht bewußt, daß wir das tun«, sagte er.

Sobald er diese Worte ausgesprochen hatte, wünschte er, sie besser überlegt zu haben; spontan hatte er eine Lüge ausgesprochen und dazu eine, die mit an Sicherheit grenzender Wahrscheinlichkeit aufgedeckt werden würde. Verzweifelt versuchte er etwas zu ersinnen, das seinen Lapsus abmildern oder die Kränkung für Tibbs zunichte machen könnte, aber sein Gehirn war wie blockiert und versagte ihm den Dienst.

Er war darauf gefaßt, daß der Mann, dessen Hilfe er so verzweifelt wünschte, sich verabschieden und gehen würde, aber zu seinem Glück war der Detective dazu viel zu klug.

Statt dessen nahm Tibbs seine Kaffeetasse, balancierte sie auf einem Knie und begann, in einem ruhigen Unterhaltungston zu sprechen. »Mr. Friedkin, bei jeder Ermittlung gibt es grundsätzlich zwei Arten von Beweismaterial, die für die Wahrheitsfindung von großem Wert sind. Die erste liegt auf der Hand: Offenkundige Fakten fügen sich zu einem bedeutungsvollen Muster zusammen. Die andere, nämlich die negative Art, kann ebenfalls hilfreich sein. Erlauben sie mir, Ihnen das an einem Beispiel zu erläutern.«

Er machte eine Pause, die ausreichte, um einen Schluck Kaffee zu trinken, und die seinem Gastgeber die Gelegenheit gab, seine Gedanken zu ordnen. Dann fuhr er fort. »Vor einigen Wochen geriet ein Mann dieser Stadt in den Verdacht, ein bestimmtes Verbrechen verübt zu haben. Die Gründe sind vertraulich und tun auch nichts zur Sache. Er hatte für die Tatzeit ein vages Alibi, aber das hieß nicht viel, denn selbst ehrbare Bürger befinden sich ständig in dieser Situation – außer Sichtweite von Zeugen, die im Notfall für sie bürgen könnten.

Der fragliche Mann erzählte uns, daß er seinen Arbeitsplatz später als gewöhnlich verlassen habe und sich dann auf dem Heimweg beeilt habe, um das montägliche Footballspiel im Fernsehen zu sehen. Er behauptete, ein großer Fan zu sein und wenn möglich, nie auch nur ein einziges Spiel zu verpassen. Seiner Geschichte zufolge, kam er fünf Minuten vor Spielbeginn nach Hause. Seine Frau war an diesem Abend ausgegangen, daher schmierte er sich auf die Schnelle ein Sandwich, goß sich ein Glas Milch ein und setzte sich vor den Fernseher, um das Spiel anzuschauen. Zufällig war der erste Paß vierundachtzig Meter weit gewesen.

Kurz vor der Halbzeit suchten wir ihn auf, um ihm ein paar Fragen zu stellen. Als wir seine Antworten überprüften, erfuhren wir, daß er tatsächlich länger als gewöhnlich gearbeitet hatte, und auch sein großes Interesse am Football wurde bestätigt. Außerdem konnte er die Entwicklung des Spiels und den langen Paß akkurat wiedergeben.«

»Das klingt glaubwürdig genug«, sagte Friedkin.

»Wir haben ihn wegen der Straftat verhaftet, Sir, und wurden darin bestätigt, als ein winziges Detail ans Tageslicht kam: In seinem Haus fanden sich keine gebrauchten Teller. Seine Frau hatte alles makellos hinterlassen und genauso haben wir es vorgefunden. Möglich, daß er sich ein Sandwich auf der Hand geschmiert hätte, aber wo war das Milchglas? Er hatte weder für diese simple Tatsache eine Erklärung, noch, warum dort, wo er angeblich ein Sandwich gemacht hatte, keine Krümel zu finden waren.«

»Aber wie hat er den Spielbeginn beschreiben können?« fragte Grace Friedkin.

»Ich erwähnte, daß es ein spektakulärer Auftakt war; daher wurde er nach der ersten Spielzeit wiederholt, und da hat er ihn gesehen.«

»Ich weiß, worauf sie hinauswollen, Mr. Tibbs«, sagte Friedkin. »Aber was veranlaßt Sie zu glauben, daß wir nicht absolut aufrichtig mit Ihnen sind?«

»Das kann ich Ihnen präzise sagen, Sir. Als ich Ihnen gegenüber bemerkte, daß ich Zugang zu allen medizinischen Unterlagen Ihrer Tochter brauchen würde, erwähnte ich einen Gynäkologen und einen Psychiater – in dieser Reihenfolge. Sie beeilten sich, mir zu sagen, daß sie keinen Psychiater gebraucht hätte. Da ich annehme, daß es sich um eine junge, unverheiratete Frau mit tadellosem Charakter handelt, liegt es näher, daß Sie zuerst den Bedarf eines Gynäkologen abstreiten würden. Später, als ich den Augenoptiker erwähnt habe, sagte Mrs. Friedkin sofort, daß Doris nie eine Brille getragen habe.«

»Mr. Tibbs, es ist für eine junge Frau nicht ungewöhnlich, einen Gynäkologen aufzusuchen, ohne daß man deswegen Rückschlüsse auf ihren Charakter ziehen müßte.«

»Zugegeben, Sir, aber unglücklicherweise ist in der vorhandenen, sehr umfangreichen Akte zu diesem Punkt überhaupt nichts vermerkt. Und Untersuchungsbefunde sind in Fällen wie diesem von allergrößter Wichtigkeit.«

Wieder dachte Herbert Friedkin angestrengt nach. Er wollte keinen weiteren schwerwiegenden Fehler begehen, aber plötzlich sah er sich in die Enge getrieben; über ein Jahr lang hatte er alles getan, um eine solche Situation zu vermeiden.

»Mr. Tibbs«, begann er äußerst vorsichtig, »in den Gesprächen mit Ihren Kollegen habe ich versucht, Ihnen alle Informationen über Doris zu liefern, die mir irgendwie von Belang erschienen.«

Virgil verzog keine Miene. »Das akzeptiere ich, Sir, aber entschuldigen Sie bitte, daß ich nochmals darauf hinweise, daß das uns vorliegende, zugegeben äußerst umfangreiche Datenmaterial immer noch ungenügend ist – denn wir haben sie nicht gefunden. Alles, was wir vorliegen haben, ist von, wie ich bereits sagte, sehr kompetenten Männern absolut erschöpfend bearbeitet worden.«

»Deswegen brauchen Sie noch mehr Angaben.«

»Ja, Sir – die brauche ich.«

Grace Friedkin hatte das Gespräch intensiv verfolgt. Mit ruhiger Stimme mischte sie sich in die Diskussion ein. »Mr. Tibbs, da Sie offensichtlich ein äußerst einfühlsamer Mensch sind, werden Sie verstehen, daß es Dinge gibt, die so persönlich und intim sind, daß sie automatisch …«. Mrs. Friedkin schien auf einmal nicht mehr so recht zu wissen, wie sie den Satz beenden sollte.

Tibbs ging darauf ein. »Mrs. Friedkin, während Sie mit Doris schwanger waren und während der Geburt mußten Sie gewisse Eingriffe in Ihre Privatsphäre erdulden – das war unvermeidlich. Im Austausch dafür bekamen Sie und Ihr Mann Ihr Kind. In den Akten habe ich viele Fotos von Doris gesehen, und sie ist sehr hübsch. War es das wert?«

»Natürlich war es das.«

»Vielleicht könnten Sie dann Ihre natürlichen Hemmungen und Bedenken überwinden, für die ich natürlich volles Verständnis habe, denn dann bin ich vielleicht in der Lage, Ihnen Doris zurückzubringen. Falls das möglich ist.«

Einen Moment lang herrschte Stille – Totenstille. Dann schaute Herbert Friedkin seine Frau an. Zwischen den beiden ging eine unsichtbare Kommunikation vonstatten; Virgil sah sie nicht, da er ruhig seinen Kaffe austrank und sich dabei in dem großzügigen, perfekt eingerichteten Raum umblickte.

Als er Friedkin wieder ansah, hatte der Finanzier einen Entschluß gefaßt. Da er sich entschieden hatte, sprach er es unverblümt aus. »Mr. Tibbs, Ihr Scharfsinn bringt mich in eine Lage, in die ich beschlossen hatte, nicht zu geraten. Wenn ich Sie bitte, diese Unterhaltung so vertraulich wie nur irgend möglich zu behandeln, möchte ich Sie damit keineswegs beleidigen. Ich gehe davon aus, daß Sie es ohnehin tun.«

»So weit es mir möglich ist, natürlich, Sir.«

»Nun, gut. Einige Wochen vor ihrem Verschwinden wurde unsere Tochter das unschuldige Opfer einer Vergewaltigung. Nach reiflicher Überlegung hatten wir uns entschieden, den Vorfall nicht zu melden.«

Behutsam nahm Virgil seinem Gegenüber einen Teil der Last von dessen Schultern. »Ich denke, daß ich die Gründe dafür bereits kenne, Sir«, sagte er. »Erstens ist sie die einzige Tochter einer sehr prominenten Familie, daher würde die für Doris und Sie peinliche Angelegenheit ziemlich hochgespielt werden. Außerdem glauben viele Menschen, daß sich die Polizei bei Vergewaltigung reichlich unsensibel verhält. Wäre die Tat gemeldet worden, hätten wir Doris bitten müssen, sich einer polizeiärztlichen Untersuchung zu unterziehen. Zusätzlich hätte sie vielleicht, vorausgesetzt wir hätten den Täter gefaßt, im Zeugenstand die sehr schmerzlichen Einzelheiten der Tat wiedergeben müssen. Selbst wenn der Fall unter Ausschluß der Öffentlichkeit verhandelt worden wäre, hätte sie die Hölle durchgemacht.«

Friedkin schien tatsächlich erleichtert; er nickte zustimmend mit dem Kopf und entspannte sich sichtlich. »Das ist natürlich alles richtig. Es tut mir leid, wegen der Geschichte mit der Sensibilität der Polizei, aber wir haben so gedacht. Dennoch war das nicht unser Hauptproblem.«

»Habe ich etwas unerwähnt gelassen?«

»Ja.«

»Dann erscheint es mir möglich, daß Sie wissen, wer für das Verbrechen verantwortlich war, Sir.«

Kontrolliert legte Friedkin seine Arme auf die Stuhllehnen und blicke vor sich hin, während er weitersprach. »Sie haben recht, ich kenne ihn. Ich weiß, jeder sagt, daß zu so einer Sache immer zwei gehören, aber ich würde mein Leben darauf verwetten, falls das nicht zu pathetisch klingt, daß Doris zu dem, was vorgefallen ist, niemals ihre Einwilligung gegeben hat.«

Er wandte den Kopf und schaute Tibbs in die Augen. »Der Mann, der sie vergewaltigt hat, ist es nicht wert, ein Mann genannt zu werden. Er ist noch sehr unreif, aber offensichtlich von unkontrollierbarer Triebhaftigkeit. Zufällig ist er der Sohn einer meiner besten Freunde.«

»Kennt sein Vater die Umstände?«

»Nein, und ich habe nicht die Absicht, es ihm mitzuteilen. Ich glaube, er würde ihm die Kehle durchschneiden, wenn er davon erführe, denn sein Sohn bedeutet ihm alles. Warum zum Teufel unser Herrgott ihm einen wie diesen geschenkt hat, weiß ich nicht. Der Junge ist intelligent, er sieht außergewöhnlich gut aus, und die jungen Frauen liegen ihm dutzendweise zu Füßen. Aber er wollte die Unerreichbare, und als er sie anders nicht bekommen konnte …«

Virgil unterbrach ihn mit einer Handbewegung. »Ich werde ihn befragen«, sagte er, »aber ich werde mein Möglichstes tun, um seinen Vater vor der Wahrheit zu schützen.«

»Davon gehe ich aus«, erwiderte Friedkin.

»Um dieses Thema möglichst nicht noch einmal anschneiden zu müssen, erlauben Sie mir noch eine letzte Frage: War es zu einer Schwangerschaft gekommen?«

»Gott sei Dank nicht.«

»Hatte sich Doris zum Zeitpunkt ihres Verschwindens Ihrer

Meinung nach genügend von dem Schock dieser Erfahrung erholt?«

»Nein.« Diesmal kam die Antwort von Grace Friedkin.

Tibbs stand auf. »Vielen Dank für Ihre Zeit und Ihre Gastfreundschaft. Ich fürchte, daß ich Ihnen in den kommenden Tagen noch öfter zur Last fallen werde, aber beim nächsten Mal wird es sicherlich weniger schmerzlich werden.«

Auch Friedkin erhob sich. »Ich weiß, daß ich früher darüber hätte sprechen müssen, aber damals habe ich nicht ermessen, daß es von Nutzen sein könnte. Jetzt verstehe ich es.«

Tibbs erwiderte nichts darauf, das war auch nicht nötig. Stattdessen folgte er seinem Gastgeber in die Eingangshalle des herrschaftlichen Hauses. Wieder fiel Virgil die für Friedkins Haus charakteristische exquisite Innenausstattung auf. Sie zeugte von sehr viel Geld, aber auch von einem ausgeprägt guten Geschmack, ohne jeden Protz. Bei den meisten Gegenständen handelte es sich um außergewöhnlich sorgfältig ausgewählte orientalische Antiquitäten. Eine große Seidenstickerei, die vor Kantonleinen hing, verlieh einer Wand einen ganz besonderen Charakter; auf der gegenüberliegenden Seite glänzte eine Reihe makelloser japanischer Rüstungen in opulenter Pracht.

Das auffälligste Objekt, ein wunderschöner, Gelassenheit und Würde ausstrahlender Buddha – zweifellos eine Rarität –, stand in einer eigens für ihn gebauten Nische. Ein in die Decke eingelassener, sanfter Fluter brachte seine außergewöhnliche Formgebung besonders zur Geltung. Die Gesichtszüge waren bemerkenswert gut ausgearbeitet, doch statt der üblicherweise niedergeschlagenen Augen schaute dieser Buddha geradeaus – scheinbar direkt in die Richtung desjenigen, der gerade vor ihm stand. Die Augen der Statue erzeugten die Illusion von Beseeltheit; trotz ihrer Schlitzförmigkeit wirkten sie fast hypnotisch durchdringend.

Tibbs verweilte einen Moment, um sich dieses Kunstwerk genau anzusehen. Friedkin wartete freundlich und ließ ihm genug Zeit, sich an dem großen Talent und der Kunstfertigkeit dessen zu erfreuen, der es geschaffen hatte.

»Es ist ein besonders bemerkenswertes Stück«, sagte Virgil. »Noch nie habe ich eine Buddhastatue mit solchen Augen gesehen.«

»Sie ist ziemlich ungewöhnlich. Wahrscheinlich werde ich sie eines Tages dem Museum stiften, damit sich alle daran erfreuen können, aber vorläufig fasziniert sie mich, wie ich zugeben muß, selbst.«

»Das kann ich gut verstehen. Sie scheint fast in der Lage, jedem Gegenüber direkt in sein Innerstes zu sehen.«

Einen Augenblick lang betrachtete Friedkin seinen Besitz von der Seite, dann sagte er: »Mr. Tibbs, ich denke, wenn es Ihnen gelingt, zu ähnlich tiefen Einsichten zu gelangen wie diese Statue hier, dann könnte Ihnen die schwierige Suche nach meiner Tochter gelingen.«

Virgil wandte sich zu ihm um. »Ich darf Ihnen versichern, Mr. Friedkin, daß ich dies mit Sicherheit versuchen werde.«

Als Virgil nach draußen trat, war es bereits kühl und der Abendhimmel lag über der Stadt, aber er war noch zu aufgewühlt, um in sein Apartment zurückzukehren, das er Zuhause nannte. Obwohl er seinen Beruf freiwillig gewählt hatte, bereitete es ihm keine Freude, in die Privatsphäre unbescholtener Leute einzudringen. Dafür war ihm seine eigene zu kostbar und auch in seiner Vergangenheit hatte es, wie bei jedermann, vereinzelt Vorfälle gegeben, von denen er hoffte, daß sie nie an die Öffentlichkeit dringen würden. Er stieg in seinen Wagen, steckte den Zündschlüssel ins Schloß und fuhr in Richtung Pasadena Hilton.

Es war weniger die Lust auf einen Drink als sein Bedürfnis nach Kontakt mit anderen Menschen auf emotional nicht aufgeheizter Ebene. Er wollte unter Menschen sein, und unbewußt genoß er immer noch die Tatsache, daß er jedes öffentliche Forum betreten konnte und die gleiche Aufmerksamkeit und Höflichkeit erfuhr wie andere auch. Zu seines Vaters Zeiten war das noch anders gewesen. Die meisten gesellschaftlichen Veränderungen hatte er selbst miterlebt, daher erschien ihm diese neue Emanzipation bis zu einem gewissen Grade immer noch illusionär: ein rosaroter Traum, der jeden Moment wieder einer harten, feindseligen Realität weichen konnte.

Er nahm den Aufzug bis zur dreizehnten Etage, stieg aus und schritt durch den tunnelartigen geziegelten Gang, der zur Cocktailbar führte. Nach wenigen Schritten befand er sich in einer sanft beleuchteten, pseudospanischen Welt mit anspruchsvoller, moderner Musik, die ihm wesentlich angenehmer war als das laute Geschrei in den Diskotheken.

Der Manager hieß ihn persönlich willkommen und sorgte dafür, daß er nicht allzuweit von der Bühne einen Einzeltisch bekam. »Wir freuen uns, Sie wieder bei uns begrüßen zu dürfen, Mr. Tibbs«, sagte er.

»Danke, Mr. Gonzalez.« Er bestellte einen Drink und entspannte sich dann merklich, indem er den Tag hinter sich ließ und seinem Traum nachhing. Er betrachtete noch einmal seine dunkelhäutigen Hände und fand darin neue Kraft, die er brauchte.

Auf der Bühne trat eine junge Frau in den bernsteinfarbenen Lichtkegel, richtete ein paar Sekunden lang das Mikrophon, so daß die Anwesenden Zeit hatten, sie zu beäugen, und blickte dann einen Moment lang über das Publikum hinweg. Ihr hellgrünes Gewand paßte gut zu ihrer dunklen Hautfarbe – und sie trug es mit der natürlichen Anmut einer körperbewußten Frau. Ihre Frisur war einfach, aber wirkungsvoll, und unterstrich ihr von Natur aus gutes Aussehen.

Als sie in das Mikrophon sprach, klang ihre Stimme künstlich tief, und ihre Art zu sprechen war perfekt. »Guten Abend, Ladies und Gentlemen. Da Nostalgie wieder stark in Mode ist, möchte ich Sie mit in die Vergangenheit nehmen – weit zurück – bis in die Tage des alten Isham Jones, und ein Lied wiederbeleben, das richtiges Feeling hatte und es immer noch hat.«

Das Klavier setzte ein und dann erinnerte eine gedämpft erklingende Trompete an die gute alte Big Band-Ära. Nach den ersten paar Takten, die die junge Frau sang, wußte Tibbs, daß sie gut war, verdammt gut. Während er den Klängen des *Blue Prelude* lauschte, fragte er sich, wie ein solch tolles Lied aus dem Repertoire hatte verschwinden können.

Die Stimme der Sängerin paßte perfekt zu seiner melancholischen Allein-im-Herzen-der-Stadt-Stimmung, und jede Note besaß eine eigene, leise vibrierende Dynamik, die tief ins Innere dran.

Virgil trank sein Glas aus und bestellte noch einen Drink, während die Sängerin ihr außergewöhnliches Talent an Gershwins *The Man I Love* bewies. Gewöhnlich folgte auf solch ein Lied eine schnellere Nummer, aber sie wählte *Bali Hai* und sang es unvergleichlich gut.

Als sie geendet hatte und die niedrige Bühne verließ, hatte Tibbs das Gefühl, tief in ihrer Schuld zu stehen; die Last der Realität war von ihm abgefallen. Im Leichenschauhaus war der Körper einer anderen jungen Frau auf dem Sektionstisch bereits unbarmherzig ausgeweidet worden. Seine Aufgabe war es, ihre Identität zu klären und die Todesumstände festzustellen, aber das würde bis morgen warten müssen. Heute abend befand er sich in einer anderen, besseren Welt.

Er trank das zweite Glas aus und lehnte ein drittes strikt ab. Als er sich zum Gehen erhob, sah er, wie sich die Sängerin mit einer Leichtigkeit zwischen den Tischen bewegte, wie er es anders nicht erwartet hatte. Er trat zur Seite, um sie vorbeizulassen, was sie mit einem höflichen Nicken quittierte. »Danke«, sagte er.

Sie blieb stehen und lächelte ihn gekonnt an. »Hat es Ihnen gefallen?«

»Sehr. Ich würde Sie gerne wieder hören. Sind Sie noch eine Weile hier?«

»Ein paar Wochen.«

»Dann werde ich wiederkommen.« Er betonte es so, daß sie es nicht nur als das übliche, hohle Kompliment auffassen sollte.

Sie lächelte wieder, dieses Mal ohne schützende Künstlichkeit. »Das ist schön.« Sie reichte ihm ihre zarte Hand, die sie nur leicht anhob.

»Ich kenne Ihren Namen nicht.«

»Marsha Briggs.«

Vielleicht war dies ein Künstlername, aber das spielte keine Rolle.

»Hallo, Marsha. Woher kommen Sie?«

»Chicago. Und Sie?«

»Ich lebe in Pasadena. Virgil Tibbs.« Er zeigte auf den Tisch und lud sie ein, Platz zu nehmen, falls sie dazu Lust hatte. Sie setzte sich anmutig, aber ihre Haltung verriet, daß sie nicht lange bleiben wollte. Er bemerkte sofort, daß ihr warmer Blick wieder in professionelle Distanziertheit umschlug. »Sehr beeindruckend«, sagte sie. »Virgil Tibbs persönlich. Ich fühle mich geehrt.«

Damit traf sie einen seiner wunden Punkte, und er konterte sofort. »Stört Sie die Gegenwart eines Polizeibeamten so sehr?« fragte er.

Sie musterte ihn genau. »Nein, das ist es nicht, aber Sie müssen zugeben, daß Sie nicht gerade wie Sidney Poitier aussehen.«

Virgil blickte sie einen Moment lang direkt an und genoß ihre Schönheit und ihre Nähe. Dann zückte er ohne Umschweife seine Brieftasche und reichte ihr eine dünne Visitenkarte, die das rotblaue Wappen der Polizei von Pasadena trug.

Sie nahm sie und las, dann schaute sie ihn wieder an. Dieses Mal hatten ihre dunklen Augen einen beinahe weichen Glanz, in denen er die Bitte um Verständnis las. »Darf eine Lady um Entschuldigung bitten?« fragte sie.

»Dazu besteht kein Grund.«

»Sind Sie immer unterwegs, um jemanden zu verhaften?« Er wußte, daß sie es nicht ernst meinte.

»Normalerweise nicht. Es sei denn, es handelte sich um einen Mörder.«

»Ich habe noch nie jemanden getötet.«

»Gut.«

Auf der Bühne spielte die Band ein neues Stück. »Ich würde gerne mit Ihnen tanzen«, sagte er. »Darf ich bitten?«

»Gerne.«

Er führt sie auf die Tanzfläche, die unter freiem Himmel lag. Die Luft war abendlich frisch, aber es war windstill und nicht eigentlich kühl. Die Musik war von gleichem Stil wie ihre Songs, und er hielt sie eng genug, um zu spüren, daß sich hinter ihrer sorgfältig gewahrten Fassade aus künstlerischem Raffinement sehr viel Weichheit und Menschlichkeit verbarg.

Als die Musik aufhörte, verweilte sie noch einen Moment in seiner Umarmung. »Wenn ich Feierabend habe«, sagte sie, »würde ich gerne noch in Ruhe eine Tasse Kaffee mit Ihnen trinken. Ich mache um eins Schluß.«

Sein Apartment lag nur ein paar Schritte entfernt, es war kein Aufwand zurückzukommen. Außerdem hatte er geplant, noch eine Weile wach zu bleiben, um zu arbeiten. »Wo kann ich Sie treffen?« fragte er.

»In der Lobby.«

»Dann bis gleich?«

Sie war mehr als einverstanden. »Bis gleich«, wiederholte sie.

Einige Minuten später fuhr Virgil im Fahrstuhl nach unten und trat wieder in die Nacht hinaus.

Fünftes Kapitel

Obwohl Bob Nakamura sich selbst gerne als Buddhakopf bezeichnete, würde ihn niemand, der mit der Westküste der Vereinigten Staaten vertraut war, je für einen Japaner halten. Er war genau so amerikanisch wie der Civitan Club, und vor allem sah er, bis auf leicht asiatische Gesichtszüge, auch aus wie ein typischer Amerikaner. Durch seine offene und freundliche Art war er ein idealer Gesellschafter, und er liebte es, beim gemeinschaftlichen Singen den Vorsänger zu machen. Er sah so wenig aus wie ein Kriminalbeamter, daß manche Leute seine diesbezüglichen Fähigkeiten in Frage stellten. Das war ein Fehler: Nakamura war durch und durch Profi und hatte sich auf Diebstahl und die verschiedenen Formen des illegalen Glücksspiels spezialisiert.

Zudem war er Virgil Tibbs' Partner, was bedeutete, daß er einige sehr spezielle Rollen beherrschen mußte – vom Exekutivbeamten bis zum griechischen Chor. Wie es so oft bei brillanten Leuten der Fall ist, war auch Virgil nicht immer der ideale Gefährte, obwohl er niemals gegenüber Untergebenen lostobte; dafür hatte er sich zu hartnäckig zur Disziplin erzogen. Bob vertrat die Ansicht, daß es ihm gut täte, wenn er sich von Zeit zu Zeit mal gehen ließe.

Kurz nach halb neun betrat der Polizeibeamte Jerry Ferguson das Büro, um nach Virgil zu suchen. »Er ist drüben im Archiv und überprüft einige Angaben zum Friedkin-Fall«, teilte Bob ihm mit. »Kann ich helfen?«

»Vielleicht.« Ferguson setzte sich auf die Schreibtischkante. »Ich überlege, ob ich eine Pressemitteilung über die Wiederaufnahme der Ermittlungen herausgeben soll; daß Virgil ihn jetzt übernimmt und all das.«

Ferguson hatte mehrere Funktionen inne. An seinem Rang konnte man ablesen, daß er ein erstklassiger Polizist war. Sein Hauptaufgabengebiet war die Abteilung für Öffentlichkeitsarbeit, die alles andere als ein Ruhekissen darstellte. Das hatte sich gezeigt, als eine im Bau befindliche, riesige Freewaybrücke ohne Vorwarnung zusammengestürzt war. Das plötzliche Unglück hatte einigen Bauarbeitern das Leben gekostet und danach zwei Polizisten ehrenvolle Erwähnungen eingebracht, die ihr Leben aufs Spiel gesetzt hatten, um unter Hunderten von Tonnen bröckeligen, weichen Zements zwei Überlebende zu bergen. Jerry hatte die ganze Situation trotz der schwierigsten Umstände gemeistert. Er besaß die dafür notwendigen Veranlagungen, denn neben all den anderen Aufgaben war er auch Polizeikaplan: das einzige vereidigte Mitglied des Reviers, das die Qualifikation besaß, an einem Tag einen Tatverdächtigen zu verhaften und am nächsten Tag die Trauung eines seiner Kollegen zu vollziehen.

Bob kannte Jerry gut genug, um zu wissen, daß er eine solche Mitteilung nicht nur wegen ein paar Zeilen auf der Schreibmaschine vorschlug. »Nennen Sie mir den Grund«, bat er.

»Nun, gut. Der Fall ist über ein Jahr alt und wir haben uns beim ersten Mal alles und jeden gründlich vorgenommen. Nichts, was man hätte tun können, haben wir unversucht gelassen.«

»Stimmt.«

»Inzwischen ist der Fall in der Öffentlichkeit wahrscheinlich größtenteils vergessen.«

»Stimmt auch.«

»Wenn es Virgil gelingt, etwas Neues auszugraben, dann könnte er vielleicht die Unterstützung der Öffentlichkeit gebrauchen.

Bob stimmte eifrig zu. »Vor allem, falls es jemanden gibt, der damals geschwiegen hat, der aber, nachdem so viel Zeit verstrichen ist, inzwischen gesprächsbereiter ist.«

»Genau. Natürlich ermuntern wir dadurch auch wieder irgendwelche Idioten, aber das läßt sich ertragen.«

»Ich würd' es machen, Jerry. Schließlich ist es keine geheime Ermittlung und vielleicht hilft ein bißchen Öffentlichkeit. Ich denke, daß Sie damit zuerst zu Captain Cockel gehen sollten.«

»Natürlich.« Jerry stand auf und verließ den Raum.

Kurz nach zehn kam Tibbs zurück und teilte mit, er habe für den Morgen ein Verhör angesetzt, er werde nicht vor dem frühen Nachmittag zurück sein. Ob es etwas Neues gäbe?

Bob berichtete ihm wahrheitsgemäß, daß sich bislang nichts getan habe. Er verbannte die geplante Pressemitteilung bewußt aus seinem Gedächtnis, bis Virgil aus dem Zimmer war.

Es war noch immer gutes Wetter, als Virgil Tibbs aus seinem am Rand abgestellte Zivilwagen stieg und über den Campus des Pasadena City Colleges schritt. Als er sich der großen Wasserfläche näherte, in der sich das Hauptgebäude spiegelte und die das Einerlei der riesigen Grasfläche unterbrach, wünschte er, daß es immer so friedlich sein könnte – daß der alljährliche Alptraum am Silvesterabend, diese immer wiederkehrende Welle von Gewalt, vermeidbar wäre. Vor wenigen Wochen noch war am selben Ort eine emotional aufgeheizte Auseinandersetzung fast in eine Straßenschlacht ausgeartet.

Jetzt schien alles ruhig und friedlich, daher setzte er sich auf die Kante des Beckens und erwartete das Erscheinen eines Frauenschänders.

Tibbs stand zur Begrüßung auf, als der mit ihm verabredete junge Mann näherkam. Dieser sah aus wie ein typischer College-student – vielleicht besser angezogen als die meisten. Seine Gesichtszüge wirkten offen und ehrlich. Zudem konnte er als ausgesprochen gutaussehend gelten. Seine Haare waren etwas länger, aber keineswegs extrem lang. Er trug eine eng geschnittene Hose, ein am Hals offenes, helles Hemd und eine offene Jacke, die offensichtlich aus einem teuren Laden stammte.

»Mr. Tibbs?« fragte der Student. »Ich bin Randy Joplin. Man hat mir gesagt, daß Sie mich sprechen wollen.«

Er streckte seine Hand aus und Tibbs ergriff sie so kurz, wie es die Höflichkeit gebot. Es war nicht zu übersehen, warum die Frauen auf dem Campus den jungen Mann attraktiv fanden; wahrscheinlich hatte er reichlich Auswahl und machte ordentlich Gebrauch davon. Gut möglich, daß Doris Friedkin auch eine der Vielen gewesen war.

»Ja, das stimmt.« Virgil fiel sein überkorrektes, steifes Englisch auf, das eigentlich nicht so ganz seinem Ruf entsprach. »Ich möchte mich kurz mit Ihnen unterhalten – sehr privat. Und vertraulich.«

»Dann gehen wir besser irgendwo anders hin; ich habe hier eine Menge Freunde, die uns mit Sicherheit stören werden, wenn wir hier stehenbleiben.«

Virgil zeigte auf sein Auto. Nachdem sie beide eingestiegen waren, fuhr er in Richtung Arroyo Seco und des weltberühmten Riesenstadions Rose Bowl. Er konnte die mühsam unterdrückte Anspannung des jungen Mannes neben sich spüren, doch bei Leuten, die unerwartet zu einem Polizeiverhör gebeten wurden, war das nur allzu normal. Tibbs schwieg, konzentrierte sich auf die Straße und ließ seinen Fahrgast absichtlich schmoren. Beim nächsten Wortwechsel war die Erleichterung über das endlich gebrochene Schweigen vielleicht so groß, daß er automatisch gesprächiger würde.

Als sie das Stadion erreichten, parkte Tibbs das Auto und stieg aus. Randy folgte ihm, und er setzte sich, nachdem sie das gewaltige Oval betreten hatten, auf eine der langen Betonbänke – ein winziger Fleck Leben in einer gähnend symmetrischen Leere.

Als sich Randy ziemlich dicht neben ihn setzte, war er immer noch äußerst angespannt. Virgil versuchte ihn ein bißchen aufzulockern. »Hier sind wir absolut sicher und keiner kann mithören.«

»Ist schon o. k.«

Tibbs verschränkte seine Finger ineinander und begann das eigentliche Gespräch. »Wir rollen den Fall Doris Friedkin noch einmal auf, und er ist mir übertragen worden. Die bisherigen Ermittlungen waren bereits sehr gründlich, aber nun werden wir jedes Detail noch einmal durchgehen, um festzustellen, ob sich nicht vielleicht doch eine neue Spur ergibt.«

Er sprach so ruhig wie möglich, ohne besondere Betonung und ohne den Grund zu verraten, warum es ihm gerade mit diesem Verhör so eilig war. Sein Kalkül ging auf – die Anspannung seines Gegenübers wich sichtlich.

»Dann wünsche ich Ihnen viel Glück«, erwiderte Randy. »Sie ist ein klasse Mädchen – falls sie noch lebt.«

»Haben Sie irgendeinen Grund zu der Annahme, daß es nicht so sein könnte?«

»Na – ist doch logisch. Wenn sie o. k. wäre, dann hätte sie sich in über einem Jahr sicherlich bei ihren Eltern gemeldet, oder ihnen geschrieben. Sie standen sich immer ziemlich nahe. Sie wüßte, wie schwer sie das alles nehmen würden.«

»Das klingt ziemlich vernünftig«, stimmte Tibbs zu und blickte in die Weite des riesigen, leeren Stadions.

Nach einer Weile brach – wie erwartet – Randy erneut das Schweigen. »Hören Sie, ich habe alles, was ich weiß, bereits dutzendfach ausgesagt. Kennen Sie Sergeant Perkins?«

»Ja, sehr gut. Inzwischen ist er Lieutenant Perkins.«

»Er und ich sind alles gemeinsam durchgegangen, und er hat nicht ein verdammtes Detail ausgelassen. Er hat mich förmlich dazu gezwungen, mich wieder an Einzelheiten zu erinnern, die ich bereits völlig vergessen hatte – oder dachte, daß ich sie vergessen hätte. Ehrlich, es gibt nichts, was ich Ihnen noch Neues erzählen könnte.«

Virgil blickte weiterhin über das Footballfeld hinweg, um seine Worte noch unpersönlicher erscheinen zu lassen. »Lassen Sie mich die Grundregeln festlegen«, sagte er. »Momentan bin ich nicht darauf aus, Sie oder irgend jemanden sonst in die Enge zu treiben. Mein Job ist es, Doris zu finden – oder definitiv herauszufinden, was ihr zugestoßen ist.«

Randy wirkte sichtlich geschockt. »Womit wollen Sie mich denn in die Enge treiben? Wir waren uns ziemlich nahe, na und? Ich bin stolz darauf. Trotz der Tatsache, daß ihre Familie mich nicht sonderlich mochte, haben wir uns oft getroffen. Das habe ich Sergeant Perkins auch gesagt.«

»Warum mochten ihre Eltern Sie nicht?« fragte Tibbs. Während er sprach, klang seine Stimme sehr ruhig und gleichgültig.

»Bigotterie.«

»Vielleicht auch – der gesellschaftliche Status?«

»Nein, nicht deswegen. Unsere Familie ist auch nicht so übel, wissen Sie; Daddy ist Millionär und ebenfalls im Vorstandskomitee der Roses. Wir haben zwar nicht ganz so viel Geld wie die Friedkins, aber wer zum Teufel hat das schon – hier in der Gegend.«

»Kommen Sie zur Sache«, sagte Tibbs.

»Kann das unter uns bleiben?«

»Wenn Sie es wünschen.«

»Ja. Also, gut: Die Friedkins sind Juden. Sie haben mir gegenüber immer ein Riesentheater gemacht, von wegen Traditionen und so.«

»Haben Sie das Dallas Perkins erklärt?«

»Nein, nicht so ausführlich, aber er hat es immerhin mitbekommen. Und im vergangenen Jahr hatte ich viel Zeit, darüber nachzudenken. Doris und ich haben nie über Heirat oder so gesprochen, aber wir sind besser miteinander ausgekommen als die meisten, also, wer weiß«

»Da Sie Doris so gut kannten, was glauben Sie, wie wichtig der Glaube für sie war?«

Randy fühlte sich bei dieser Frage sichtlich wohler. »Ich glaube, es war ihr ziemlich egal. Ich weiß zum Beispiel, daß Jude nur ist, wer eine jüdische Mutter hat, der Vater reicht nicht. Aber sie hat sich nie großartig um solche Sachen geschert.«

Während er nachdachte, ließ Virgil wieder ein paar Sekunden lang Stille aufkommen. Falls sich die Geschichte, die Randy gerade erzählt hatte, als wahr herausstellte, dann wäre eine Anklage wegen Vergewaltigung schwerer durchzukriegen. Er beschloß, den bereits eingeschlagenen Weg weiter zu verfolgen. »Wir haben Doris beim ersten Mal nicht gefunden und einer der Gründe dafür ist, daß wir nicht genug über sie wußten. Jetzt brauche ich alles, was verfügbar ist; vielleicht ist irgendeine Kleinigkeit der Schlüssel zum Ganzen.«

Randy nickte. »Ich verstehe.«

»Gut – dann sagen Sir mir ganz direkt: Hatte Doris Spaß am Sex?«

»Was?«

»Mochte sie Sex oder nicht? Das ist eine einfache Frage, aber sie könnte wichtig sein.«

»Wieso?«

»Lassen Sie das meine Sorge sein – antworten Sie mir einfach. Und verschweigen Sie nichts; das hier ist immer noch vertraulich.«

»Voll und ganz?«

»Ja.«

Randy rieb sich mit beiden Händen das Knie und suchte nach Worten, die ihn nicht zu sehr kompromittierten. »Wenn es Doris hilft, dann werde ich es Ihnen erzählen. Wahrscheinlich bin ich ein verdammter Idiot, wenn ich einem Bullen traue – aber was soll's. Ich mach ne Menge rum; die Mädchen stehn auf mich und seit meinem vierzehnten Lebensjahr bin ich regelmäßig dabei. Ich seh ganz gut aus, ich hab ne Menge Taschengeld und das richtige Auto, und bei wem so etwas ne Rolle spielt, von dem kriege ich so ziemlich alles, was ich will. Sie wissen verdammt gut, daß das Pasadena City College nicht aus Hundertschaften von Jungfrauen besteht, die über den Campus laufen. Männlich oder weiblich.«

»Sie sind ein Glückspilz.« Das war als Ansporn gemeint, als Bonbon für Randys Ego.

»Ja, wahrscheinlich. Aber mit Doris war das anders, weil sie nicht eigentlich sexy war, wenn Sie wissen, was ich meine. Sie sah verdammt gut aus und so, aber sie war ziemlich zugeknöpft, weil ihre Familie über sie wachte wie über ihr Bankkonto. Das hemmte sie, selbst wenn wir allein waren. Ihr Alter hat meistens Detektive angeheuert, um sicher zu sein, daß sie sich von Büschen fernhielt.«

»Wußte sie das?«

»Ja, und sie haßte es. Wenn es uns gelang, uns irgendwie davonzumachen, dann wollte sie soviel Zuwendung wie möglich – aber flachlegen hat sie sich nie lassen. Ich hab ihr gesagt, daß sie das Beste verpaßt, aber sie hatte eine Scheißangst davor.«

»Haben Sie es je versucht?«

»Natürlich, aber sie hatte einfach zu viel Angst vor ihrer Familie.« Randy änderte seine Sitzhaltung. »Davon abgesehen habe ich Ihnen ja gesagt, mit ihr war es anders. Ich kann jederzeit einen guten Fick bekommen und ich treib es mit ner Menge Mädchen, trotzdem habe ich mich häufig mit Doris getroffen, weil – nun, weil ich sie wohl liebte, glaub ich.«

Er setzte sich wieder aufrecht hin. »Zumindest ist sie das einzige Mädchen, bei der ich je über ne Heirat nachgedacht habe. Und nicht wegen des Familienbesitzes. Wenn sie ›außerhalb des Glaubens‹ geheiratet hätte, wie ihr Alter es nannte, dann wäre sie wahrscheinlich enterbt worden.«

»Was glauben Sie, wie wahrscheinlich ist es, daß Doris bei ihrem Verschwinden noch Jungfrau war? Bitte hängen Sie nicht den Kavalier heraus, sondern geben Sie mir bitte eine direkte Antwort.«

Randy zögerte nicht, diese Frage zu beantworten. »Jede Wette, daß sie noch Jungfrau war. Wenn sie nicht mit mir schlafen wollte, dann hat sie es mit keinem anderen gemacht. Soviel ist sicher, und ich habe es nie mit ihr gemacht. Noch nicht einmal im Ansatz.«

Im Laufe des Nachmittags wurde deutlich, daß es nicht einfach werden würde, die im Oak Grove Park gefundene Leiche anhand von Vermißtenanzeigen zu identifizieren. Nicht eine einzige junge Frau, auf die Alter und Beschreibung paßte, war in den vergangenen sechs Monaten im gesamten Bundesstaat als vermißt gemeldet worden. Eine Überprüfung auf nationaler Ebene war notwendig, eine Aussicht, die Virgil Tibbs' Laune keineswegs steigerte.

Gerade als er diese Information verdaut hatte, meldete sich das Büro des Coroners mit weiteren Neuigkeiten. Angesichts des Zustands der Leiche war es nicht möglich gewesen, Fingerabdrücke zu nehmen. Der Zahnstatus war jetzt verfügbar, aber unglücklicherweise war bislang nur wenig an ihren Zähnen gemacht worden und wenn, dann handelte es sich um Korrekturen sehr allgemeiner Natur. Es waren keine Zähne gezogen worden, sämtliche Weisheitszähne waren noch vorhanden, und die Gebißform wies keine besonderen Merkmale auf. Die bisherigen Untersuchungen hätten also nichts Signifikantes zu Tage gefördert.

Virgil hörte aufmerksam zu und hoffte, daß noch mehr kommen würde. Er wußte, daß in bestimmten Regionen, zum Beispiel in den Rocky Mountains, minimale Veränderungen an den Zähnen gehäuft auftraten, aber nichts dergleichen wurde erwähnt. »Wurden die Untersuchungen von einem Zahnarzt der Gerichtsmedizin durchgeführt?« fragte er.

»Nein, aber wir haben die üblichen Abdrücke gemacht und den eigentlichen Kiefer entnommen.«

»Gibt es irgendwelche Vergoldungen: eine Krone oder wenigstens eine Füllung?«

Die Antwort ließ ein oder zwei Minuten auf sich warten. Als sie durchgegeben wurde, enthielt sie zumindest einen Funken Hoffnung. »Ja, es gibt ein kleines Goldinlay, oben rechts am ersten Backenzahn.«

Virgil erfaßte erneut der Eifer. »Ich bitte darum, daß ein Zahnarzt der Gerichtsmedizin so schnell wie möglich eine vollständige Untersuchung durchführt. Wenn er damit fertig ist, soll er mich bitte anrufen; ich möchte mit ihm persönlich sprechen.«

»In Ordnung.« Der Mann von der Leichenbeschau vermochte zwar keinen Sinn darin zu sehen, aber andererseits war diese Bitte vollkommen im Rahmen, so mußte denn ein Spezialist hinzugezogen werden.

Virgil machte sich sorgfältig Notizen und legte das Blatt Papier dann zuoberst in die mittlere Schreibtischschublade. Danach rief er die Praxis von Dr. Arthur Simon, dem Hausarzt der Friedkins, an, der Doris ein paarmal untersucht hatte.

Dr. Simons Sprechstundenhilfe war bereits entsprechend instruiert worden. Daher erklärte sie Tibbs, daß der Doktor sich freuen würde, ihn am Ende seiner regulären Sprechstunde zu empfangen. Sie schlug einen Termin um halb fünf vor. Virgil bestätigte ihn und legte auf.

Danach lehnte er sich für ein paar Minuten in seinem Stuhl zurück, schloß die Augen und dachte nach. Ihm spukten einige ziemlich wilde und unausgegorene Ideen im Kopf herum, aber er war noch nicht bereit, ihnen ernsthafte Beachtung zu schenken. Vielleicht erbrachte der Besuch bei Dr. Simon ja besseres Datenmaterial. Außerdem konnte er es kaum erwarten, mit dem Zahnarzt der Gerichtsmedizin zu sprechen, sobald dieser die spezielle Untersuchung an den Zähnen des toten Mädchens durchgeführt hatte. Er zweifelte nicht daran, daß es sich nicht um Doris Friedkin handelte – die Leute vom Coroner waren viel zu qualifiziert, um sich in einem solchen Punkt zu irren –, aber bevor nicht die gesamte Angelegenheit mit dem noch nicht identifizierten ermordeten Mädchen aufgeklärt war, würde er kaum Zeit für andere Dinge haben.

Dr. Simons großzügige Praxisräume ließen darauf schließen, daß er als Arzt sehr erfolgreich war. Jedoch nicht im Sinne einer Massenabfertigung, wie man sogar an der Einrichtung des Wartezimmers sehen konnte, in dem nur wenige, bequeme und großzügige Sitzmöbel standen. Virgils erfahrener Blick verriet ihm, daß der Raum wohl nur selten überfüllt war. Die breiten Lehnen der Polsterstühle hatten ihre ursprüngliche Form bewahrt – ein Zeichen dafür, daß sie nicht allzu häufig benutzt worden waren. Die Zeitschriften waren neuen Datums und boten eine hervorragende Auswahl; es lagen weder belehrende medizinische Pamphlete noch alte Zeitungen herum.

Zum zweiten Mal seit seiner Ankunft öffnete sich das Anmeldefenster. »Würden Sie bitte eintreten, Mr. Tibbs«, sagte die Sprechstundenhilfe. »Dr. Simon erwartet Sie in seinem Sprechzimmer.«

Dr. Arthur Simon, ein großer Mann, wahrscheinlich Anfang sechzig, hatte eine bedächtige Art, die einen europäischen Hintergrund vermuten ließ. Er trug einen nicht zu üppigen Schnurrbart, der gut zur gängigen Vorstellung von einem *Herr Doktor* paßte, doch sprach er völlig akzentfrei. Mit ernstem Blick begrüßte er Virgil und schloß dann die Tür, um die Vertraulichkeit ihres Gesprächs zu betonen. Alte Schule, dachte Virgil, durch seine ruhige und besonnene Art wirkte er außergewöhnlich kompetent. Das an der Wand hängende Diplom, das ihm die Amerikanische Gesellschaft für Innere Medizin verliehen hatte, bestätigte diese Vermutung.

»Mr. Tibbs«, begann der Arzt. »Mr. Friedkin hat mir durch seinen Chauffeur einen eher ungewöhnlichen Brief überbringen lassen. Nachdem ich ihn gelesen hatte, habe ich ihn angerufen und mir den Inhalt noch einmal telefonisch bestätigen lassen.«

Virgil nickte. Die Tatsache, daß der Arzt so vorsichtig gewesen war, ließ darauf schließen, daß seine Aussagen wohlüberlegt und wahrscheinlich verläßlich waren.

»Mr. Friedkin hat mich angewiesen«, fuhr Dr. Simon fort, »jede medizinische Frage, die Sie mir eventuell zu seiner Tochter stellen wollen, vollständig und vorbehaltlos zu beantworten. Sie verstehen sicherlich, daß dies eine Verletzung der ärztlichen Schweigepflicht bedeutet. Abgesehen von dem Brief ihres Vaters, müßte ich normalerweise, da sie volljährig ist, Miss Friedkin selbst um ihr Einverständnis bitten, wenn ich mit Ihnen über ihre Krankenakte spreche.«

»Das verstehe ich sehr gut, Sir«, stimmte Tibbs zu. »Und da ich mir über die ethische Problematik im klaren bin, habe ich mir die Freiheit erlaubt, eine gerichtliche Verfügung zu beantragen, die mir vollen Einblick in Miss Friedkins Krankenakte gewährt, um mir dadurch die Ermittlungen zu erleichtern.«

Aus seiner Innentasche holte er ein Schreiben hervor und reichte es über den Schreibtisch. »Mr. Friedkins Brief soll Ihnen lediglich versichern, daß ich auch die Einwilligung der Familie besitze.«

Dr. Simon studierte das amtliche Schreiben sorgfältig. »In Ordnung, Mr. Tibbs, ich werde dem natürlich nachkommen. Und ich weiß es zu schätzen, daß Sie auch Mr. Friedkin um seine Einwilligung gebeten haben; das ist doch sehr beruhigend für mich.«

»Herr Doktor«, fuhr Tibbs fort, »ich bin die vertrauliche Aufzeichnung Ihres Gesprächs, daß vor über einem Jahr mit Sergeant Perkins stattgefunden hat, sorgfältig durchgegangen. Ich gehe davon aus, daß es nach den üblichen ethischen Grundsätzen geführt wurde.«

»Natürlich.«

»Nun, Sir, ich ziehe die Möglichkeit in Betracht, daß Miss Friedkin aus freiem Willen fortgegangen ist und es nun vorzieht, ihren Aufenthaltsort geheimzuhalten. Wenn diese Vermutung stimmt, hat sie sich möglicherweise Ihnen anvertraut, da sie sich Ihrer Diskretion sicher sein konnte, zumal, wenn auch medizinische Gründe dabei eine Rolle gespielt haben sollten. Wenn Sie mir mit Bestimmtheit sagen können, daß sie am Leben und wohlauf ist und keinerlei polizeiliche Hilfe benötigt, werde ich dieses Gespräch als nicht geführt betrachten und Sie nicht mehr behelligen.«

»Ich habe keinerlei Informationen dieser Art«, erwiderte der Arzt.

»Dann, Sir, schlage ich vor, daß wir zur Sache kommen.«

»Wie kann ich Ihnen helfen?«

»War Miss Friedkin Ihrer Meinung nach zum Zeitpunkt ihres Verschwindens in gutem gesundheitlichem Zustand?«

»Ja.«

»Sie hatte auch keine leichten Beschwerden, die sich vielleicht später verschlimmert haben könnten?«

»Nicht, daß ich wüßte.«

»Dann würden Sie sie aus medizinischer Sicht als eine völlig normale, junge Frau bezeichnen?«

»Ja. Sie hatte leichtes Untergewicht und ich hatte ihr empfohlen, mehr zu essen, aber für ihr Untergewicht gab es, soweit ich mir bewußt bin, keinerlei medizinische Ursachen.«

»All das haben Sie auch Sergeant Perkins erzählt?«

»Ja.«

»Nun, Doktor, ein anderes Thema. In der kurzen Zeit, die ich an diesem Fall arbeite, sind mir einige widersprüchliche Aussagen begegnet, und ich hoffe, daß Sie mir hier weiterhelfen können. Ich würde nicht danach fragen, wenn es für meine Ermittlungen nicht so wichtig wäre.«

»Davon gehe ich aus, Mr. Tibbs.«

»Wissen Sie, ob Miss Friedkin je einen Gynäkologen konsultiert hat?«

»Soweit ich weiß, war sie einmal bei Dr. Abrams.«

»Haben Sie sie an ihn überwiesen?«

»Ja.«

»Wußte ihre Familie zum damaligen Zeitpunkt davon?«

»Das weiß ich nicht. Da Doris volljährig war, habe ich sie nicht darüber informiert, und ich bezweifele, daß Abrams dergleichen getan hätte.«

»Von Mr. Friedkin habe ich erfahren, daß Doris vor ihrem Verschwinden einige sexuelle Erfahrungen gemacht hat.«

Dr. Simon lehnte sich zurück und zog eine Augenbraue hoch. »Wie definieren Sie sexuelle Erfahrungen?« fragte er.

Virgil bemerkte die leichte Veränderung in der Haltung des Arztes und modifizierte seine Antwort entsprechend. »In der üblichen Weise.«

»Sie bitten mich, das zu bestätigen?«

»Ja, wenn es Ihnen möglich ist.«

Dr. Simon hielt einen Moment inne, um sorgfältig darüber nachzudenken. »Sind Ihre Ermittlungen und die Protokolle für die Öffentlichkeit einsehbar?«

»Nein, Sir, beides ist streng vertraulich. Die Friedkin-Akten werden in einer Abteilung aufbewahrt, die ungewöhnlich sensiblem Material vorbehalten ist.«

»Auf die Versicherung hin, daß meine Antwort absolut vertraulich behandelt wird, kann ich Ihnen Ihre Vermutung bestätigen. Ich bin allerdings ziemlich überrascht, daß Mr. Friedkin davon wußte.«

»Er hat mir erzählt, seine Tochter sei das Opfer einer Vergewaltigung geworden, allerdings nur, nachdem ich ihn dazu gedrängt hatte.«

»Ich verstehe.«

Diese Reaktion war für Tibbs recht aufschlußreich und er stellte die nächste Frage. »Doktor, halten Sie die Geschichte ihrer Vergewaltigung nach Ihrem Ermessen für glaubhaft?«

»Ich würde sagen, daß Doris normalerweise nicht log«, antwortete der Arzt vorsichtig.

»Entschuldigen Sie, Sir, aber das beantwortet nicht ganz meine Frage. Lassen Sie es mich anders formulieren: War sie bei Ihnen oder einem anderen Ihnen bekannten Arzt wegen körperlicher oder seelischer Verletzungen in Behandlung, die auf eine derartige Mißhandlung schließen ließen?«

»Nicht, daß ich wüßte.«

Tibbs hatte seine Sache gründlich vorbereitet; nun war es an der Zeit, nach der einen Information zu bohren, die er brauchte. »Dr. Simon, ich schließe also daraus, daß Miss Friedkin vor ihrem Verschwinden ein mehr oder weniger reges Sexualleben hatte?«

Simon war nicht entgangen, daß dies die Schlüsselfrage war, folglich bemühte er sich um eine vorsichtige Antwort. »Das ist vielleicht etwas übertrieben formuliert, Mr. Tibbs. Ich würde Doris Friedkin sicherlich als eine junge Frau mit tadellosem Charakter beschreiben – vor allem nach den heutigen Standards. Dennoch habe ich ihr, auf ihre Bitte hin, ›die Pille‹ verschrieben. Aber ich bin selbstverständlich der Ansicht, daß sie nicht wahllos mit Männern geschlafen hat.«

»Mit nur einem einzigen Mann?«

»Nicht unbedingt, aber ich bin sicher, daß sie zumindest sehr wählerisch war.«

»War es zu einer Schwangerschaft gekommen?«

Die Antwort kam verhalten, aber präzise. »Es gab einen Zeitpunkt, an dem ich so etwas vermutete und sie daher an Dr. Abrams überwies. Kurz darauf verschwand sie.«

»Hat Dr. Abrams Ihnen seinen Befund mitgeteilt?«

»Er hat einen Test durchgeführt, aber das Ergebnis war nicht eindeutig. Bei Doris setzte gelegentlich die Regel aus. Das kommt vor, wissen Sie.«

»Dr. Simon, könnte man davon ausgehen, daß Doris sexuelle Beziehungen freiwillig eingegangen ist?«

»Ja«, antwortete der Arzt langsam, »das würde ich annehmen.«

»Dann könnte die Vergewaltigungsgeschichte als Schutzbehauptung angesichts einer möglichen Schwangerschaft aufgefaßt werden?«

»Theoretisch ja. Wäre die Standardausrede.«

»Herr Doktor, glauben Sie angesichts Ihrer Fachkenntnis, daß sie tatsächlich vergewaltigt worden ist?«

Dr. Simon dachte darüber nach und äußerte sich dann. »Allgemein gesehen und auf der Grundlage meiner Informationen, halte ich dies für eher unwahrscheinlich.«

Sechstes Kapitel

Nach zwei Tagen harter Arbeit stand die Identität der jungen Frau, deren Leiche im Oak Grove Park gefunden worden war, noch immer nicht fest. Auch Flugblätter, die im gesamten Bundesstaat verteilt worden waren, erbrachten keine heiße Spur. Es gab zahlreiche vermißte junge Frauen, aber jedesmal paßte irgendein Detail nicht zu der Toten, die noch immer im Leichenschauhaus von Los Angeles auf die Beerdigung wartete.

Bob Nakamura hatte einen guten Teil der Detailarbeit übernommen, aber selbst mit seiner Hilfe war man nicht schneller vorangekommen. Als man offensichtlich nicht weiter wußte, lehnte sich Virgil in seinem Bürostuhl zurück und gab folgende Ansicht kund. »Am wahrscheinlichsten ist es jetzt«, sagte er, »daß das Mädchen, wer immer sie war, zu diesem Zeitpunkt noch gar nicht vermißt wird. Jedes Jahr verlassen Tausende Mädchen ihr Zuhause, besorgen sich irgendwo einen Job und schreiben oder telefonieren wochenlang nicht nach Hause. Nach einer Weile sucht dann doch irgendwer nach ihnen. Wahrscheinlich kriegen wir sie über diese Schiene.«

Das Telefon klingelte. Virgil nahm den Hörer ab. Ihm wurde gesagt, ein Dr. Philip Peck sei in der Leitung. Da ihm der Name nicht vertraut war, half ihm die Vermittlungsstelle auf die Sprünge. »Der Zahnarzt der Gerichtsmedizin, den Sie sprechen wollten.«

»Richtig!«

Innerhalb weniger Sekunden war er mit dem Spezialisten direkt verbunden. »Was können Sie mir sagen, Doktor?« fragte er. »Vor allem möchte ich wissen, aus welchem Teil des Landes sie stammen könnte.«

»Als erstes«, antwortete Dr. Peck, »muß ich Ihnen direkt sagen, daß ich diese Frage nicht beantworten kann. Die Unterschiede in der Zahnbehandlung, zum Beispiel zwischen der West- und der Ostküste, sind nicht so groß.«

»Ich dachte, es gäbe einige Unterschiede bei den Goldarbeiten?«

»Das stimmt leider nicht. Aus beiden Landesteilen habe ich bereits exzellente Arbeiten, aber auch Pfusch gesehen. In diesem Fall hier gibt es eine kleine Goldarbeit, aber die gesamte Zahnbehandlung der Untersuchten ist konventionell durchgeführt worden und war reine Routine. Es gibt keine Zahnprothesen oder Wurzelkanalbehandlungen – nichts außer drei ganz gewöhnlichen Füllungen und einem Goldinlay. Wenn es Ihnen weiterhilft, dann würde ich sagen, daß letzteres eher Folge eines Unfalls war als gewöhnliche Abnutzung, aber selbst das ist nicht sicher.«

Tibbs war enttäuscht, aber er gab nicht auf. »Sie haben die gesamte Mundhöhle graphisch dargestellt, nehme ich an?«

»Ja, gewiß. Ich habe auch Abdrücke gemacht, so daß man, falls notwendig, ein Modell anfertigen könnte. Aber der Zahnstatus enthält alle wichtigen Informationen.«

»Wie wäre es denn, wenn man den in einer zahnärztlichen Fachzeitschrift veröffentlichte und um Identifizierung bäte?«

»Das können Sie natürlich tun, aber ich muß Ihnen sagen, wäre sie meine Patientin gewesen, hätte ich den Zahnstatus wahrscheinlich nicht wiedererkannt. Es sind einfach zu wenige Behandlungen durchgeführt worden, und diese fallen, wie schon gesagt, in keiner Weise aus dem Rahmen. Außerdem könnte sie bei bis zu vier verschiedenen Ärzten in Behandlung gewesen sein, nicht notwendig alle aus der gleichen Region.«

»Dann habe ich also eine Niete gezogen.«

»Nicht ganz. Das Personal hier wird jeden Zahnstatus, den wir erhalten, sehr sorgfältig prüfen; das ist Ihre größte Chance. Wir könnten jederzeit etwas für Sie dabei haben.«

Virgil gab sich damit zufrieden und legte auf. »Nichts zu machen«, sagte er.

»Wir kriegen das schon raus«, versicherte ihm Bob. »Erinnerst du dich an die unbekannte Leiche in dem FKK-Schwimmbad?«

»Ja, aber da gab es wenigstens einige Hinweise.«

»Wie steht es mit den Etiketts der Kleidungsstücke?«

»J. C. Penney. Ich habe es überprüft, und sie haben mir gesagt, es sei unmöglich, die Herkunft eines bestimmten Kleides zurückzuverfolgen, außerdem ist nicht mehr viel davon übrig. Erst recht nicht von der Unterwäsche. Die Schuhe haben keinen sichtbaren Markennamen. Kein Schmuck, noch nicht einmal eine Uhr.«

»Was ist mit dem pathologischen Befund?«

»Ziemlich schwierig; es war schon nicht mehr genug von ihr übrig. Keine Knochenbrüche oder andere Abweichungen im Skelettbau. Keine sichtbaren Narben.«

»Kontaktlinsen?«

»Habe ich überprüft. Nein.«

»Bräunungsränder vom Badeanzug?«

»Keine – ist auch um diese Jahreszeit nicht sehr wahrscheinlich.«

»Nur ein Mädchen.«

»Nur ein Mädchen.«

»Irgend wessen Tochter, vielleicht irgendwessen Frau.«

»Nein«, sagte Virgil.

Bob schaute auf. »Sag bloß!«

»Doch«, antwortete Tibbs. »Selbst in unseren Tagen. Eine Jungfrau. Wenigstens diesen Anhaltspunkt habe ich.«

Der Restaurantmanager war beinahe aufdringlich hilfsbereit. »Ich habe Sie bereits erwartet«, erklärte er Tibbs, als er sich mit seinem Gast in einer Nische niederließ. »Seit ich in den *Star-News* gelesen habe, daß Sie mit dem Doris Friedkin-Fall betraut worden sind.«

Er gab der Kellnerin ein Zeichen, an den Tisch zu kommen. »Haben Sie schon gegessen?« fragte er.

»Ja, danke.«

»Kaffee?«

»Gerne.«

»Zwei Kaffee und etwas Gebäck.«

Das Mädchen nickte und ging. »Ich nehme an«, fuhr der Manager fort, »daß Sie die Angaben durchgegangen sind, die ich der Polizei gegenüber bereits gemacht habe.«

»Jedes Detail.«

»Fragen Sie mich, was Sie möchten, aber ich fürchte, daß ich Ihnen nichts sagen kann, was damals nicht schon aufgenommen wurde. Agent Hagerty hat alles, glauben Sie mir.«

»Chris ist ein hervorragender Ermittler.«

»Das war auch mein Eindruck, und er hatte Ihnen gegenüber ein Jahr Vorsprung. Aber vergessen wir das. Womit kann ich Ihnen weiterhelfen?«

»Zunächst einmal lassen Sie mich einige Punkte bestätigen: Sie waren persönlich hier anwesend, als Doris das letzte Mal gesehen wurde?«

»Ja, das war ich. Natürlich bin ich beim Galadiner für die Rosenprinzessinnen anwesend. Das findet jedes Jahr hier statt und ist natürlich sehr gut fürs Geschäft.«

»Entschuldigen Sie«, sagte Tibbs. »Ich habe Ihren Namen vergessen.«

»Martinson, Edgar Martinson. Ich bin seit vier Jahren hier der Manager.«

»Dies ist ein sehr schönes Restaurant, mit einer angenehmen Atmosphäre.«

»Vielen Dank – wir tun auch sehr viel dafür, diesen Ruf zu wahren. Wir versuchen Kundschaft abzuschrecken, die … nicht zu unserem Image paßt.«

Damit traf er bei Virgil einen wunden Punkt, er konnte nicht anders, als darauf zu erwidern: »Würden Sie dieses Gespräch lieber in Ihrem Büro fortsetzen?« fragte er.

Martinson reagierte sehr heftig. »Nein, natürlich nicht. Sie haben mich absolut falsch verstanden. Ich bezog mich auf die Langhaarigen, die Hippies – diese Herumtreiber. Nein, nein – wir heißen hier alle anständigen Gäste willkommen und auch als Arbeitgeber halten wir uns strikt an die Gleichberechtigung. Wir haben zwei mexikanische Bedienungshilfen.«

Virgil widerstand der Versuchung, die letzte Bemerkung des Managers zu belächeln. Die Kellnerin unterbrach das Gespräch. Sie stellte zwei Kaffeetassen und einen Teller mit dänischen Miniteilchen ab. Martinson wollte, daß Tibbs davon probierte. »Wir stellen es in unserer eigenen Backstube her – und wir halten es für das beste. Wir benutzen nämlich echte Butter, und das nicht zu knapp. Die richtige Qualität erreicht man nur mit den richtigen Zutaten.« Er hielt den Teller solange, bis Tibbs eins davon nahm. »Auch unser Kaffee ist erlesen und völlig anders als der, den sie sonst in Restaurants angeboten bekommen. Er wird extra für uns in Venezuela geröstet und gemischt.«

»Sie schenken einzelnen Details große Aufmerksamkeit.«

»Das ist das Geheimnis unseres Erfolges, Mr. Tibbs.«

Virgil probierte den Kaffee und fand ihn tatsächlich außergewöhnlich gut.

»Mr. Martinson, gehören Sie eventuell zu den Eigentümern dieses Lokals?«

Ein schnelles Kopfschütteln des Managers sagte genug. »Nein, ich wünschte, ich wäre es. Wenn die Geschäfte zur Zufriedenheit laufen, bekomme ich allerdings einen vierteljährlichen Bonus.«

»Jetzt beschreiben Sie mir bitte noch einmal in allen Einzelheiten das Galadiner der Rosenprinzessinnen – den Tag, an dem Doris Friedkin verschwand.«

»Bitte, obwohl ich davon ausgehe, daß Sie das meiste schon wissen. Jedes Jahr werden etwa acht Mädchen als Rosenprinzessinnen gewählt; die meisten von ihnen kommen vom Pasadena City College. Sie versuchen natürlich, die besonders Hübschen herauszusuchen. Wenn die Mädchen gewählt sind, dann müssen sie eine Menge mit sich machen lassen, wovon die Öffentlichkeit nichts mitkriegt. Zum Beispiel wird ihnen die Frisur vorgeschrieben, und die Kleider, die sie während der Spiele tragen müssen, sind extra für sie entworfen worden. Sie werden ziemlich auf Trab gehalten; manchmal müssen sie am gleichen Tag bei drei verschiedenen Empfängen erscheinen. Es ist ein ziemlich hektischer Zeitplan.«

»Wie verkraften das die meisten Mädchen Ihrer Erfahrung nach?«

Die schmeichelnden Worte verfehlten ihre Wirkung nicht.

»Die meisten genießen es. Sie stehen im Rampenlicht und werden bewundert. Dem können nicht viele Mädchen widerstehen.«

Virgil nickte. »Das klingt ziemlich logisch. Nun kommen wir zum Tag, an dem Doris Friedkin verschwand. Sie haben hier, nehme ich an, ein großes Diner für die Prinzessinnen gegeben.«

»Ja, das stimmt. Und sie sollten nicht einfach nur einen Auftritt hier haben – sondern es war wirklich ein Festessen. Ich erinnere mich sogar noch, was wir ihnen serviert haben – Chicken à la King. Das ist hier besonders gut.«

»Ist Ihnen Miss Friedkin überhaupt aufgefallen?«

»Ja«, der Manager beugte sich vor und wurde vertraulich. »Ich habe sie aus verschiedenen Gründen bemerkt. Zunächst natürlich, weil ihre Familie berühmt ist – sie ist, oder war, Herbert Friedkins Tochter. Das bedeutet rund hundert Millionen Dollar.«

Tibbs warf einen weiteren Köder aus. »Glauben Sie, daß sie hauptsächlich deswegen zur Rosenprinzessin gewählt worden ist?«

Der Manager machte einen Moment lang ein nachdenkliches Gesicht und schien diese Möglichkeit in Betracht zu ziehen. »Das glaube ich nicht«, sagte er schließlich. »Sie sah einfach klasse aus, Geld hin oder her. Vielleicht ein bißchen knochig und nicht gerade der Busentyp, aber auf ihre Art war sie eine absolute Wucht.«

»Wie war sie an dem Abend aufgelegt – erinnern Sie sich noch daran? War sie fröhlich und ausgelassen? Oder hatten Sie vielleicht den Eindruck, daß sie irgend etwas beschäftigte?«

»Das hat mich Hagerty auch gefragt, und ich erinnere mich noch an die Antwort, die ich ihm gegeben habe. Sie war ruhig; ich entsinne mich, daß sie ihr Essen kaum angerührt hat. Als sie, noch bevor das Dessert serviert wurde, aufstand, um zur Damentoilette zu gehen, dachte ich, sie habe vielleicht gerade ihre Tage. Wenn man im Restaurantgeschäft tätig ist, Mr. Tibbs, dann lernt man eine Menge über Menschen und ihre Gewohnheiten. Als sie auffällig lange fort blieb, war ich mir da sogar sicher.«

»Gab es noch andere Anzeichen dafür, daß sie sich unwohl fühlte?«

Martinson schüttelte eilig den Kopf. »Nein, keine, die ich bemerkt hätte. Natürlich hat sie keinen Alkohol getrunken. Sie hat nicht viel mit den anderen Mädchen geredet, aber sie hatte auch keinen Streit mit ihnen oder so. Das hätte ich bemerkt.«

»Wirkte sie abwesend? Oder anders ausgedrückt, bedrückte sie irgend etwas?«

Martinson schüttelte den Kopf. »Nein, wie ich bereits gesagt habe, sie war ruhig, aber nicht besorgt, wie einige der anderen Mädchen. Viele waren nervös, aber das ist verständlich. Verstehen Sie, das Ergebnis der Wahl zur Rosenkönigin war noch nicht bekannt gegeben worden, und schließlich würde es eine von ihnen sein. Daher …«

»Und Miss Friedkin war selbstverständlich eine der Kandidatinnen?«

»Sicher, aber – nun, vielleicht ist es zu weit hergeholt, aber ich hatte den Eindruck, daß sie das kalt ließ. Ein Mädchen aus so einer Familie hat sowieso schon alles, Reisen um die ganze Welt und so, obwohl sie ganz und gar nicht von dieser verzogenen Sorte war.«

»Wenn Sie hätten wählen müssen, hätten Sie sie dann gewählt?«

Zum ersten Mal war Martinson unsicher. »Ich habe sie alle genau betrachtet«, gab er zu. »Welcher Mann würde das nicht tun? Ehrlich gesagt sah meinem Gefühl nach eher eine der anderen so aus, als würde sie das Rennen machen. Sie hatte so was – sie war die tollste Blondine, die ich je gesehen habe.«

»Hat sie es geschafft?«

»Nein, offen gestanden wäre das Mädchen, das schließlich gesiegt hat, meine letzte Wahl gewesen.«

Ohne Appetit zu haben, nahm Virgil ein weiteres dänisches Teilchen. Während er das tat, erschien die Kellnerin und schenkte ihm Kaffee nach. »Jetzt«, sagte er, »vergessen Sie, was Sie Chris Hagerty und all den anderen erzählt haben. Streichen Sie alle anderen Eindrücke aus Ihrem Kopf und erzählen Sie mir genau, was passierte, als Doris verschwand. Lassen Sie nichts aus, nicht das kleinste Detail.«

Auf diese Frage hatte Martinson offenbar genüßlich gewartet. »Also gut, ich erzähle alles von Anfang an. Da ich ein gutes optisches Gedächtnis habe, können Sie mir getrost glauben. Sie sagten, jedes Detail. Ich habe gesehen, daß Miss Friedkins Serviette runtergefallen war und ließ ihr sofort eine neue bringen – wir benutzen natürlich Stoffservietten. Normalerweise wäre das bedeutungslos, aber rückblickend, scheint mir, hat sie damit vielleicht irgend jemandem ein Zeichen gegeben.«

»Sehr scharfsinnig, Mr. Martinson. Bitte, fahren Sie fort.«

»Ein oder zwei Minuten später stand sie auf, um zur Damentoilette zu gehen. Sie nahm ihre Tasche mit. Da es sich um eine recht große Tasche handelte, schloß ich, daß sie vielleicht Damenbinden bei sich trug. Sie wußte, wo sich die Toiletten befanden oder hatte vielleicht das Hinweisschild gesehen – es war von ihrem Platz aus sichtbar. Wie dem auch sei, sie ging zur Damentoilette. Die Teller wurden abgeräumt und der Nachtisch serviert. Es war ein leichtes, aber köstliches Dessert, und die meisten Mädchen aßen es ganz auf. Als sie fertig waren, war Miss Friedkin noch immer nicht zurückgekehrt. Zu diesem Zeitpunkt muß sie, soweit ich mich erinnere, etwa zehn bis zwölf Minuten fort gewesen sein. Ich dachte, sie habe vielleicht irgendwelche Schwierigkeiten und bat die Platzanweiserin, in der Damentoilette nachzusehen, ob vielleicht irgend etwas nicht in Ordnung sei. Sie kam nach weniger als einer Minute zurück und meldete, dort sei niemand.«

»Gibt es in der Nähe der Damentoilette eine Tür, die nach draußen führt?«

»Ja. Sie geht zu einem Seitengäßchen raus. Während der Geschäftszeiten lassen wir sie aus Sicherheitsgründen offen, obwohl sich alle Jubeljahre mal ein Gast davonstiehlt, ohne zu bezahlen.«

»Ich würde diese Tür gerne sehen«, sagte Tibbs.

»Ich zeige sie Ihnen sofort.«

Die beiden Toiletten befanden sich in einem kurzen Flur, der von einer Ecke des Speisesaals ausging. Das war nichts Ungewöhnliches, aber Virgil registrierte, daß er für die Gäste des

Speisesaals absolut nicht einsehbar war. Als er die Tür am Ende des Ganges öffnete, entdeckte er, daß es von dort bis zur nächsten Straßenkreuzung keine fünfzig Meter waren.

»Wie ich schon sagte«, wiederholte Martinson, »ab und zu entwischt uns ein Zechpreller, aber nicht so häufig, daß es ein Problem wäre. Jemand, der das tut, kann sich nie wieder hier blicken lassen.«

»Gibt es noch einen anderen Weg, auf dem Miss Friedkin das Restaurant verlassen haben könnte?« fragte Tibbs.

Der Manager schüttelte den Kopf. »Nein, wäre sie durch den Hauptausgang gegangen, hätten ich und andere meiner Mitarbeiter sie gesehen. Wie alle Mädchen trug sie an diesem Tag das offizielle Prinzessinnenkleid.«

»Wie auffällig war das Kleid?«

Martinson spitzte die Lippen, um vorzugeben, daß er angestrengt über die Frage nachdachte. Aber als die Antwort kam, war ihr anzumerken, daß er sie längst vorbereitet hatte. »Es war ein wunderschönes Kleid, aber wenn Sie es gesehen hätten, ohne den Anlaß gekannt zu haben, dann hätten sie es vielleicht nicht allzu sehr beachtet. Natürlich gibt es jedes Jahr neue Roben, die alle maßgeschneidert werden.«

»Wenn also Miss Friedkin, wie wir annehmen, aus dieser Tür gegangen ist, dann hätte sie auf der Straße keine besondere Aufmerksamkeit erregt?«

»Das könnte man so sagen.«

Befriedigt ging Virgil zurück zu dem Tisch, wo sein Notizbuch auf ihn wartete, und nahm wieder Platz. »Nur für den Bericht«, fragte er, »gibt es noch irgendeinen anderen Ausgang der Damentoilette? Vielleicht ein Fenster, das im Notfall benutzt werden könnte?«

»Nein, auf der Damentoilette gibt es kein einziges Fenster, und die Wände sind alle massiv.«

Virgil nickte und machte weitere Notizen. »Denken Sie jetzt

noch einmal sorgfältig nach, Sir: Während der Zeit, die Miss Friedkin abwesend war und in der Sie ihre Rückkehr erwarteten, haben Sie da irgend etwas gehört, was darauf schließen ließ, daß sie von einem Auto am Hintereingang abgeholt wurde?«

Martinson schüttelte energisch den Kopf. »Mr. Hagerty ist das mit jedem einzelnen Mitarbeiter durchgegangen, der an diesem Tag Dienst hatte: Keiner hat irgend etwas gehört. Die Parkwächter haben bestätigt, daß in der Seitenstraße mindestens zwanzig Minuten lang kein Auto zu sehen war. Dann fuhr ein Müllwagen vorbei. Hagerty hat den Fahrer und seinen Helfer befragt; sie haben weder etwas gesehen noch gehört.«

»Ich weiß, ich habe den Bericht gelesen.« Bedächtig klappte Virgil sein Notizbuch zu und ließ es in seine Tasche gleiten. »Mr. Martinson, ich möchte Ihnen nur noch eine letzte Frage stellen, die nicht in den Bericht kommt, wenn Sie verstehen, was ich meine.«

»Na klar; es geht um was streng Vertrauliches.«

»Ja, und egal, was sie mir jetzt antworten, man wird Sie nicht verantwortlich dafür machen. Offiziell weiß ich gar nichts davon.«

»Verstehe.«

»Dann stelle ich Ihnen folgende Frage: Gibt es irgend etwas, das Sie uns nicht gesagt haben, weil Sie sich damals nicht daran erinnert haben oder weil Sie auf den guten Ruf Ihres Restaurants bedacht waren oder aus einem anderen Grund?«

»Ich verstehe Sie nicht ganz.«

Tibbs sprach langsam und konzentriert. »Mr. Martinson, es kommt vor, daß Leute während einer Ermittlung aus irgendwelchen Gründen Informationen zurückhalten. Häufig wollen sie nichts mit der Sache zu tun haben, manchmal aus Angst vor jemandem. Sie wollen einen guten Ruf schützen – den einer einzelnen Person oder den eines Unternehmens. Manchmal geschieht es aus Versehen, und es ist einem peinlich, es später zuzugeben. Oder man hatte nach reiflicher Überlegung Vorbehalte – eine Entscheidung, die man aufgrund langjähriger Erfahrung fällt.«

»Ach, so meinen Sie das.«

Martinson saß unbeweglich da und sah zumindest so aus, als würde er scharf nachdenken. Nach einer kurzen Pause schaute er auf und trank dann recht bedächtig seinen Kaffee aus. »Es tut mir leid«, sagte er. »Mir fällt nichts ein. Ich habe vor einem Jahr Hunderte von Fragen beantwortet, und es gibt nichts, was ich jetzt noch hinzufügen könnte. Absolut nichts.«

»Vielen Dank«, erwiderte Virgil. »Sie waren mir eine große Hilfe.« Er schüttelte ihm die Hand und verließ das Restaurant.

Ein paar Minuten später saß er tief in Gedanken versunken in seinem Büro. Bob Nakamura war ebenfalls da, aber er wußte, daß es besser war, keine unnötigen Geräusche zu verursachen. So leise wie möglich blätterte er die Seiten der Akte um, die er gerade las. Wenn Tibbs so dasaß, dann hatte er Witterung aufgenommen, und Bob Nakamura wußte das.

Siebtes Kapitel

Am Nachmittag des zweiten Tages nach der öffentlichen Bekanntmachung, daß der Friedkin-Fall wieder aufgerollt würde, war die öffentliche Reaktion bereits meßbar. Jeder Anruf und jede wie auch immer geartete Nachricht wurde so genau wie möglich notiert. Nichts galt als zu lächerlich, als daß es nicht in Betracht gezogen wurde. Wie Ferguson es vorausgesagt hatte, standen die Telefone nicht mehr still, und irgendwo mochten sich unter der ganzen Spreu ein oder zwei wertvolle Hinweise verbergen.

Die meisten Anrufer legten nahe, daß es sich bei der im Oak Grove Park gefundenen Leiche um Doris Friedkin handeln könnte, und einige gingen sogar so weit zu behaupten, daß sie es auch beweisen könnten. Da die zahnärztliche Untersuchung dieses klar widerlegt hatte, dankte man den Anrufern höflich und versprach, diese Möglichkeit gewissenhaft zu prüfen.

Ein Hellseher behauptete, Doris sei tot, und er habe zum Jenseits Kontakt herstellen können. Er schlug eine Séance in Anwesenheit der Presse vor. Name und Anschrift des Anrufers wurden notiert, um ihn zu befragen. Zwei Gesteinssammler riefen an und erklärten vorsichtig, sie wüßten, wo sich in der Wüste eine Leiche befände, daß sie nur bis jetzt gezögert hätten, sich zu melden. Dieser Hinweis erschien äußerst glaubwürdig und wurde deshalb mit einer Notiz versehen, daß man ihr sofort nachzugehen habe.

Zahlreiche Leute riefen an, die vermuteten, Doris sei mit einem Freund oder Liebhaber durchgebrannt, den ihre tief religiöse Familie abgelehnt hätte. Ein junger Mann rief persönlich an, um zu sagen, daß er sicher sei, Doris in einem Kibbuz in Israel getroffen zu haben; gegen eine Belohnung würde er ihren Aufenthaltsort nennen. Die Ermittlungsakte schwoll rapide an, und noch immer wurde jedem Anruf sorgfältige Beachtung geschenkt.

Aufregung entstand, als sich eine junge Frau mit der überraschenden Nachricht meldete, sie sei Doris Friedkin. Zwei Ermittler fuhren sofort zu ihr hinaus, um sie zu befragen, kamen aber mit der Botschaft zurück, die junge Frau sei einen Meter achtzig groß, also fünfzehn Zentimeter größer als das vermißte Mädchen. Ihr Name war Doris Friedman, und sie wohnte erst seit ein paar Wochen in der Gegend. Man dankte ihr für ihre Hilfe, obwohl in der Presse ein ausführlicher Bericht über den Fall der vermißten Prinzessin gestanden hatte.

Im Hause der Friedkins traf eine plumpe Lösegeldforderung ein, die sich im Format von der sonstigen Post unterschied. Sie enthielt das Versprechen, Doris für eine unbestimmte Summe wohlbehalten zu einem Ort zu bringen, der noch bekannt gegeben würde. Herbert Friedkin, der vor langer Zeit zehntausend Dollar Belohnung für Hinweise ausgesetzt hatte, die helfen würden, seine Tochter zu finden, übergab den Brief dem FBI. Fast jedes Mitglied des Pasadena Police Departments war von dem Ansturm betroffen. In der Zwischenzeit mahlten die Mühlen der detaillierten Ermittlung schwerfällig weiter.

Tibbs' Telefon meldete ein internes Gespräch. Jerry Ferguson war in der Leitung. »Ich denke, Sie sollten das hier besser selbst annehmen«, sagte er. »Es könnte was sein.«

Die Verbindung wurde hergestellt, und eine männliche Stimme meldete sich. »Mr. Tibbs?«

»Ja, wie kann ich Ihnen helfen?«

»Möglicherweise hätte ich einige Informationen für Sie, die die vermißte junge Frau betreffen – die Friedkin-Tochter. Kann ich mit Ihnen unter vier Augen sprechen?«

»Selbstverständlich«, antwortete Virgil. »Sofort, wenn Sie möchten. Wo sind Sie?«

»In Los Angeles. Lassen Sie mich offen mit Ihnen sein, Sir – was ich Ihnen zu sagen habe, könnte eventuell mich selbst kompromittieren. Sie verstehen sicher, daß ich deswegen etwas zögere.«

Seine Stimme klang kultiviert; offensichtlich gehörte sie einem gebildeten Mann mittleren Alters. Wahrscheinlich hatte er sehr mit sich ringen müssen, um sich zu melden, und ein einziges falsches Wort konnte alles wieder kaputt machen. Virgil war daher in seiner Wortwahl äußerst vorsichtig. »Ich würde mich freuen, Sie zu treffen, Sir, und falls Sie uns helfen können, werde ich alles in meiner Macht Stehende tun, um Ihren Ruf zu schützen. Wenn ich mir eine einzige Frage erlauben darf: Sind Sie besorgt, weil Sie selbst gegen ein Gesetz verstoßen haben könnten?«

»Zum Teil, ja«, gab der Mann zu.

»Lassen Sie mich dazu folgendes sagen: Wenn Sie bereit sind, uns bei unserer Ermittlung zu helfen, wird Ihre Großzügigkeit Ihnen sicherlich keine Nachteile bereiten. Habe ich mich verständlich genug ausgedrückt?«

»Ich glaube schon. Wenn ich Sie recht verstehe, dann wären Sie bereit, über eine … Unbedachtheit hinwegzusehen?«

»Es sei denn, es würde sich um etwas sehr Schwerwiegendes handeln, Sir. Ansonsten haben Sie mein Wort.«

Der Mann zögerte einen kurzen Moment. »Warum treffen wir uns dann nicht in einer Stunde im Restaurant des Occidental Center. Ich denke, daß ich Sie erkennen werde.«

Natürlich entging Tibbs diese Bemerkung nicht. »In Ordnung, Sir. Wir könnten einen Kaffee zusammen trinken.«

Diese Andeutung von Zwanglosigkeit verfehlte nicht ihre Wirkung; der Anrufer entspannte sich hörbar, als er die Verabredung bestätigte und anschließend auflegte.

Nachdem Virgil sich noch ein paar Minuten mit Schreibarbeiten beschäftigt hatte, nahm er eines der zivilen Dienstfahrzeuge und fuhr in Richtung Los Angeles auf den Pasadena Freeway. Er kreuzte den Knotenpunkt, an dem vier Freeways auf vier verschiedenen Ebenen aufeinandertreffen, und nahm dann den Harbor Freeway, bis er die Ausfahrt zum Occidental Center erreichte, das die Skyline der südlichen Innenstadt überragte.

Er stellte sein Auto in der Tiefgarage ab und nahm eine Reihe von Fahrstühlen bis zum Restaurant, das einen Panoramablick über die riesige Stadt bot, die es von allen Seiten umgab. Er blieb lange genug in der Lobby, um gesehen zu werden, dann ging er auf die Herrentoilette. Als er wieder heraustrat, kam ein Mann auf ihn zu.

Tibbs musterte ihn schnell: um die fünfzig, sehr gut gekleidet, sorgfältig frisiert, weder Ringe noch anderer Schmuck, durchschnittliche Größe und Körperbau, alle äußerlich sichtbaren Anzeichen überdurchschnittlichen Erfolges.

»Mr. Tibbs?«

»Ja, wie geht es Ihnen?«

Der Mann schüttelte ihm recht herzlich die Hand, nannte aber nicht seinen Namen. Virgil sah darüber hinweg, und sie betraten gemeinsam den eindrucksvollen Speisesaal, wo ihnen sofort ein Fenstertisch zugewiesen wurde. Nachdem sie Platz genommen hatten, blickte Tibbs erneut über die scheinbar endlose Stadt, die ihnen buchstäblich zu Füßen lag, und dann hinüber zum mindestens zwanzig Meilen entfernten Catalina Island am Horizont. An diesem Tag war die Sicht gestochen scharf.

Sein Gegenüber bestellte leise, dann waren sie unter sich. Niemand saß so nah, daß er ihre Unterhaltung hätte mit anhören können.

»Mr. Tibbs«, eröffnete der Mann die Unterhaltung, »bitte entschuldigen Sie, daß ich vorhin so unhöflich war, mich Ihnen nicht vorzustellen. Ist mir ausgesprochen peinlich. Mein Name ist Walter Rosenblatt und ich bin Manager bei einer namhaften Versicherungsgesellschaft. Genügt Ihnen das?«

Virgil nickte. »Selbstverständlich, Mr. Rosenblatt. Da Sie sich aus freien Stücken bereit erklärt haben, uns zu helfen, werde ich natürlich alle Anstrengungen unternehmen, Sie und Ihre Stellung zu schützen.«

»Ich muß zugeben, daß ich darüber sehr erleichtert bin.« Rosenblatt trank einen Schluck eisgekühlten Wassers. »Seit langem trage ich etwas mit mir herum, das mein Gewissen belastet. Ich habe mich heftig dagegen gesträubt, damit zur Polizei zu gehen, aber jetzt ist vollkommen klar, daß ich mich nicht länger verstecken kann.«

Er blickte zum Kellner, sah, daß er auf sie zukam, und wechselte das Thema. Er sprach über den phantastischen Blick und darüber, daß er recht häufig und gerne in diesem Restaurant esse.

»Es ist mir aufgefallen, daß der Oberkellner Sie kennt«, bemerkte Virgil, »und daß Sie hier sehr zuvorkommend behandelt werden.«

Rosenblatt wirkte daraufhin etwas angespannter, und Tibbs wurde klar, welche Anstrengung es den Mann gekostet haben mußte, ihn anzurufen und sich zu erklären.

Nachdem der Kaffee serviert worden war und ein Teller mit kleinen Leckerbissen auf dem Tisch stand, begann Rosenblatt mit seiner Geschichte. »Ich werde es so schlicht wie möglich machen und bitte um Nachsicht, Mr. Tibbs. Ich bin seit vielen Jahren verheiratet, aber die Beziehung zu meiner Frau ist nicht die beste. Wir sind extrem verschieden. Sie ist krampfhaft ehrgeizig und mit ihrer Forderung, ich solle mich – koste es, was es wolle – ganz nach oben durchboxen, absolut unerbittlich.

Meiner Natur ist das völlig zuwider. Als Konsequenz habe ich seit einiger Zeit anderweitig sexuelle Befriedigung gesucht.«

»Unglücklicherweise«, bemerkte Virgil, »eine recht häufige Konstellation.«

Rosenblatt trank gierig seinen Kaffee, als versuche er, daraus neue Kraft zu schöpfen. »Vor etwas über einem Jahr hielt ich mich wegen einer Konferenz in Pasadena auf. Ich war recht häufig in Ihrer Stadt, da meine Sekretärin dort lebt. Ich besaß einen Schlüssel zu ihrer Wohnung. Da sie zwei Tage zuvor zu einer Europareise aufgebrochen war, fühlte ich mich ziemlich einsam.«

Er machte eine Pause und versuchte offensichtlich, Tibbs' Reaktion auf seine bisherigen Worte zu ergründen. Virgil nickte verständnisvoll, und sein Blick verriet sowohl Mitgefühl als auch Interesse am Fortgang der Geschichte.

»Als ich nach der Konferenz zu meinem Auto zurückging, traf ich eine junge Frau, die ohne Begleitung schien. Sie wirkte verwirrt und unsicher, daher sprach ich sie an und fragte, ob ich ihr irgendwie helfen könne. Sie war augenscheinlich noch sehr jung, schlank und auf eine unaufdringliche Art äußerst attraktiv. Ihrer äußeren Erscheinung und ihrem Verhalten nach handelte es sich ganz offensichtlich nicht um eine Prostituierte.«

»In welchem Stadtteil war das, Mr. Rosenblatt?«

»Am östlichen Ende des Colorado Boulevard.«

»Danke, fahren Sie bitte fort.«

»Ich will Sie nicht mit überflüssigen Einzelheiten belästigen, aber sie erzählte mir, daß sie sich völlig mit ihrer Familie überworfen habe und sich nun nicht mehr traue, nach Hause zu gehen. Sie hatte nur sehr wenig Geld bei sich, betonte aber nachdrücklich, daß sie keinesfalls um welches bitten wollte. Ich glaube eher, daß sie Rat oder Hilfe suchte.«

Rosenblatt widmete sich wieder seinem Kaffee. »Ich bin nicht stolz auf das, was ich Ihnen jetzt erzähle, aber ich will es

Ihnen genau so beschreiben, wie es passiert ist. Ich habe kurz überlegt, sie auf das Polizeirevier zu bringen, allerdings nicht sehr ernsthaft – das muß ich zugeben. Statt dessen sagte ich ihr, daß ich die Schlüssel zu einem leerstehenden Apartment besäße und sie einladen würde, über Nacht davon Gebrauch zu machen. Man sah ihr an, daß sie aus gutem Hause stammte, aber als ich diesen Vorschlag machte, schaute sie mich an und erwiderte ›Warum nicht?‹ Daher fuhr ich sie zur Wohnung meiner Sekretärin, wo wir dann gemeinsam etwas tranken. Sie sagte mir, daß sie Mary heiße – aber das besagt ja nichts –, während ich mich nicht vorgestellt habe.«

»Ich denke, daß Sie sehr überlegt gehandelt haben«, meinte Tibbs.

Rosenblatt schüttelte den Kopf. »Ich kann nicht behaupten, daß ich mich rein vom Verstand her leiten ließ. Ich meine, wenn sie mich gebeten hätte zu gehen, dann wäre ich ihrer Bitte selbstverständlich nachgekommen, aber das tat sie nicht. Sie schien davon auszugehen, daß ich sie eingeladen hätte, die Nacht mit mir zu verbringen. Ich war überzeugt, daß sie volljährig war; sie sagte, sie sei zweiundzwanzig. Also blieb ich. Wir schliefen zusammen und wurden dabei natürlich intim. Gott sei Dank war es nicht ihr erstes Mal.«

Er gab dem Kellner ein Zeichen, und dieser schenkte sofort Kaffee nach.

Dann fuhr Rosenblatt fort. »Am nächsten Morgen machte sie mir das Frühstück; trotz unseres Altersunterschieds habe ich mich mit ihr in dieser Stunde besser verstanden als mit meiner Frau in den letzten fünfzehn Jahren. Sie war ein entzückendes Mädchen, und die Nacht schien ihr ihre Selbstsicherheit zurückgegeben zu haben. Sie erzählte mir, daß sie nun wisse, was sie tun werde, und daß sie sicher sei, die richtige Entscheidung getroffen zu haben. Sie hat mir sehr viel mehr bedeutet als irgendein Flittchen, das müssen Sie mir glauben.«

»Natürlich«, sagte Virgil.

»Dafür bin ich Ihnen sehr dankbar. Bevor ich ging, tat ich zwei Dinge. Ich hatte sie während der Nacht nicht ... schützen können. Für den Fall, daß sie aufgrund unserer Bekanntschaft schwanger geworden wäre, gab ich ihr eine Telefonnummer und ein Codewort, das sie dann hätte benutzen sollen.«

»Die Nummer Ihres Anwalts, nehme ich an.«

»Ja; wir sind zusammen zur Schule gegangen, und seine Situation war meiner ähnlich. Außerdem gab ich ihr hundert Dollar. Ich machte es sehr vorsichtig: Ich bezeichnete das Geld als ein Darlehen und versprach ihr, falls sie je einen Freund bräuchte, wäre ich für sie da. Mir war es völlig ernst damit, natürlich nicht mit dem Darlehen – ich wollte einfach nicht, daß sie es als Bezahlung für ihre Dienste verstand. Und so war es auch nicht gemeint. Sie hat mich um nichts gebeten. Wir verließen gemeinsam die Wohnung – sie bestand darauf, damit ich sichergehen konnte, daß sie nichts mitgehen ließ. Auf ihre Bitte hin setzte ich sie in einer Wohngegend ab, in der sie behauptete, Freunde zu haben.«

»Mr. Rosenblatt, wissen Sie noch, an welchem Tag Sie diese junge Frau getroffen haben?«

Der Versicherungsmanager nickte dieses Mal ziemlich ernst. »Wie Sie wahrscheinlich bereits vermuten, war es der Tag, an dem Miss Friedkin verschwand.«

»Erlauben Sie mir noch eine Vermutung, Mr. Rosenblatt. Wenn Sie Mr. Friedkin vorher je kennengelernt hätten und nachträglich erfahren hätten, daß seine Tochter verschwunden ist, dann hätten Sie sich in einer extrem schwierigen Position befunden. Ohne etwas dafür zu können.«

Rosenblatt schaute ihn mit neuem Interesse an, allerdings mischte sich in seinen Blick auch ein wenig Besorgnis. »Abgesehen davon, daß ich sehr wohl etwas dafür konnte, haben Sie vollkommen recht. Ich kenne Herbert Friedkin.«

»Mr. Rosenblatt«, sagte Tibbs, »Sie haben eine Nacht mit einer jungen Frau verbracht, aber offensichtlich mit deren vollem Einverständnis. Falls es sich dabei um Herbert Friedkins Tochter handelte, konnten Sie das nur ahnen, falls Sie sich Ihnen richtig vorgestellt hätte. Man kann Ihnen also nicht vorwerfen, Sie hätten vorsätzlich seine Freundschaft mißbraucht. Ist Ihnen Doris je als seine Tochter präsentiert worden?«

»Nein.«

»Ihrer Darstellung nach war das auch nicht wahrscheinlich, aber ich wollte doppelt sicher gehen.« Virgil griff in seine Tasche und holte ein dünnes Faltblatt hervor. Er öffnete es und zeigte seinem Gegenüber das Foto.

Rosenblatt starrte fast eine halbe Minute lang darauf, bevor er sich äußerte. »Sieht ihr sehr ähnlich«, sagte er schließlich. »Es tut mir leid, wenn ich Ihnen keine absolut sichere Antwort geben kann.«

»Gehen wir für einen Augenblick davon aus, daß Sie tatsächlich Doris Friedkin getroffen haben – hat Sie Ihnen irgend etwas von ihren Plänen erzählt, irgend etwas, das darauf schließen ließ, was sie vermutlich vorhatte?«

Das war die Schlüsselfrage, und Tibbs tat sich schwer, sich äußerlich nichts anmerken zu lassen. Die Antwort konnte einen echten Durchbruch durch die solide Mauer aus Hindernissen bedeuten, die sich seit über einem Jahr aufgetürmt hatte.

»Die einzig exakte Angabe, die ich Ihnen machen kann, Mr. Tibbs, ist die Stelle, an der sie ausgestiegen ist.« Er reichte ihm ein Stück Papier. »Ich habe keine genaue Adresse, weil sie nicht bis vor die Haustür gefahren werden wollte, aber sie hat gesagt, daß ein Freund dort ganz in der Nähe wohne, der ihr helfen könne. Wenn Sie diesen Freund finden, dann sind Sie vielleicht ein gutes Stück weiter.«

Daran hatte Virgil natürlich auch gedacht, deshalb sah er einen Funken Hoffnung aufkeimen. Diesen Anhaltspunkt in Händen sprach er mit einem Tonfall, der absolute Aufrichtigkeit signalisierte. »Mr. Rosenblatt, ich versichere Ihnen, daß ich dieses Gespräch so vertraulich wie irgend möglich behandeln werde. Vielleicht habe ich noch ein paar ergänzende Fragen, daher wäre es mir lieb, wieder mit Ihnen in Kontakt treten zu können.«

Der Versicherungsleiter reichte ihm seine Visitenkarte. Tibbs betrachtete sie und war etwas erstaunt, als er den Titel sah.

»Danke; Sie wissen, daß ich Ihnen sehr zu Dank verpflichtet bin. Noch eine Sache: Haben Sie während der Zeit, die Sie mit der jungen Frau verbrachten, irgendwelche körperlichen Besonderheiten an ihr bemerkt – irgend etwas, das uns helfen könnte, sie zu identifizieren?«

Rosenblatt dachte angestrengt nach. »Ich werde so objektiv wie möglich antworten«, sagte er. »Sie war ziemlich hübsch, aber das habe ich Ihnen ja bereits gesagt. Sie hatte dunkles, fast schwarzes Haar. Ich glaube nicht, daß es gefärbt war. Sie war etwa ein Meter sechzig groß, möglicherweise auch einen Meter fünfundsechzig, aber nicht größer. Auch ihre Augen waren dunkel, aber die genaue Farbe kann ich Ihnen nicht mehr sagen. Sie war sehr schlank, aber gut gebaut. Ihre Brüste waren klein, aber fast perfekt geformt. Ihre Haut war etwas blaß.«

»Das ist ausgezeichnet«, sagte Virgil, »all dies sind sehr wichtige Hinweise. Offensichtlich besitzen Sie eine hervorragende Beobachtungsgabe, Gott sei Dank. Fällt Ihnen sonst noch irgend etwas ein?«

Ein derartiges Lob stellt eines der hilfreichsten Instrumente eines professionellen Ermittlers dar, und Rosenblatt reagierte darauf glücklicherweise wie erhofft. »Ein winziges Detail: Sie hat ein- oder zweimal Kanada erwähnt. Ich habe mir daraus zusammengereimt, daß sie mal einen Freund gehabt hat, der nach Kanada geflohen ist, um dem Militärdienst zu entgehen. Mein Eindruck war, daß sie ihn zwar mochte, aber sich gleichzeitig auch für ihn schämte. Das Problem war ihr Alter: Ich glaube, sie war etwas zu jung, um mit jemandem befreundet zu sein, der sich vor der Armee drücken wollte, es sei denn, sie hätte ihn mit sechzehn oder siebzehn kennengelernt.«

Virgil konnte sein zunehmendes Interesse kaum verbergen. »Hat sie von einem bestimmten Teil Kanadas gesprochen – der Ost- oder der Westküste zum Beispiel?«

»Wenn ich mich recht entsinne, hat sie einmal Vancouver erwähnt. Da bin ich mir beinahe sicher.«

Virgil lief es heiß über den Rücken, und selbst seine Fingerspitzen waren ganz kribbelig. Er gab sich große Mühe, gleichzeitig seine Stimme unter Kontrolle zu halten und Anerkennung zu zeigen. »Mr. Rosenblatt, was Sie mir gerade erzählt haben, könnte von unschätzbarem Wert sein. Bitte glauben Sie mir, wie sehr ich es zu würdigen weiß, daß Sie mich angerufen haben. Aus privater wie aus beruflicher Sicht bin ich der Meinung, daß Sie sich wie ein Gentleman verhalten haben.«

Der Manager lehnte sich zurück, als sei ein enormes Gewicht von seinen Schultern gefallen. »Ich bin zutiefst dankbar, das zu hören«, sagte er.

»Eine letzte Frage bevor ich gehe. Besaß die junge Frau noch weitere körperliche Eigenheiten, an die Sie sich erinnern? Ist Ihnen die Form ihrer Ohren aufgefallen? Hatte sie irgendwelche versteckten Narben? Irgend etwas?«

Rosenblatt schüttelte den Kopf. »Ich meine, ihre Ohren wurden von den Haaren verdeckt. Ich habe auch keine Anzeichen von Zahnbehandlungen entdeckt; im Gegenteil, sie hatte sehr hübsche Zähne, daran erinnere ich mich noch.«

Er schaute plötzlich auf. »Mensch doch! Ich Idiot! Da war noch etwas. Ich hoffe, Sie glauben nicht, daß ich die junge Frau irgendwie voyeuristisch untersucht hätte, obwohl sie ganz offensichtlich nichts gegen meine Blicke hatte. Sie hatte eine ganz kleine Blinddarmnarbe. Ich habe das erst im hellen Morgenlicht gesehen.«

Virgil fühlte sich wie jemand, dem unter dem Galgen soeben der Hinrichtungsaufschub offiziell verkündet wurde und unter dem sich dann doch plötzlich die Klappe öffnet. Er wußte genau, daß Doris Friedkin vor ihrem Verschwinden nie operiert worden war.

Achtes Kapitel

Sobald alle Männer sich in seinem Büro versammelt hatten, stand Captain Bill Wilson persönlich auf und schloß die Tür. Spätestens als er sich wieder gesetzt hatte, war allen, die zu diesem Treffen bestellt worden waren, klar, daß es um Größeres ging.

»Zu Beginn«, sagte der Captain, »möchte ich Ihnen mitteilen, daß Chief McGowan einige Veränderungen in der Personalstruktur unserer Dienststelle vorgenommen hat. Vorerst habe ich für Captain Cockel die Leitung der Untersuchungskommission übernommen. Er wird eine andere Abteilung leiten – welche, wird zu gegebener Zeit noch bekanntgegeben.

Zum jetzigen Zeitpunkt, Gentlemen, habe ich zwei Hauptpunkte auf der Tagesordnung. Ich möchte nicht, daß außerhalb meines Büros darüber gesprochen wird, aber Priorität besitzt momentan der Fall der Unbekannten, die erwürgt im nördlichen Teil des Oak Grove Park aufgefunden wurde. Wir müssen da dringend weiterkommen. Bis jetzt haben wir lediglich folgende Fakten: Sie war schätzungsweise zwischen achtzehn und fünfundzwanzig Jahre alt, relativ gutaussehend und wahrscheinlich aus einfachen Verhältnissen, da ihre Kleider aus einem gewöhnlichen Kaufhaus stammten. Mit Sicherheit war sie nicht verheiratet, es sei denn, sie hätte sich unmittelbar nach der Hochzeitszeremonie von ihrem Mann getrennt, und das halte ich für äußerst unwahrscheinlich. Zum Zeitpunkt ihrer Entdeckung war sie schätzungsweise seit zehn Tagen tot. Aufgrund des Zustands der Leiche ließen sich keine Fingerabdrücke mehr abnehmen, und der Zahnarzt der Gerichtsmedizin konnte uns außer einem detaillierten Zahnstatus nichts Aufschlußreiches liefern. An ihren Zähnen war kaum etwas gemacht worden.«

»Was hat die Autopsie ergeben?« fragte Dallas Perkins. Er wußte, was jetzt kommen würde, aber vielleicht hatte sich ja noch etwas ergeben, das noch nicht bis zu ihm vorgedrungen war.

Captain Wilson trommelte auf einer Akte herum. »Hier steht alles; es ist gründliche Arbeit geleistet worden. Trotz des Zustands der Leiche war festzustellen, daß sie gesund war und natürlich nicht schwanger. Klar, sie war Jungfrau. Alle Organproben waren unauffällig, kein Hinweis auf Krankheiten. Die Analyse ihres Mageninhalts ergab, daß ihre letzte Mahlzeit aus einem guten Hamburger, Pommes Frites und einem Glas Milch bestanden hat, wahrscheinlich ohne Nachtisch. Es fanden sich Eiscremespuren, aber das war alles.«

»Ich sage Ihnen gerne, was ich daraus schließen würde«, begann Virgil Tibbs. »Ich nehme an, daß sie im Lauf des Abends oder früh in der Nacht umgebracht worden ist. Der Mageninhalt deutet auf Abendessen hin; mit Sicherheit war es kein Frühstück. Sie hat nicht alleine gegessen und hatte wahrscheinlich mehr als einen Begleiter.«

»Erläutern Sie das bitte«, bat Wilson.

»Die Eiscremerückstände. Wenn sie ein Sundae oder einen Eisbecher bestellt hätte, dann hätte sie mehr davon gegessen, es sei denn, es hätte ihr nicht geschmeckt – und das ist eher unwahrscheinlich.«

»Dann glauben Sie also, daß sie jemand von seinem Eis hat kosten lassen?«

»Genau. Als ich soweit war, habe ich im Büro des Coroner angerufen und gefragt, ob sie mir irgend etwas über die Geschmacksrichtung sagen könnten. Sie konnten nichts Genaues darüber sagen, aber sie haben kleine Mandelsplitter gefunden. Wenn sie nicht über das Eis gestreut waren, was nicht sehr üblich ist, dann handelte es sich wahrscheinlich um eine von den exotischeren Sorten. Das würde die Kostproben-Theorie stützen.«

Wilson begriff, worauf die Überlegung hinauslief. »Und wenn man mit mehreren Leuten ausgeht, dann probiert man schon mal eher das Dessert der anderen.«

»Ja, Sir – und noch etwas. Sie war attraktiv; ihr gynäkologischer Befund läßt allerdings darauf schließen, daß sie mit Verabredungen sehr zurückhaltend war. Ein einzelner Begleiter hätte ihr wahrscheinlich ein teureres Essen spendiert. Ich gebe zu, diese Theorie ist etwas wacklig, aber da wäre noch etwas: Der Hamburger war von guter Qualität mit ordentlich Fleisch drauf. Das spricht für ein Lokal wie Bob's on Colorado, das bei Jugendlichen sehr beliebt ist. Natürlich gibt es auch woanders gute Hamburger, aber der springende Punkt ist, daß deren Karten fast alle standardisiert sind und keine exotischen Eissorten anbieten.«

»Also«, meinte Perkins, »könnte sie womöglich auch mit vier oder fünf Leuten unterwegs gewesen sein, die sich in ein Auto gezwängt haben, um zu einem Eiscafé zu fahren.«

»Stimmt genau. Aber diese sind meist so gut besucht, daß es wahrscheinlich nichts bringen würde, den Leuten dort das Phantombild von ihr zu zeigen. Selbst wenn wir den nicht sehr verläßlichen Hinweis bekämen, daß sie dort war, was würde uns das bringen? Nichts.«

Bob Nakamura brach sein Schweigen. »Captain, ehrlich gesagt bin ich der Meinung, daß wir in dieser Richtung alles versucht haben. Ich habe inzwischen die uns bekannten Triebtäter überprüft, aber kein Täterprofil paßt so richtig. Wenn einer von diesen Vögeln sie zwischen die Finger bekommen und sie so lange gewürgt hätte, bis sie bewußtlos oder wenigstens wehrlos war, dann wäre sie nicht als Jungfrau gestorben. Außerdem ist sie von vorne erwürgt worden. Daraus schließe ich, daß sie ihren Angreifer gekannt hat. Einen Fremden hätte sie wohl kaum so dicht an sich herangelassen.«

»Ist sie dort umgebracht worden, wo sie gefunden wurde?« fragte Wilson.

»Nein«, erwiderte Tibbs. »Das widerspräche jeglicher Logik. Aller Wahrscheinlichkeit nach geschah der Mord nachts. So, wie wir sie einschätzen, wäre unsere Unbekannte niemals freiwillig in den nördlichen Teil des Oak Grove Parks gegangen, egal, mit welcher Geschichte man sie auch gelockt haben mochte. Sie hätte zuviel Zeit gehabt, darüber nachzudenken.«

»Vielleicht hat sie genau das getan und wurde umgebracht, weil sie durchschaut hatte, was vor sich ging«, schlug Lieutenant Perkins vor.

»Das glaube ich nicht, Dallas. Es wäre schon schwierig gewesen, sie in diese Gegend zu kriegen.«

»Vielleicht, aber nur vielleicht«, steuerte Nakamura bei, »hatte sie beschlossen, daß sie lange genug Jungfrau war. Du weißt ja, für jeden gibt es ein erstes Mal, es sei denn, man bleibt ein Leben lang keusch.«

»Daran hab' ich auch schon gedacht«, antwortete Virgil. »Gar nicht so weit hergeholt. Sie war im richtigen Alter dazu, mal abgesehen von möglichen religiösen Überzeugungen. Aber angenommen, daß sie beschlossen hatte, ihre erste sexuelle Erfahrung machen zu wollen, kannst du dir vorstellen, daß sie sich freiwillig dort auf den Boden gelegt hätte, in den Sand, in das feuchte, dreckige Laub und obendrein von Insekten umwimmelt? Niemals!«

»Richtig«, sagte der Captain.

»Ich möchte noch ein oder zwei Punkte hinzufügen«, fuhr Virgil fort. »Erstens glaube ich, daß eine einzelne Person sie zu der Stelle hinaufgetragen hat, an der der Pfadfinderführer sie schließlich fand. Sie war nicht sehr schwer, sie zu schultern wäre nicht allzu schwierig gewesen, zumal das Risiko, nachts dort gesehen zu werden, nicht sehr groß ist. Das einzige, was mich stört, ist das Auto. Der Mörder muß eines gehabt haben, und da wir da unten Streife fahren, wäre es viel zu gefährlich gewesen, es dort lange genug stehen zu lassen, um die Leiche so weit zu tragen – immer vorausgesetzt, daß die Tat schon begangen war. Zweitens deutet alles auf einen männlichen Täter hin. Zwar wäre auch eine starke Frau dazu in der Lage gewesen, aber das ist weniger wahrscheinlich.«

»Es sei denn«, sagte Dallas, »daß es sich um eine Frau gehandelt hätte, der unsere Unbekannte vertraute und ihr deshalb folgte.«

»Das ist möglich«, räumte Virgil ein, »aber das beantwortet noch nicht die erste ungelöste Frage. Wer zum Teufel war die Unbekannte?«

Als Virgil wieder zurück in seinem Büro war, setzte er sich an seinen Schreibtisch und starrte die Wand an. Vor ihm lag ein kleiner, unerledigter Stapel Schreibarbeit, aber er ignorierte ihn. Gedanken schwirrten ihm durch den Kopf – vielversprechende Ideen, die sich allerdings hartnäckig weigerten, aus dem schillernden Sumpf aufzutauchen und eine klare, scharf umrissene Form anzunehmen. Bob Nakamura wußte, was in ihm vorging, und paßte den geeigneten Augenblick ab, um ihn anzusprechen.

»Schau«, sagte er. »Selbst wenn in diesem Land mehr als zweihundert Millionen Menschen leben – früher oder später ruft irgendwer irgendwo an, um eine vermißte Tochter oder vielleicht Schwester zu melden.«

Tibbs hörte nur halb zu. »Ich glaube, daß sie von der Ostküste stammte«, sagte er.

»Warum?«

Virgil schaute ihn an. »Es ist einfach wahrscheinlicher. Wäre sie hier aus der Gegend gewesen, hätte man sie nach spätestens zwei Wochen vermißt. Wenn sie aber vom Osten hierher gekommen ist, dann kann es eher sein, daß man sie unterwegs vermutet und glaubt, daß sie herumreist und einfach zu faul ist, anzurufen oder nach Hause zu schreiben. Das ist zwar nicht sicher, aber einiges deutet darauf hin.«

»Wie war dein Gespräch?«

»Totale Sackgasse. Ich habe mich mit einem menschlich sehr beeindruckenden Mann getroffen: Um mir eventuell hilfreiche Informationen geben zu können, mußte er mir außerehelichen Geschlechtsverkehr beichten. Manchen Menschen ist das sehr peinlich.«

»Wie geht es im Friedkin-Fall jetzt weiter?«

Virgil stützte sich mit den Handflächen auf die Schreibtischplatte. »Ich muß es jetzt auf die harte Tour versuchen. Das wird für einige Leute ziemlich brutal. Am besten fange ich sofort damit an.«

Er schlug sein Telefonverzeichnis auf und suchte die Dienstnummer von Herbert Friedkin heraus.

In New Brunswick/New Jersey begann Arthur Kallman, sich langsam Sorgen zu machen. Nancy hatte immer noch nicht geschrieben oder angerufen, und das paßte gar nicht zu ihr. Trotz einiger dubioser Kumpel, mit denen sie viel Zeit verbrachte, war sie in seinen Augen immer noch ein ›gutes‹ Mädchen. Nachdem er ein paar Minuten lang darüber nachgedacht hatte, sprach er seine Frau, die er nicht beunruhigen wollte, so beiläufig, wie es nur möglich war, darauf an. »Mary, ich hätte ein besseres Gefühl, wenn wir etwas von Nancy gehört hätten. Nur damit wir wüßten, daß es ihr gut geht.«

Wie sehr häufig bei Gedankenübertragungen zwischen Menschen, die eng zusammenleben und mehr als nur Tisch und Bett teilen, hatte Mary Kallman gerade genau das Gleiche gedacht. Sie sah von ihrem Buch auf und versuchte sich dem beiläufigen Tonfall ihres Mannes anzupassen. Es gelang ihr nicht ganz, und er merkte es sofort. »Das wird sie schon noch«, sagte sie. »Du weißt doch, wie junge Mädchen so sind. Und wir waren auch oft nicht da; vielleicht hat sie schon ein paarmal versucht, uns anzurufen.«

»Jetzt sind wir zu Hause«, bemerkte ihr Mann.

Sie lächelte. »Aber wir können wohl kaum erwarten, daß sie das weiß, oder?«

Arthur Kallman schaute zum Telefon, diesem Wundergerät, das ihn, sobald er es wollte, sofort mit dem Polizeirevier verbinden würde. »Ich hab bisher nichts davon gesagt«, sagte er zu seiner Frau, »aber gestern habe ich mich entschlossen, nach ihr suchen zu lassen, sollten wir heute wieder nichts von ihr hören.«

Mary widersprach ihm. »Dafür ist es noch zu früh. Polizisten sind vielbeschäftigte Leute; du weißt doch, wie viele Verbrechen in der letzten Zeit wieder in der Zeitung gestanden haben. Und wir können ihnen nicht einmal etwas Konkretes sagen.«

»Doch, das können wir«, konterte Arthur. »Unsere Tochter ist seit mehr als drei Wochen weg, und wir haben nichts von ihr gehört. Das gefällt mir nicht.«

»Dann ruf an, wenn du meinst«, erwiderte Mary. Sie wollte sich nicht eingestehen, daß sie genau darauf hoffte. Normalerweise war sie die Vorsichtige. Wenn sie im Supermarkt nicht so streng rechnen würde, dann wäre sie, selbst wenn Nancy während des Semesters fort war, nie in der Lage gewesen, mit dem Haushaltsgeld auszukommen.

Arthur zögerte noch eine kleine Weile, dann schlug er die Nummer im Telefonbuch nach und nahm den Hörer ab.

Fast eine Stunde später hielt ein Polizeiauto vor ihrer Haustür. Es war nicht als Dienstfahrzeug zu erkennen, und der Mann, der bei ihnen schellte, war in Zivil. Arthur Kallman war sich erst sicher, einen Polizisten vor sich zu haben, nachdem er dessen Dienstmarke gesehen hatte.

Kallman machte es kurz und schmerzlos, er stellte den Mann ganz förmlich vor. »Liebling, das hier ist Sergeant Morrison von der Polizei. Meine Frau, Mary.«

»Guten Abend, Mrs. Kallman«, erwiderte der Sergeant. »Darf ich mich setzen?«

»Natürlich. Möchten Sie einen Kaffee?«

»Im Augenblick nicht, vielen Dank. Wenn Sie nichts dagegen haben, möchte ich Ihnen gerne ein paar Fragen stellen.«

In diesem Moment wünschte Mary Kallman, daß ihr Mann den Stein nicht ins Rollen gebracht hätte; sie war unsicher, was sie sagen sollte.

Der Sergeant zog ein Notizbuch und einen Kugelschreiber hervor. Ihnen fiel auf, daß er einen guten, frisch gebügelten Anzug trug.

»Wenn ich Sie recht verstanden habe, heißt Ihre Tochter Nancy Kallman und wohnt hier bei Ihnen unter derselben Adresse.«

»Ja, das stimmt«, erwiderte Arthur.

»Würden Sie mir bitte ihr Alter verraten.«

»Zwanzig.«

»Ihr Beruf?«

»Sie studiert, aber dieses Semester hat sie ausgesetzt.«

»Aus welchem Grund, Sir?«

Kallman zögerte einen kurzen Moment und fragte sich, wieviel er erzählen sollte. »Ein Arzt hat uns geraten, sie ein Semester beurlauben zu lassen«, sagte er.

»Ich verstehe. Mr. Kallman, wann haben Sie sie zuletzt gesehen?«

Als ihr Mann zögerte, sprang Mary Kallman ein. »Vor drei Wochen und einem Tag. Sie wollte mit ein paar Freunden an die Westküste fahren. Sie hat dort einige Verwandte, die sie besuchen wollte. Seit sie weggefahren ist, haben wir nichts mehr von ihr gehört.«

»Nahe Verwandte?«

»Nein, genaugenommen sogar ziemlich entfernte.« Sie lachte ein bißchen gezwungen. »Vielleicht klingt das für Sie absurd, Sergeant, aber eigentlich weiß ich gar nicht genau, wer sie sind. Nancy behauptete, einen neuen Familienzweig ausfindig gemacht zu haben, und als der Arzt einen Tapetenwechsel empfahl, fanden wir es eine gute Idee, wenn sie hinführe.«

»Ich weiß, daß dies eine persönliche Frage ist«, bereitete der Sergeant sie vor, »aber könnten Sie mir sagen, warum der Arzt diese Empfehlung ausgesprochen hat?«

Arthur wußte, daß es nun seine Pflicht war, diese Frage zu übernehmen. »Nancy war verlobt. Sie hat ihn sehr gemocht, aber ich bin sicher, daß es nicht mehr war. Wir sind engagierte Kirchenmitglieder, daher sind wir sehr streng, in Bezug auf ... Moral. In dieser Hinsicht teilt Nancy unseren Glauben. Als die Verlobung ziemlich plötzlich wieder gelöst wurde, war Nancy sehr depressiv. Es war besonders hart für sie, weil ihr Zukünftiger ziemlich unerwartet ein anderes Mädchen geheiratet hat. Sie können vielleicht verstehen, wie Nancy – und wir – uns danach gefühlt haben.«

»Natürlich kann ich das, Sir. Ich habe auch eine Familie. Nun bräuchte ich bitte noch ein paar genaue Angaben. Wie groß ist Ihre Tochter?«

»Einen Meter dreiundsechzig.«

»Einen Meter zweiundsechzig einhalb«, verbesserte ihn seine Frau.

Der Sergeant machte sich sorgfältige Notizen. »Ihr Gewicht?« fragte er.

»Neunundvierzig Kilo.« Wieder kam die Antwort von Mary.

»Dann gehe ich davon aus, daß sie schmal gebaut ist.«

»Ja, aber sie hat eine hübsche Figur. Nicht dieser übertriebene Pin-Up-Typ; genau richtig eben für ein bescheidenes Mädchen, das auf sich achtet.«

»Gut«, ermutigte Morrison. »Ihre Haarfarbe und ihre Augenfarbe?«

»Sie hat sehr dunkles Haar«, antwortete Arthur. »Auch ihre Augen sind dunkelbraun. Sie ist wirklich recht hübsch.«

»Haben Sie ein Foto von ihr?«

»Ja.« Arthur Kallman schaute seine Frau an. »Denk an diese Verlobungsfotos, die wir gemacht haben.«

Statt einer Antwort stand Mary Kallman auf und verließ den Raum. Kurz darauf kam sie mit zwei Portraitaufnahmen wieder, denen man anmerkte, daß sie in einem Fotostudio gemacht worden waren. Der Sergeant betrachtete sie so lange und gründlich, daß es Mary auffiel. Der Polizist bemerkte ihren Blick und reagierte mit der Routine des Profis. »Ich kann keinerlei Muttermale oder andere Auffälligkeiten erkennen.«

»Oh, nein – sie hat einen wundervollen Teint«, fiel ihm Mary ins Wort.

»Da bin ich sicher«, sagte Morrison äußerst vorsichtig. »Eine letzte Frage noch, wenn Sie nichts dagegen haben, und dann belästige ich Sie nicht weiter. Würden Sie mir den Namen Ihres Zahnarztes verraten?«

Arthur Kallman reagierte erstaunt. »Warum?« fragte er.

Als erfahrener Polizist wußte Morrison, daß man niemanden voreilig beunruhigen sollte. »Reine Routine«, sagte er mit überzeugender Stimme. »Wenn jemand vermißt wird, möchten wir den Zahnstatus parat haben. Es gehört einfach zu unserem Handwerkszeug. Wir erkundigen uns immer nach dem Namen des behandelnden Zahnarztes.«

Wie er gehofft hatte, konnte er sie damit überzeugen. Er notierte sich den Namen des Arztes und stand auf. »Sobald ich Ihnen etwas Konkretes mitteilen kann, melde ich mich wieder«, versprach er. »Sie haben mir beide sehr geholfen.«

»Eigentlich wollten wir Sie gar nicht behelligen«, sagte Mary.

»Das kann ich verstehen, Ma'am, aber da Sie schon geraume Zeit nichts mehr von Ihrer Tochter gehört haben, möchte ich Ihnen versichern, daß Sie richtig gehandelt haben.«

Mit dieser Bemerkung ging er. Er war sich nicht ganz sicher, aber die Beschreibung, die er gerade bekommen hatte, paßte zu dem Bericht, den er gründlich gelesen hatte, kurz bevor er zu den Kallmans gefahren war. Etwas störte ihn allerdings: Nancys eigentliches Reiseziel war offensichtlich vertuscht worden. Es ergab einfach keinen Sinn, daß die Eltern ihre so behütet aufgewachsene Tochter quer durch den ganzen Kontinent reisen ließen, um Verwandte zu besuchen, deren Namen sie nicht einmal kannten.

Ganz offensichtlich hatten sie da etwas verschwiegen.

Neuntes Kapitel

Herbert Friedkin nahm das Telefon auf seinem Schreibtisch zur Hand und sprach mit seiner Sekretärin. »Bis ich Ihnen weitere Anweisungen erteile, möchte ich keinesfalls gestört werden. Mit der üblichen Ausnahme.«

»Ja, Sir.«

Danach wandte er sich wieder Tibbs zu. »Jetzt können Sie meiner ungeteilten Aufmerksamkeit sicher sein«, sagte er. »Das Telefon wird uns nicht mehr stören, es sei denn, es gäbe Neuigkeiten von Doris – und ich fürchte, das ist nicht sehr wahrscheinlich.«

Virgil ignorierte diese Bemerkung; statt dessen holte er einen großen Schreibblock hervor, um sich Notizen zu machen. »Ich werde Ihnen wohl ziemlich zusetzen müssen«, warnte er, »aber ich bin dabei, meine eigene Ermittlungsakte dieses Falles zu erstellen, und es gibt immer noch einige Lücken, die ich gerne füllen würde. Dafür brauche ich Ihre Hilfe.«

»Die haben Sie – ohne Vorbehalte.«

»Mr. Friedkin, besitzen Sie zufällig irgendwelche Aufnahmen von Doris' Stimme – zum Beispiel Kassetten, die sie selbst aufgenommen haben könnte?«

»Nicht, daß ich wüßte, nein.«

»Hat Sie Ihnen gegenüber je erwähnt, daß sie aus irgendeinem Grund ihre Stimme aufgenommen hätte?«

Friedkin dachte einen Moment nach. »Vielleicht hat sie sowas gemacht – viele ihrer Freunde besaßen Recorder, sie auch. Ich werde mich darum kümmern, wenn Sie möchten.«

»Das wäre sehr hilfreich; wenn es möglich ist, dann hätte ich gerne eine Stimmprobe von ihr. Als nächstes würde ich gerne so viel wie möglich über die Finanzen Ihrer Tochter wissen. Bargeld, Sicherheiten, jeglichen Besitz, den sie schnell zu Geld hätte machen können.«

»Sie hatte ein eigenes Bankkonto, zu dem nur sie Zugang hatte. Es gibt einen relativ großen Treuhandfonds, aber den kontrollieren immer noch wir. Es gibt einigen Grundbesitz, der unter ihrem Namen läuft, aber davon ist nichts verkauft worden – ich hatte selbst auch schon daran gedacht.«

»Wieviel Bargeld trug sie Ihrer Meinung nach zum Zeitpunkt ihres Verschwindens bei sich?«

Friedkin beugte sich vor. »Diese Frage wurde mir bereits gestellt, aber ich kann Ihnen keine genaue Antwort darauf geben. Ein paar Tage vor ihrem Verschwinden hat sie tausend Dollar abgehoben, aber das war nicht ungewöhnlich. Zum Beispiel hat sie ihre gesamte Garderobe selbst gekauft – und bezahlt.«

»Gibt es irgendeinen Beleg dafür, daß sie dieses Bargeld ausgegeben haben könnte?«

»Nein, aber vielleicht sollte ich eins deutlich machen: Eines Tages wird sie die Erbin eines sehr großen Vermögens sein. Ich habe mich bemüht, ihr von Anfang an einen sparsamen und umsichtigen Umgang mit Geld beizubringen. Als sie alt genug war, habe ich ihr eine großzügige, regelmäßige Zuwendung gezahlt und ihr gleichzeitig zu verstehen gegeben, daß ich ihr vollkommen vertraute und sie mir keinerlei Rechenschaft schuldig sei.«

»Und die Zuwendung bestand aus …?«

»Tausend Dollar pro Monat. Nicht eingeschlossen waren Arztrechnungen, Autos oder andere größere Anschaffungen. Soweit ich weiß, ist sie für eine junge Frau ihrer Position sehr sorgsam mit dem Geld umgegangen.«

»Dann wäre es möglich, daß sie immer mal geringfügige Summen abgehoben und beiseite gelegt haben könnte, um sie für einen bestimmten Zweck zu sparen.«

»Theoretisch ja, aber das glaube ich nicht.«

Tibbs verfolgte diesen Punkt nicht weiter. »Wie gut sind ihre Fremdsprachenkenntnisse? Genauer gesagt, wie waren sie zum Zeitpunkt ihres Verschwindens?«

Friedkin schaute ihn durchdringend an. »Das ist eine neue Frage«, gab er zu. »Ihr Französisch war ziemlich gut, sie hatte es drei Jahre in der Schule. Außerdem konnte sie ein paar Brokken Spanisch. Hebräisch hat sie nie interessiert, aber irgendwie hat sie ein bißchen Italienisch aufgeschnappt – nur ein paar Sätze.«

»Hätte sie auf Französisch eine Unterhaltung führen können?«

»Vielleicht, eine einfache.«

»Würden Sie sagen, daß sie sprachbegabt war?«

»Nur wenn es sie wirklich interessierte; dann war sie in fast allem außergewöhnlich gut. Französisch hat sie nie sonderlich interessiert, daher strengte sie sich gerade so weit an, daß sie mittelmäßige Noten bekam, nicht mehr.«

»Hat sie ihre Haare dunkler gefärbt?«

»Nein, sie war von Natur aus sehr dunkel.«

»Hat sie sich Ihres Wissens je eine Perücke gekauft?«

»Ja, sie hat mal eine ausprobiert. Weder ihre Mutter noch ich fanden Gefallen daran, und ich glaube, daß es ihr ähnlich ging. Sie hat sie einmal getragen und anschließend weggeworfen.«

»Wissen Sie definitiv, Mr. Friedkin, daß die Perücke nicht mehr im Haus ist?«

»Ich kann es nicht hundertprozentig beschwören. Es war ein rötliches Ding mit einem Pagenkopfschnitt, oder wie man so was nennt. Um ehrlich zusein, sie sah sogar ganz hübsch damit auch, aber es paßte nicht zu ihr – beziehungsweise zu uns.«

Virgil machte sich eifrig Notizen. »Würden Sie Ihre Tochter als besonders sportlich oder gelenkig bezeichnen?«

»Nein.«

»Jetzt würde ich gerne noch einmal auf ihre Vorlieben zurückkommen, Sir. Zeigte sie irgendein besonderes Musikinteresse?«

»Unglücklicherweise hatte sie einen für ihre Generation typischen Musikgeschmack. Sie mochte Liedermacher und andere Sänger, die über eine gewisse Stimme verfügen und wenigstens den Ton treffen.«

»Bevorzugte sie einen bestimmten Liedermacher und dessen Texte? Joan Baez, Bob Dylan oder so?«

»Ich kann mich nicht entsinnen, daß sie einen von denen besonders mochte. Irgendwann hat sie mal John Denver erwähnt.«

»Ihr Lieblingsmusiker?«

»Dieser indische Sitarspieler. Ich kann mich nicht mehr an seinen Namen erinnern.«

»Ravi Shankar?«

»Ja, genau. Sie hat mir mal eine seiner Aufnahmen vorgespielt. Er ist sicherlich ein Virtuose auf seinem Instrument, allerdings ist mir seine Musik zu fremd.«

»Wer sind denn Ihre Favoriten, Sir?«

»Heifetz, Zuckermann, Segovia, Mehta – wenn Sie auch Dirigenten dazuzählen.«

»Hat Doris schauspielerisches Talent?«

»Ich bin froh, daß Sie wieder in der Gegenwart von ihr sprechen. Sie hatte keinerlei Ehrgeiz, Schauspielerin zu werden. Sie hat an zwei oder drei Schulaufführungen mitgewirkt, allerdings nie in einer Hauptrolle – es gefiel ihr nicht, im Rampenlicht zu stehen. Eine Sache sollte ich allerdings erwähnen: Sie ist eine hervorragende Imitatorin. Sie kann so ziemlich jeden nachmachen, egal ob Mann oder Frau, und sie trifft damit immer ins

Schwarze. Sie hat Richard Nixon so toll imitiert, daß es fast unheimlich war.«

»Wenn das nicht Talent ist!«, entfuhr es Tibbs.

»Kann man so sehen.«

»Ihre Hobbys?«

»Eigentlich keine. Sie reitet recht gut, aber als ich ihr ein eigenes Pferd schenken wollte, hat sie abgelehnt.«

»Kennen Sie irgendwelche Kinofilme, die sie besonders mochte?«

Friedkin grinste erstmals. »Ja, *In der Hitze der Nacht*.«

Virgil schien etwas verlegen. »Danke, aber ich glaube, den können wir beiseite lassen. Gab es noch andere?«

»Also gut. Wenn man die Filme, die im Fernsehen gelaufen sind, dazurechnet, dann mochte sie *Casablanca, Alle Herrlichkeit auf Erden, Sayonara* und die meisten James Bond-Filme. Western und Sitcoms waren ihr immer ziemlich egal.«

»Sie haben mir sehr geholfen, Sir – Sie sind ein ausgezeichneter Beobachter.«

»Nun ja, wenn Sie meinen. – Sie hat viel von den Dingen erzählt, die sie wirklich mochte. *Casablanca* hat sie mindestens ein dutzend Mal gesehen.«

»Wer waren ihre Lieblingsautoren?«

»Das ist schon schwieriger. Sie mochte Krimis, aber das tun wohl alle – mich eingeschlossen. Dafür waren ihr Horrorromane ziemlich egal. Sie mochte Steinbeck und hat fast alles von John Masters gelesen.«

Virgil war vollauf mit seinem Notizblock beschäftigt. Als er schließlich aufschaute, hatte Friedkin selbst eine Frage. »Hilft Ihnen das irgendwie weiter?«

»Ja, Sir, allerdings«, antwortete Tibbs. »Was Sie mir gerade erzählt haben, enthält möglicherweise Schlüsselinformationen – solche, die nicht in unserer Ermittlungsakte stehen. Jetzt, Sir, möchte ich Ihnen noch ein paar weitere Fragens stellen.«

Erst über eine Stunde später verließ Tibbs das großzügige Büro. Sein Gehirn arbeitete mal wieder auf Hochtouren, denn mit etwas Glück hatte er eine neue Spur.

Virgil hatte sich mit Chris Hagerty zusammengesetzt, da dieser beim ersten Mal sehr engagiert am Friedkin-Fall mitgearbeitet hatte. Er war mit Elan dabei, die Protokolle noch einmal durchzusehen, die er vor einem Jahr geschrieben hatte. »Virg, wir haben dieses Restaurant und das dazugehörige Personal damals gründlich auseinandergenommen«, sagte er. »Bis auf die üblichen kleinen Unstimmigkeiten, die immer auftauchen, wenn die Leute wirklich versuchen, die Wahrheit zu sagen, stimmen ihre Geschichten allesamt überein. Wir haben jeden einzelnen befragt, egal, ob sie direkt mit dem Tisch zu tun hatten, an dem die Rosenprinzessinnen saßen, oder in der Nähe waren, als Doris verschwand. Nichts. Nur ein paar Nebensächlichkeiten: Einer der Männer aus der Küche hatte ein paar unbezahlte Knöllchen, und wir haben das geklärt. Der Manager hatte eine ziemlich nette Geliebte – ich habe sie persönlich verhört.«

»Bist du auf irgend etwas, auf irgendeine Kleinigkeit gestoßen, die nicht absolut stimmig war?«

»Seltsamerweise nicht. Wenn so viele Leute in eine Sache verwickelt sind, dann kommt meist irgendwas dabei heraus, aber dieses Mal hatten wir wirklich verdammtes Pech. Sie ist einfach aufgestanden, zur Damentoilette gegangen, und das war's. Von der Tatsache abgesehen, daß sie schon in der Vergangenheit einige Male in diesem Restaurant gegessen hatte und demnach wohl wußte, wo sich die Damentoilette befand, konnten wir keinen näheren Kontakt zu Leuten aus dem Restaurant nachweisen.«

»Also wußte sie wahrscheinlich auch, daß es neben der Toilette eine Tür nach draußen gibt.«

»Das kann sein, Virg, aber sie war sicher nicht der Typ, der einfach Türen öffnet und nachsieht. Meinem Eindruck nach war sie eine ruhige, etwas reservierte und an den Umgang mit Geld gewöhnte Person.«

»Dann macht es deiner Meinung nach keinen Sinn, sich jeden einzelnen noch einmal vorzuknöpfen?«

»Das mußt du wissen – ich hätte sicherlich nichts dagegen. Wie anderswo auch wechselt das Personal natürlich relativ häufig. Fahrer, Kellnerinnen und Küchenhilfen bleiben selten lange bei einer Stelle, es sei denn, ihr Gehalt wäre außergewöhnlich gut. Der Laden ist ziemlich gut in Schuß, die Gehälter liegen über dem Durchschnitt, aber sie sind nicht exorbitant hoch. Du wirst also einige Probleme haben.«

Tibbs schüttelte den Kopf. »Chris, ich bin sicher, wenn du dich darum gekümmert hast, dann bleibt für mich nicht mehr viel übrig; ich wollte nur doppelt sichergehen. Eine Sache noch: Ist sie deiner Meinung nach zur Hintertür rausgegangen?«

»Es muß so gewesen sein, es gibt keine andere Möglichkeit. Um durch den normalen Eingang zu gehen, hätte sie direkt an dem Tisch vorbeikommen müssen, an dem die anderen Prinzessinnen saßen; sie hätte nicht verschwinden können, ohne gesehen zu werden. Die anderen Türen kommen nicht in Frage. Es gibt noch eine in der Küche, die als Lieferanteneingang benutzt wird, und zwei weitere, die nur im Notfall benutzt werden dürfen und die daher an die Alarmanlage angeschlossen sind, die anspringt, sobald jemand die Türen öffnen würde. Ich habe sie überprüft und bei beiden funktionierte der Alarm.«

»Warum gibt es an der Tür, die sie wahrscheinlich benutzt hat, keinen Alarm?«

»Um es dem Putzservice angenehmer zu machen, der täglich die Toiletten reinigt. Das Management war sich im klaren darüber, daß die Tür Zechprellern einen möglichen Fluchtweg bietet, aber in drei Jahren ist es nur zweimal vorgekommen, daß sich jemand auf diese Weise davongemacht hat. Daher war es billiger, alles beim alten zu lassen, statt eine Alarmanlage zu installieren, die man jedes Mal für die Putzfrauen hätte ausstellen müssen.«

»Zweite Frage, Chris: Nachdem Doris durch die Tür raus war, wie hat sie wohl die Gegend verlassen?«

Hagerty lehnte sich zurück. Er war sehr groß, was seine hagere Gestalt noch unterstrich. »Ich habe befürchtet, daß du das fragen würdest«, erklärte er. »Fest steht, daß sie kein Taxi genommen hat. Vielleicht ist sie in einen Bus gestiegen, denn es gibt eine Haltestelle in der Nähe, die vom Restaurant aus nicht zu sehen ist, aber da wir zu viert eine ausgiebige Zeugenbefragung durchgeführt haben, spricht nicht sehr viel dafür.«

Tibbs ließ die Worte auf sich wirken. »Also ist sie entweder einfach davon marschiert oder hat sich von einem Unbekannten im Auto mitnehmen lassen.«

»Richtig. Wir haben die ganze Umgebung akribisch durchkämmt und mit allen Ladenbesitzern und jedem, den wir finden konnten, gesprochen, aber keiner hat sie gesehen. Ihr Prinzessinnenkostüm war ziemlich elegant, aber nicht so auffällig, daß es sämtliche Blicke auf sich gezogen hätte – so wurde mir zumindest gesagt. Wie auch immer, ich glaube dennoch, daß man sie bemerkt hätte. Wir haben alles versucht, um Hinweise zu bekommen, aber ohne Erfolg. Das heißt: Ein paar haben sich gemeldet, aber ihre Aussagen erwiesen sich als wertlos. Sie ist einfach verschwunden.«

Virgil verschränkte seine Finger so fest, daß die Knöchel weiß wurden. »Dann muß sie jemand mitgenommen haben, oder sie hatte ihren Abgang geplant und ein Auto in einer der Seitenstraßen abgestellt.«

Hagerty verschränkte die Hände hinter dem Kopf. »Ich stimme dir zu. Natürlich haben wir das auch bedacht und sind der Sache mit dem Auto besonders intensiv nachgegangen. Keiner hat irgend etwas gesehen, was uns weitergeholfen hätte, aber das besagt noch nichts.«

»Mir gefällt die Idee, daß ein eingeweihter Freund beteiligt war«, sagte Tibbs.

»Oder der Zufall hätte seine Hand im Spiel gehabt, aber dann hätte es schon ein ungewöhnlich großer Zufall sein müssen. Denk daran, daß sie aus einer schmalen Gasse kam. Einfach so auf die Straße zu gehen und sofort auf einen Freund zu treffen, der sie mitnimmt und der oder die dann auch noch dichthält? Tut mir leid – so viele Zufälle dreht mir keiner an!«

»Irgendwelche Kandidaten, die als Freunde in Frage kämen?«

»Wir haben einige überprüft. Die meisten hatten tadellose Alibis. Du könntest es nochmal bei einem Jungen namens Barry Samuels versuchen; seine Andresse steht in der Akte. Sein Alibi war zwar in Ordnung, aber ich hatte den leisen Verdacht, daß er mehr hätte sagen können, wenn er gewollt hätte.«

Virgil blickte finster entschlossen. »Soll mir für's erste reichen!«

Die Meldung der Polizei von New Brunswick wurde kurz vor drei Uhr nachmittags durchgegeben. Da Virgil sein Büro verlassen hatte, machte Bob Nakamura Notizen und versprach zurückzurufen. Er schlug vor, mit der Benachrichtigung zu warten, bis man in Pasadena eine kurze Besprechung abgehalten hatte. Bevor man die Eltern unterrichtete, müßten zweifellos erst noch einige Fragen geklärt werden, um jeden Irrtum auszuschließen.

Nach der Blitzkonferenz wählte er die Nummer des Coroner von Los Angeles und gab die Information an ihn weiter; danach erlaubte er sich eine kurze Verschnaufpause. Durch die Gnade des Zufalls hatte sich eins der Hauptprobleme erledigt, und die Unbekannte aus dem Park war endlich nicht mehr namenlos. Als Virgil die Tür zu seinem Büro aufmachte, überfiel Bob ihn mit der Neuigkeit.

Der schwarze Kriminalbeamte schaute düster. Er ließ sich auf einen Stuhl fallen und starrte die Wand an. »Ich hatte die vage Hoffnung … Ich hoffte, daß sie ganz allein auf der Welt war, ohne Eltern, die man benachrichtigen muß. Aber das war natürlich Unsinn.«

»Leider.«

»Verdammt nochmal!« explodierte Tibbs. Er brüllte nicht, aber bei jedem Wort bebte er vor Wut. Zorn flammte in ihm auf, und ein paar Sekunden lang fürchtete Bob, daß er die Kontrolle über sich verlieren würde.

»Nenn mich gottverdammt sentimental, wenn du willst«, sagte Virgil bitter, »aber ich kann sie nicht einfach so aus dem Gedächtnis löschen. Sie war ein hübsches, junges Ding, das sich für den richtigen Mann aufgespart hatte. Das ist heutzutage wirklich die Ausnahme. Ich werde das Gefühl nicht los, daß sie ein nettes Mädchen war, und jetzt ist sie eine halbverweste Leiche, die in Stücke geschnitten in einem Leichenschauhaus liegt – menschlicher Abfall. Ich hoffe, sie hatte eine Seele.« Er ließ sich nach hinten fallen und schwieg bedrohlich.

Als er das Gefühl hatte, dies sei der richtige Moment, sprach Bob leise: »Wir haben eine ganze Menge Tote bei Verkehrsunfällen, und ich fürchte, es wird noch viel mehr geben.«

Tibbs kochte immer noch. »Ja, aber das geschieht nicht vorsätzlich. Und wenn wir den Bastard festnageln, der es getan hat, was kriegt er dann? Vielleicht sieben Jahre, und danach ist er wieder auf freiem Fuß.«

»Was erwartest du denn?«

Virgil schaute ihn an. »Rate mal.«

Nach einer weiteren Minute probierte Bob eine andere Strategie. »Was hast du rausgefunden?« fragte er.

»Ich hab mir die Gasse nochmal angesehen und denkbare Fluchtrouten gestoppt, die Doris Friedkin eingeschlagen haben könnte, nachdem sie aus der Hintertür des Restaurants verschwunden war. Außerdem habe ich überprüft, welche Sicht auf die Gasse man von den nahegelegenen Häusern aus hat.«

»Hast du was rausgefunden?«

»Indirekt schon. Es ist gut möglich, daß sie aus der Tür rausgekommen und die kurze Gasse runtergelaufen ist, ohne gesehen zu werden. Danach hängt alles von einem unbekannten Faktor ab; nämlich, wie verräterisch das Kleid der Rosenprinzessinnen war. Ich habe organisiert, daß wir uns eins angucken können.«

»Mit passendem Modell natürlich. Mary Goldie könnte es für uns anziehen.«

»Reizende Idee«, antwortete Tibbs. »Aber man könnte auch eine der Prinzessinnen, die das Kleid noch besitzt, bitten, uns die Ehre zu erweisen.«

»Also, die Polizistin wieder von der Liste runter.«

»Dafür kannst du Miss Peggy Collins draufsetzen, die bereit ist, uns den Gefallen zu tun.« Virgil fand langsam wieder in die Realität zurück; sein Zorn war etwas verdampft, und er war wieder mehr Herr seiner selbst.

»Bist ganz schön umtriebig. Wann dürfen wir denn Miss Collins erwarten?«

Tibbs schaute auf die Uhr. »Es könnte sich lohnen, noch ein paar Minuten auszuharren.«

»Wir sollten einen Fotografen bestellen.«

Die Antwort war ein gelangweilter Blick von der gegenüberliegenden Seite des Schreibtischs. »Der ist schon unterwegs.«

Der Fotograf war als erster da. Zehn Minuten später meldete die Anmeldung Miss Collins. Als sie in der Bürotür erschien, war jedem klar, warum sie im Jahr zuvor zur Rosenprinzessin gewählt worden war. Sie war außergewöhnlich hübsch und war von überschwenglichem Charme, der sie wie eine Aura umgab. Sie wartete einen Moment und trat dann mit einem gewinnenden Lächeln ein, ganz so, als sei sie die Gastgeberin und nicht der Gast. »Hallo«, sagte sie. »Sie sind Virgil Tibbs?«

»Ja, Miss Collins.«

»Gut, dann stellen Sie mir doch bitte den anderen gutaussehenden Herrn vor.«

Virgil war bereits aufgesprungen. »Bei diesem undurchsichtigen Asiaten mit der abstoßenden Visage handelt es sich um meinen Partner Robert Nakamura.«

»Hallo, Bob.«

Nakamura grinste. »Hallo, Peggy. Komm, setzen Sie sich zu mir, und ich erzähle Ihnen ein paar exotische Geschichten aus dem geheimnisvollen Fernen Osten.«

»Wollen Sie nicht zuerst einen Blick auf mein Kleid werfen?«

»Virgil wird sich das Kleid anschauen und ich werde den Inhalt bewundern.«

Peggy tat, als sei sie auf dem Laufsteg und nahm gekonnt eine Pose nach der nächsten ein. Während der Fotograf ihre Darbietung mit der Kamera festhielt, wurden sie und ihr hübsches Kostüm eingehend von den beiden Männern studiert. Erst als die improvisierte Modenschau beendet war, wurde Tibbs wieder dienstlich.

»Was meinst du?« fragte er.

»Wenn ich sie auf der Straße getroffen hätte«, antwortete Bob, »hätte ich dem Kleid keine allzu große Beachtung geschenkt. Ich hätte mich auf das Mädchen konzentriert.«

»Ich auch, aber dank daran: Es war nicht dieses Mädchen.«

»Ich weiß, aber jeder hat gesagt, daß Doris Friedkin auch sehr attraktiv war.«

»Das ist sie ganz bestimmt«, pflichtete Peggy bei. »Was Sie wissen wollen, ist doch Folgendes: Wäre sie einer Menge Leute aufgefallen, wenn sie in diesem Kleid den Colorado Boulevard entlang gegangen wäre?«

»Korrekt«, antwortete Tibbs.

»Dann kann ich Ihnen vielleicht helfen. Männer würden nicht das Kleid, sondern Doris sehen. Frauen allerdings würden eher das Kleid bemerken und vielleicht sogar erkennen, worum es sich handelt.«

»Peggy«, fragte Virgil, »wie sehr unterscheidet sich das Kleid von dem, was Sie normalerweise zur Mittagszeit auf dem Boulevard trügen, wenn Sie sich für irgendeinen Anlaß zurechtgemacht hätten?«

»Wenn ich ehrlich sein soll, unterscheidet es sich nicht sehr. Angeblich ist es ein ganz besonderes und ausgefallenes Design, aber es mußte ja zu einigen sehr unterschiedlichen Mädchen passen, die bei der Herstellung noch nicht einmal gewählt worden waren. Schon deswegen konnte es nicht zu ausgefallen sein – wenn Sie verstehen, was ich meine?«

»Ja.« Mit einem Nicken bedeutete Tibbs dem Fotografen, den Raum zu verlassen. »Da Sie schon mal hier sind, darf ich Ihnen noch ein paar Fragen stellen?«

»Klar – legen Sie los.«

»Aber zunächst – wir haben zwar keine sehr reichhaltige Auswahl, aber wie wäre es mit einem Kaffee oder einer Limonade oder etwas ähnlichem?«

»Hier?«

»Natürlich hier – ich lasse den Boy die Erfrischungen bringen.«

»Du mußt vorsichtig sein mit diesen Schwarzen«, bemerkte Bob scharf. »Wenn man ihnen den kleinen Finger reicht, nehmen sie gleich die ganze Hand.«

Peggy lächelte. »Haben Sie hier auch Root Beer?«

Bob stand auf. »Ja, ich werde welches holen«, feixte er und ging hinaus.

»Damals, als Doris verschwunden ist, mußten Sie wahrscheinlich schon eine Menge Fragen beantworten, nicht wahr?« begann Virgil.

Peggy nickte. »Ja, wir alle sind zwei- oder dreimal verhört worden.«

Tibbs entspannte sich sichtlich und betrachtete die junge Frau vor sich genau. »Peggy, jetzt kommt die nächste Runde. Alles, was ich jetzt versuche, ist Doris zu finden – sonst nichts. Mir ist der Gedanke gekommen, daß sie vielleicht gar nicht gefunden werden möchte.«

Wieder nickte Peggy. »Das haben die meisten von uns auch gedacht.«

»Folgendes: Sollte ich sie ausfindig machen und sie möchte ihren Aufenthaltsort nicht preisgeben, dann werde ich ihrer Familie mitteilen, daß sie lebt, daß es ihr gut geht, aber daß sie nicht nach Hause kommen möchte.«

»Und Sie werden ihnen nicht sagen, wo sie ist?«

Virgil schüttelte den Kopf. »Es passiert recht häufig, daß wir jemanden finden, der wohlauf ist, aber lieber in Ruhe gelassen werden möchte. Wenn das der Fall ist, dann lassen wir die Verwandten wissen, daß es der betreffenden Person gutgeht, aber das ist auch alles. Doris ist erwachsen und hat daher ein Recht auf die Wahrung ihrer Privatsphäre.«

Peggy wurde ernster. »Ich verstehe.« Man konnte ihr ansehen, daß sie nachdachte, und genau das wollte Tibbs.

»Wie lange kannten Sie Doris?« fragte er sehr freundlich.

»Ungefähr vier Jahre.«

»Waren Sie eng miteinander befreundet?«

»Wir haben uns gut verstanden. Wir waren zwar nicht unbedingt Busenfreundinnen, aber wir kamen gut miteinander aus.«

»Dann können Sie mir vielleicht folgende Frage beantworten: Wie ernst war es ihr mit ihrer Religion?«

Die unerwartete Frage zeigte die beabsichtigte Wirkung. Peggy zögerte und schaute ihn an. »Das bleibt unter uns?«

Virgil nickte. »Das ist absolut vertraulich. Keiner wird davon erfahren.«

»Dann sage ich Ihnen die Wahrheit. Sie war nicht glücklich darüber, Jüdin zu sein. Nicht, daß sie sich dafür geschämt hätte, aber sie *fühlte* sich einfach nicht jüdisch. Verstehen Sie, was ich meine? Einmal hat sie mit mir darüber gesprochen. Sie wollte einfach nur ein amerikanisches Mädchen sein, ohne irgendwelche Belastungen oder Komplexe.«

»Denken Sie, daß sie an Gott glaubte?«

»Ich weiß, daß sie an Gott glaubte, aber ihre Eltern sind sehr pingelig mit ›dem wahren Glauben‹, sie machten ihr das Leben schwer, wenn sie mit nichtjüdischen Jungen ausgehen wollte. Sie verboten es ihr nicht gerade, aber sie machten sehr deutlich, daß ihr Ehemann aus einem jüdischen Haus stammen sollte. Das paßte ihr nicht. Sie mag ihre Eltern wirklich gerne, oder mochte sie, aber das mit der Religion belastete sie.«

»Hat sie je daran gedacht, irgendeiner anderen religiösen Gemeinschaft beizutreten?«

»Sie hat nicht darüber geredet, aber möglich wäre es. Sehen Sie: Doris ist ziemlich zurückhaltend, aber sie ist auch verdammt helle. Und wenn sie will, dann läßt sie ganz schnell die Maske fallen.«

Bob kam mit zwei Getränken zurück; er stellte sie leise ab und verließ wieder den Raum. Peggy griff nach ihrem und trank einen Schluck.

»Könnten Sie mir ein Beispiel nennen?« fragte Tibbs so beiläufig wie möglich.

»Unter uns?«

»Ganz sicher.«

»Nun, einmal kam sie zu einer kleinen Party zu mir nach Hause. Nur Mädchen – meine Eltern waren ausgegangen. Wir fingen an, über die Strip-Shows zu reden, die damals gerade überall in der Stadt zu sehen waren – erinnern Sie sich?«

»Ja, ich hab auch ein paar gesehen.«

»Gut, dann werden Sie es verstehen. Nur so zum Spaß behaupteten wir, Doris sei diejenige unter uns, die in diesem Job am wenigsten Erfolg hätte. Sie sagte nichts dazu, sondern stand auf, legte eine Kassette ein und gab uns eine Vorstellung.«

»War sie gut?«

»Sie war klasse! Keine von uns hatte ein Ahnung, daß sie so etwas konnte, aber sie war einfach phantastisch.«

Virgil trank sein Malzbier zur Hälfte aus. »Und ausgerechnet ich mußte das verpassen.« Er gab sich betont locker. »Wer weiß, eines Tages vielleicht ...«

»Man weiß nie«, sagte Peggy. »Und außerdem: Die Tatsache, daß Sie schwarz sind, würde für Doris keinen Unterschied machen – für mich übrigens auch nicht.«

Tibbs versuchte von diesem Thema abzulenken. »Peggy, warum glauben Sie, hat sich Doris entschlossen, zu verschwinden? Sagen Sie mir nicht, daß Sie keine Ahnung hätten – das ist die offizielle Version. Ich frage Sie das streng vertraulich. Bleibt nach wie vor strikt unter uns.«

»Laut Presse arbeiten Sie für Mr. Friedkin.«

Virgil schüttelte den Kopf. »Ich arbeite für die Menschen dieser Stadt – und dazu gehören auch Sie. Ich bin nicht käuflich.«

»Erst möchte ich Sie etwas fragen«, sagte Peggy. »Sind Sie verheiratet?«

»Nein.«

»Waren Sie es je?«

»Nein.«

»Haben Sie je mit einem Mädchen geschlafen?«

»Ja.«

»Mit mehr als einer?«

»Ja.«

Peggy lehnte sich auf ihrem Stuhl zurück. »Sie wissen, warum ich Sie danach gefragt habe?«

»Natürlich. Sind Sie mit den Antworten zufrieden?«

Peggy preßte ihre Lippen aufeinander und nickte. »Also gut: Ich vertraue Ihnen, wenn Sie mir versprechen, daß unser Gespräch nirgends schriftlich festgehalten wird. Und daß Sie es niemandem weitersagen.«

»Darauf haben Sie mein Wort«, sagte Tibbs.

»Kurz nachdem wir als Rosenprinzessinnen gewählt worden waren, war Doris in schlechter Verfassung. Nicht emotional, sie verliert nicht so schnell die Fassung. Ich meine, körperlich schlecht drauf. Ab und zu war ihr schlecht, deshalb ist sie während des Essens zur Toilette gegangen.«

Virgil nickte. »Das habe ich auch vermutet«, sagte er, »als ich erfuhr, daß sie während des Essens aufgestanden war.«

Peggy sprach es direkt aus. »Ich glaube, sie war schwanger«, sagte sie.

Zehntes Kapitel

Barry Samuels war lässig gekleidet, aber jedes einzelne Stück zeugte von hervorragender Qualität und hatte eine ganz schöne Summe Geld gekostet – und er war sich dessen ständig bewußt. Er hatte fein geschnittene, dunkle Gesichtszüge, eng beieinander stehende Augen und eine markante Nase, die, wenn er seinen Besucher anschaute, die Schärfe seines Blickes noch betonte. Mr. Samuels Junior ging noch zur Schule, aber er war von einer Aura der Reife umgeben, die vermuten ließ, daß die Natur ihm irgendwann während der Pubertät einen Erfahrungsvorsprung von zwanzig Jahren gewährt hatte. Für Leute seines Schlages zählte jede Minute, daher sprach er höchst ungern noch einmal mit der Polizei, nachdem er bereits ein Jahr zuvor seine Aussage zu Protokoll gegeben hatte.

Die Tatsache, daß er wenig kooperativ sein würde, war für Tibbs genauso offensichtlich wie die Marke seiner Armbanduhr – ein schmales goldenes Modell mit schrillem Design. Sie würde zu einem über vierzigjährigen Mann passen, der beruflich äußerst erfolgreich war und sich eine sehr teure Geliebte leistete. Bei diesem cleveren Burschen würde er mit Schmeichelei nichts erreichen, aber vielleicht kam er mit einer anderen Methode weiter. Für sein Gegenüber zählte nur der eigene Vorteil, und über diese Schiene konnte er ihn kriegen.

»Ich werde Ihnen ein paar Fakten darlegen«, begann Virgil

mit betont sachlicher Stimme. »Als wir das letzte Mal mit Ihnen über Doris Friedkin gesprochen haben, haben Sie über Ihre Beteiligung an deren Verschwinden nur unvollständig Auskunft gegeben.«

»Ich habe alle Ihre Fragen beantwortet.« Das sollte selbstbewußt klingen, klang jedoch defensiv.

»Das weiß ich, aber davon rede ich gar nicht.« Tibbs zeigte ihm einen eng bedruckten Bogen Papier. »Ich habe Agent Hagertys Protokoll gründlich gelesen; während der Vernehmung sagte er zu Ihnen: ›Jetzt möchte ich Sie bitten, mir den vollständigen Bericht in Ihren eigenen Worten zu geben.‹ Sie haben das Wort ›vollständig‹ wohl vernommen. Das hieß, daß Sie uns ausnahmslos alles, was Sie wußten, schildern sollten. Das genau haben Sie nicht getan.«

»Wie kommen Sie auf sowas?«

Die Frage klang wie Musik in Virgils Ohren, denn sie war bewußt oder unbewußt ein Schuldeingeständnis.

»Ich werde es Ihnen leicht machen«, drängte er. »Sie konnten damals nicht wissen, daß sie für unbestimmte Zeit verschwinden würde; zumindest will ich Ihnen zugestehen, daß Sie möglicherweise nichts Genaues wußten.«

»Woher hätte ich das auch wissen sollen?«

»Sie könnte es Ihnen gesagt haben«, konterte Tibbs. Er traktierte Samuels vorsichtig und machte ihn gerade so nervös, daß er nicht feindselig wurde. »Gehen wir zunächst einmal davon aus, daß sie Ihnen nichts gesagt hat. Das bedeutet, daß Sie von dem, was geschehen würde, nichts wissen konnten, was Sie zumindest teilweise entschuldigt.«

»Wofür?«

Virgil ignorierte die Frage. »Nach Ihrem damaligen Bericht sind Sie mit einem Freund nach Los Angeles gefahren.«

»Genau so war es«, fiel ihm Barry ins Wort.

Virgil nahm das Protokoll und überflog es noch einmal. Eigentlich überflüssig – er kannte jedes darin enthaltene Wort, aber es betonte den offiziellen Charakter des Protokolls. »Tatsächlich haben Sie aber Beverly Hills gesagt.« Er musterte sein Gegenüber mit einem finsteren, durchdringenden Blick.

»Also gut, Beverly Hills«, verteidigte sich Barry. »Das ist über ein Jahr her, verdammt noch mal! Wie zum Teufel soll ich mich daran noch erinnern?«

»Sie erinnern sich aber daran«, erklärte ihm Tibbs, »daß Sie ein paarmal mit Doris ausgegangen sind; Sie kannten sie gut. Ihr Verschwinden war dramatisch und ging tagelang durch die Presse. Und Sie waren darin verwickelt: Auch mit sechzig werden Sie sich noch an jedes Detail erinnern. Also, raus damit. Ich weiß, daß Ihr Freund sie gedeckt hat – er konnte nicht anders.«

»Und ein Jahr später wollen Sie ihn hochgehen lassen. Sie jagen Gespenster, und Sie wissen das.«

Auf diesen Punkt hatte Virgil hingearbeitet; jetzt war es Zeit, das Netz zuzuziehen. »Ich lasse mich nie auf irgendeinen Handel ein«, sagte er in einem normalen Tonfall, »aber momentan bin ich nicht darauf aus, jemanden hochgehen zu lassen. Das schließt Sie und Ihren Freund ein. Lassen Sie es mich so formulieren: Wußten Sie zum Zeitpunkt, als Doris verschwand, daß sie so lange wegbleiben würde?«

»Natürlich nicht!«

»Wie lange, dachten Sie, würde sie wegbleiben?«

Barry umging die offensichtliche Falle. »Hey, Augenblick …«

Tibbs täuschte einen Rückzug vor. »Ich akzeptiere Ihre Aussage. Sie hatten also keine Ahnung, daß sie für längere Zeit verschwinden würde. Irgendwann wünscht sich das wohl jeder einmal – für eine Weile abzuhauen; die persönlichen Probleme hinter sich zu lassen, sich mal so richtig frei zu fühlen.«

»Und was ist daran so verkehrt?«

Virgil schüttelte den Kopf. »Nichts, deswegen haben wir ja auch Ferien, aber manchmal reichen sie einfach nicht aus.« Er beugte sich etwas vor. »Ich kann mich in Ihre Lage versetzen: Doris bat jemanden um Hilfe, der den Mund halten konnte, jemand, dem sie vertrauen konnte. Sie schwiegen eisern weiter, selbst als die Sache ernst wurde und wir damit zu tun bekamen. Danach wäre es für Sie unangenehm gewesen, Ihre Geschichte zu korrigieren, zumal Sie ihr ein Versprechen gegeben hatten. Inzwischen geht es um etwas anderes. Ich halte Sie für klug genug, das zu erkennen. Oder?«

»Ja«, sagte Barry. Es war die einzige Antwort, die ihm blieb.

»Ich versuche, sie zu finden, weil sie vielleicht Hilfe braucht. Aber auch ich kann meinen Mund halten. Wenn es ihr gut geht, dann endet alles, was Sie mir jetzt sagen, hier auf meinem Schreibtisch. Falls sie Hilfe braucht, oder falls ihr etwas zugestoßen sein sollte, dann ist es an der Zeit, mit den Spielchen aufzuhören. Noch werde ich versuchen, Sie zu decken.«

Während Barry darüber nachdachte, herrschte Schweigen. Er wußte, daß es Zeit war, reinen Tisch zu machen. Er hatte von dem unnachgiebigen Virgil Tibbs gehört, und er wollte da raus – das war genau die Verfassung, in der Tibbs ihn hatte haben wollen.

»Ich möchte, daß Sie mir Straffreiheit garantieren«, sagte Barry.

»Mit anderen Worten, Sie wollen, daß alles in den offiziellen Bericht kommt?«

»Nein, verdammt nochmal, ich will keine Scherereien.«

»Dann haben Sie jetzt Ihre Chance. Wenn ich mit Ihrer Aussage zufrieden bin, dann vergesse ich, was Sie uns beim ersten Mal erzählt haben. Wenn nicht, dann gehen Sie ein Risiko ein.«

Barry wußte, daß dies eben doch ein Deal war; das hätte er Tibbs auf den Kopf zusagen können, aber einen solchen Patzer ersparte er sich. Die Gelegenheit war günstig, sie kam vielleicht nie wieder. Außerdem wußte er nicht, wieviel der findige schwarze Ermittler bei diesem Fall, der eigentlich längst hätte abgeschlossen sein sollen, bereits aufgedeckt hatte. An der Börse sagte man in solchen Fällen, daß es Zeit sei, zu verkaufen, und das war die Sprache, die er verstand.

»Doris und ich waren nicht sehr eng befreundet«, begann er, »aber ich habe mich ab und zu mit ihr getroffen. Ihre Familie zog mich dem Typen vor, mit dem sie mehr oder weniger fest zusammen war. Sie war schließlich noch ein halbes Kind, und es gab auch noch andere Gründe.«

»Ich weiß.«

»O. k., Sie wissen, was ich meine. Doris war zwar ein ruhiger Typ, aber sie wußte, was sie tat, und hatte ihren eigenen Willen.«

Virgil nickte. »Das entspricht ganz meinem Bild. In mancher Hinsicht weiß ich viel mehr über Doris als ihre eigenen Eltern.«

»Da sind Sie nicht der einzige. Irgend etwas ist mit ihr passiert, das sie innerlich hat verkrampfen lassen. Das Geld von ihrem Alten hat einen Teil dazu beigetragen. Wegen des Geldes erwartete man immerzu ein bestimmtes Benehmen von ihr, und das konnte sie schlecht ertragen.«

»Sie wollte nicht zu den oberen Zehntausend gehören«, legte Tibbs nahe.

Barry blickte ihn nahezu verständnisvoll an. »Ganz und gar nicht, und ihr alter Herr ist ziemlich steif. Daher wollte sie von zu Hause weg. Sie hatte ihr eigenes Geld und außerdem konnte sie vom Konto ihres Vaters Schecks ausstellen. Doch sie würde eher verhungern, als daß sie so etwas täte. Aber wie auch immer, wir verstanden uns. Sie erzählte mir von ihrem Problem, und ich versprach, ihr zu helfen. Es war alles mehr oder weniger abgesprochen, als die Sache mit den Rosenprinzessinnen passierte. Sie wollte überhaupt nicht daran teilnehmen, aber ihr Vater schickte sie ins Rennen, und sie wurde gewählt.«

»Unter den gegebenen Umständen«, sagte Virgil, »wurde dadurch wahrscheinlich alles nur noch schlimmer.«

»Viel schlimmer. Sie war schwanger, das wissen Sie.«

»Ja. Unter uns, wie war sie im Bett?«

Tibbs traf ein durchdringender Blick. »Unter uns gesprochen – phantastisch. Es gehörte zu den wenigen Dingen, die sie für sich hatte und die sie sich gönnte. Wir waren nicht so häufig zusammen und wußten, daß es nichts Ernstes war. Unsere Familien haben uns immer wieder zusammengetrieben, und wir haben das Beste draus gemacht.«

»Wollten Sie sich um sie kümmern?« fragte Tibbs.

»Natürlich, aber sie brauchte keine Hilfe; ich habe Ihnen doch gesagt, daß sie gut alleine zurechtkam. Sie hatte geplant, in ein kleines Krankenhaus nach Santa Monica zu gehen, das auf solche Dinge spezialisiert ist. Sie war erwachsen, also war es legal.«

»Aber als sie zur Prinzessin gewählt wurde, war ihre ganze Zeit plötzlich verplant, und sie mußte ihren Termin absagen.«

Barry hob die Schultern. »Dann wissen Sie es ja und können sich den Rest denken. Sie ging zu einem Arzt, der ihr sagte, er glaube nicht, daß sie schwanger sei. Zu dem damaligen Zeitpunkt war er sich nicht sicher. Später fand sie heraus, daß sie doch schwanger war, und zwar schon eine ganze Weile. Es blieb ihr nicht mehr viel Zeit für eine Abtreibung.«

»An diesem Punkt bat sie Sie um Hilfe, weil sie davon ausging, daß Sie Ihr Wort halten würden.«

»Was hätten Sie denn getan?« konterte Barry.

Virgil blieb ruhig und locker. »Wenn ich an Ihrer Stelle gewesen wäre, dann hätte ich ihr auch geholfen. Das waren Sie ihr schuldig. Außerdem hätte ich meinen Mund gehalten, wohl wissend, daß es ihr gut ging und sie nur etwas Zeit für sich selbst brauchte.«

Barry wurde etwas verbindlicher. »Mann, Sie können ja sogar richtig menschlich sein! Ich verstehe nicht, warum zum Teufel Sie zur Polizei gegangen sind.«

»Weil ich diesen Beruf mag. Sollten Sie eines Tages überfallen werden, dann sind Sie vielleicht froh, daß es uns gibt.«

»Na, gut, vielleicht haben Sie recht. Aber wie auch immer, Doris hat mir gesagt, wenn sie das Problem nicht schnell los würde, dann wäre es zu spät. Deshalb habe ich mit ihr ausgemacht, daß ich sie auf der Straße hinter dem Restaurant treffen würde. Sie kam zur verabredeten Zeit raus und ich habe sie mitgenommen; dafür können Sie mich jetzt verhaften.«

»Wohin haben Sie sie gebracht?« fragte Tibbs.

Barry schüttelte den Kopf. »Schauen Sie, jetzt sind wir quitt, und Sie wissen, wie sie aus dem Restaurant rausgekommen ist. Ich habe sie zu Freunden gebracht, mehr werde ich dazu nicht sagen. Ich werde nicht den Kopf eines anderen in die Schlinge stecken.«

»Das müssen Sie auch nicht«, erklärte ihm Tibbs. »Nur noch eine Sache: Sie baten um Straffreiheit. Die können Sie sich leicht verdienen, wenn Sie Stillschweigen über unsere kleine Unterredung bewahren. Sie sagen keiner Menschenseele etwas. Verstanden?«

»Mit anderen Worten – keinen heimlichen Wink.«

»Genau. Es würde sowieso nichts bringen.«

»Das glaube ich auch. Kann ich jetzt gehen?«

Langsam zogen sich die Fäden zusammen, und Virgil war zufrieden. »Bitte!«

Als Arthur Kallman zur Tür ging und Sergeant Morrison auf seiner Veranda stand, wußte er instinktiv, was ihn erwartete. »Kommen Sie rein, Sergeant«, sagte er und trat zur Seite, damit sein Gast eintreten konnte. Die Art, wie sich Morrison bewegte, bestätigte seinen Verdacht. Es gab schlechte Nachrichten – sehr schlechte Nachrichten.

Kallman rief seine Frau und versuchte sie dabei gleichzeitig leise vorzuwarnen. »Mary, Sergeant Morrison ist gekommen.«

Er wußte, daß sie ihn verstand. Es würde dennoch schlimm, aber zumindest kam sie nicht lächelnd ins Zimmer, um dann das Schreckliche zu erfahren.

Als Mary Kallman dann tatsächlich ins Zimmer trat, wußte er sofort, daß sie verstanden hatte. Er drehte sich zu dem Polizeibeamten um und merkte, daß auch Morrison verstanden hatte. »Ich schlage vor, wir setzen uns«, sagte Arthur. Er setzte sich zu seiner Frau und hielt ihre Hand, während sich Morrison taktvoll auf den einzelnen Stuhl gegenüber setzte.

»Sie haben Neuigkeiten von Nancy«, sagte Arthur, um es sowohl für Morrison als auch für sich und seine Frau leichter zu machen.

Der Polizeibeamte nickte stumm. »Ja, Sir, die habe ich. Aber ich befürchte, es sind keine guten Neuigkeiten.«

Einen Augenblick lang schloß Arthur die Augen und drückte sehr fest die Hand seiner Frau. »Ist es sicher?« fragte er.

»Ja, Sir, das ist es.«

Mary sprach mit merkwürdig ruhiger Stimme. »Sie ist tot.«

Statt einer Antwort schwieg Morrison eine Weile, das war die angenehmste und mitfühlendste Art. Als die Wahrheit tief genug in das Bewußtsein der Betroffenen gedrungen war, faßte er es pflichtgemäß in Worte. »Es tut mir leid. Ich möchte Ihnen mein aufrichtiges Beileid aussprechen.«

Nach ein paar Augenblicken fand Kallman seine Stimme wieder. »Sie waren sehr rücksichtsvoll, Sergeant. Dafür möchte ich Ihnen danken. War es ein Unfall?«

»Nein, Sir.«

Mary beugte sich plötzlich mit schreckensstarren Augen vor. »Sie hat doch nicht …«

Der Polizeibeamte schüttelte den Kopf. »Nein, Mrs. Kallman, das nicht.«

Arthur blickte den stillen Sergeant an. »Wenn es kein Unfall war, und sie sich auch selbst nichts angetan hat, dann …«

Morrison biß sich auf die Lippen. »Es ist nicht leicht, Ihnen das zu sagen, Sir, aber sie wurde in einem sehr unwegsamen Teil eines riesigen Parks in Pasadena/Kalifornien gefunden. Es gibt keinen Hinweis darauf, daß sie dort von sich aus hingegangen ist.«

Mary kam ein alter Ausdruck in den Sinn, den sie als Mädchen unbewußt gelernt hatte. »Dann ist sie einer Untat zum Opfer gefallen.«

Der Sergeant antwortete ihr ruhig, aber ohne zu zögern. »Ja, Mrs. Kallman, genau das vermuten wir. Vielleicht ist es Ihnen ein Trost zu wissen, daß sie nicht vergewaltigt worden ist oder dergleichen.«

»Dann, warum ...« fragte Arthur.

»Das wissen wir noch nicht, Mr. Kallman. Die Polizei von Pasadena steckt noch mitten in den Ermittlungen und wird uns auf dem laufenden halten.«

Morrison wartete, um zu sehen, wie die Kallmans auf diese Nachricht reagieren würden. Es gab noch viele Fragen, auf die er so schnell wie möglich eine Antwort brauchte, aber da er ein mitfühlender Mensch war, respektierte er natürlich die Privatsphäre anderer. Als sich Arthur Kallman etwas aufsetzte und zu sprechen begann, hatte sich sein Problem von selbst gelöst.

»Sergeant Morrison«, sagte Arthur. »Gibt es irgend etwas, das wir tun könnten – um zu helfen?«

Der Polizeibeamte holte sein Notizbuch hervor. »Ja, Sir, mit Sicherheit könnten Sie uns helfen, vorausgesetzt, Sie und Mrs. Kallman fühlen sich in der Lage dazu. Wir bräuchten dringend noch einige Informationen.«

»Wir werden tun, was wir können.«

Irgend etwas in seiner Stimme, so ehrlich sie klang, berührte Morrison seltsam. »Ich möchte, daß Sie wissen, Sir«, erklärte er behutsam, »daß alles, was Sie uns sagen, streng vertraulich ist. Wir ziehen es vor, die Dinge so zu handhaben.«

Die Wirkung dieser Versicherung spiegelte sich auf den Gesichtern der Kallmans wider. Es gab mit Sicherheit etwas, von dem sie nicht wollten, daß es an die Öffentlichkeit drang. Arthur, ein intelligenter Mann, konnte Prioritäten setzen. »Ich bin Ihnen dafür sehr dankbar, Sergeant«, sagte er. »Es gibt bestimmte Dinge, die nicht für die Öffentlichkeit bestimmt sind.«

»Das respektieren wir«, versprach Morrison.

»In diesem Fall, Sir, wäre jetzt vielleicht der beste Zeitpunkt, es hinter uns zu bringen. Der erste Punkt ist, falls das irgendwie von Bedeutung ist – ich bin nicht Nancys leiblicher Vater. Oder ich war es nicht ...«

»Ich nehme an, daß Sie ihr trotzdem ein sehr guter Vater waren«, sagte der Sergeant.

»Ich habe mein Bestes versucht«, erklärte Kallman. »Nancy wußte es, aber wir haben uns gegenseitig genauso geliebt, als wäre ich ihr richtiger Vater gewesen.«

Da sie ihrem Mann die Bürde abnehmen wollte, fuhr Mary Kallman fort. »Falls ... Sie es wissen müssen ... dann kann ich Ihnen die Umstände von Nancys Geburt schildern.«

Morrison war sehr mitfühlend. »Es könnte sehr hilfreich sein, falls es Ihnen nicht zuviel ist im Augenblick.«

Mary fuhr sich mit den Handflächen über das Gesicht und setzte sich dann aufrecht neben ihren Mann. »Nancy ist meine Tochter«, begann sie leise. Dann wurde ihr klar, was sie gerade gesagt hatte; sie verlor sofort die Kontrolle über sich. Der Sergeant saß stumm dabei und ließ ihr die nötige Zeit, ihre Fassung wiederzugewinnen.

Als sie wieder soweit war, versuchte sie es anders zu formulieren. »Ursprünglich stamme ich aus Kalifornien. Ich hatte dort einen sehr guten Job als Privatsekretärin. Ich war recht glücklich, und dann traf ich einen wundervollen Mann.«

Sie brach wieder ab und schaute zu ihrem Mann. Arthur drückte ihre Hand und nickte ihr ermutigend zu, damit sie weitersprach. Morrison haßte die Notwendigkeit, sie all das durchmachen zu sehen.

Als sie fortfuhr, bemühte sich Mary Kallman, ihre Stimme gleichgültig und sachlich klingen zu lassen. »Er war verheiratet – wahrscheinlich haben Sie so etwas schon viele Male gehört.« Sie gewann ihre Stärke zurück und schaute Morrison direkt an. »Ich will mich nicht verteidigen, wenn ich sage, daß ihm seine Frau sozusagen von Beginn der Ehe an keine gute Frau war. Es war eine Ehe, die sie eingegangen waren, weil beide Familien es so erwarteten, keine Liebesheirat. Er tat alles, was ein Ehemann tun sollte, aber er erhielt dafür fast nichts zurück.«

Sie machte eine Pause und versuchte zu ermessen, welchen Effekt das eben Gesagte hatte. Die beruhigende Stille, die den Raum füllte, machte ihr in gewisser Weise Mut.

»Ich war mir der Lage bewußt, aber ich habe mich nicht aufgedrängt – das würde ich nie tun. Als die Dinge sich dann weiter zugespitzt hatten, sagte er mir, daß er die Scheidung einreichen wolle. Damals fragte er mich, ob ich bereit wäre, eine angemessene Zeit zu warten und ihn dann zu heiraten. Ich sagte ja. Damals war es, als würde ein wunderschöner Traum wahr, und ich hatte ein reines Gewissen, denn ich hatte nichts getan, um dies herbeizuführen.«

»Ich kann Ihre Lage sehr gut verstehen«, sagte Morrison. »Um die Sache einfacher zu machen – ich nehme an, daß er Nancys Vater war.«

Mary blickte einen Moment lang zu Boden. »Ja. Er zog in ein Apartment, und wir sahen uns häufig. Dann erfuhr er, daß seine Frau nach so vielen Ehejahren schwanger geworden war: etwas, das Ärzte für unmöglich gehalten hatten. Als er zu mir kam und es mir erzählte, wußte ich, was das bedeutete. Er hatte keine andere Wahl, als zumindest auf dem Papier mit seiner Frau verheiratet zu bleiben. Wir waren beide völlig ...« Das Wort entglitt ihr, und sie bemühte sich nicht, den Satz zu vollenden.

Tränen traten in ihre Augen: »Wir hatten uns so darauf gefreut, verheiratet zu sein – und wir ließen den Traum für einen Moment Wirklichkeit werden. Es war mein Fehler, nicht seiner. Das war, als ich Nancy empfing.«

Nachdem Mary dieses Geständnis hinter sich hatte, fiel ihr der Rest leichter. »Als ich mir meines eigenen Zustandes bewußt war, tat Nancys Vater für mich, was er nur konnte. Es war meine Entscheidung, das Kind zu behalten – ich wollte diesen Teil von ihm, auch wenn ich darauf kein Anrecht hatte.«

Als sie nicht mehr weiter konnte, übernahm Arthur Kallman das Wort. »Wenn Sie Nancy gekannt hätten, dann wüßten Sie, daß es eine weise Entscheidung war. Marys Chef war ein Geschäftsmann mit vielen Kontakten. Als sie ihm beichtete, daß sie kündigen müsse, war er äußerst verständnisvoll. Er besorgte ihr hier einen Job und ließ ihre gesamten Papiere unter dem Namen ›Mrs. Mary Stepanik‹ laufen. Eines Tages möchte ich ihn kennenlernen, nur um ihm zu sagen, wie dankbar ich ihm dafür bin.«

Mary beendete die Geschichte. »Als Nancy geboren wurde, erzählte ich meinem Arzt alles. Er stellte eine Geburtsurkunde aus, in dem Nancys Vater als verstorben eingetragen und Nancy so legitimiert war.« Sie schaute ängstlich in Morrisons Richtung, der jedoch sofort seinen Kopf schüttelte.

»Machen Sie sich deswegen keine Sorgen«, beschwichtigte er sie.

»Danke.« Mary hatte feuchte Augen, als sie ihren Mann anlächelte. »Zwei Jahre später lernte ich Arthur kennen, den nettesten Mann auf der Welt. Als wir eine Weile zusammen waren, habe ich ihm die ganze Geschichte erzählt. Danach küßte er mich und bat mich, seine Frau zu werden. Nachdem wir geheiratet hatten, adoptierte er Nancy offiziell, damit sie einen richtigen Vater bekam und seinen Namen tragen durfte. Seit damals waren wir wirklich vollkommen glücklich, bis ...«

Morrison half ihr weiter. »Als Nancy nach Kalifornien fuhr, wollte sie ihren eigentlichen Vater kennenlernen«, legte er behutsam nahe.

»Ja«, antwortete Arthur. »Sie wollte es unbedingt, und wir beide waren damit einverstanden. Sie verstehen sicher, warum.«

»Natürlich. Hat er sie erwartet?«

Arthur Kallman schüttelte den Kopf. »Nein, Sir. Nancy hatte vor, ihn zunächst unter irgendeinem Vorwand aufzusuchen, bevor sie ihm sagte, wer sie ist. So wäre es dann ihre Entscheidung gewesen, es zu tun oder zu lassen. Wir waren immer absolut offen und ehrlich mit ihr, und wir fanden, dies sei der richtige Weg.«

»Ich wünschte, jeder wäre so vorsichtig und besonnen«, bemerkte Morrison daraufhin. »Es würde unsere Arbeit sehr erleichtern und eine Menge Tragödien verhindern.«

Ihm war sofort klar, daß er einen Fehler gemacht hatte, aber es war zu spät, die Worte zurückzunehmen. Er versuchte, schnell davon abzulenken, indem er eine weitere Frage stellte. »Würden Sie mir den Namen des Gentleman geben?«

Überraschenderweise antwortete Kallman darauf. »Wenn es absolut notwendig ist, dann gebe ich ihn Ihnen. Aber wenn es sich vermeiden ließe …!«

Morrison erhob sich. »Mr. Kallman«, sagte er, »es ist ein seltenes Privileg, einem Gentleman wie Ihnen zu begegnen. Sie haben meine volle Bewunderung, Sir.«

Er drehte sich zu seiner Gastgeberin um. »Mrs. Kallman, hätten Sie etwas dagegen, mir den Namen Ihres ehemaligen Chefs in Kalifornien zu nennen? Vielleicht hilft es uns ein wenig weiter. Wir werden sehr sorgsam mit den Informationen umgehen, die Sie uns gegeben haben.«

»Natürlich, warum nicht«, antwortete Mary. »Vielleicht ist es ja zu etwas gut«. Sie blickte ihren Mann an. »Schließlich wollte Nancy ihn nach Möglichkeit ebenfalls besuchen. Sein Name ist Herbert Friedkin.«

Elftes Kapitel

Virgil Tibbs war schweigsam und genoß die Gegenwart seiner Begleiterin. Es gab nur wenige Augenblicke der Entspannung in seinem Leben, und er genoß sie selten so wie den Frieden, der ihn in diesem Moment umgab. Von der gegenüberliegenden Seite des Tisches schaute ihn Marsha Briggs an. Sie hielt eine Zigarette in ihren schlanken Fingern, und aufgrund ihrer Lebenserfahrung erwiderte sie sein Schweigen und seine innere Gelöstheit ebenfalls mit Schweigen.

Wieder einmal lag einem vom Restaurant im dreizehnten Stock des Pasadena Hilton aus die Stadt zu Füßen und lud zur Betrachtung ein. Ihre tausend Laster und Sünden wurden durch die fast fünfzig Meter Höhenunterschied unsichtbar.

Virgil konnte nichts dagegen tun – die Gewohnheit hatte sich zu tief in ihn eingebrannt –, aber immer wieder überkamen ihn Erinnerungen: Seine gestohlene Kindheit im tiefen Süden, die Rassenunruhen, die wütenden und verzweifelten Versuche einiger Schwarzer, die Gott anflehten, endlich an der Bushaltestelle essen zu dürfen, die brutalen Morde, die damals verübt worden waren. In Virgil Tibbs' Gedanken tauchte das Bild des ersten Mordopfers wieder auf, das er gesehen hatte; ein siebzehnjähriger schwarzer Jugendlicher, der versehentlich für jemand anderen gehalten worden war und mit einem Zeugnis in der Tasche gestorben war, das er seinen Eltern nicht mehr hatte vorzeigen können. Er hatte den Großteil seines kurzen Lebens in Klassenzimmern verbracht, um sich für das Leben zu wappnen, das man ihm zu leben erlauben würde. Er hatte als ›begabt‹ gegolten.

Als der junge Virgil Tibbs sich über den Toten beugte, der eben noch ein lebendiger Mensch gewesen war, hatte er sich geschworen, daß er eines Tages alles tun würde, um kaltblütige, rücksichtslose Mörder zu bestrafen. Dieser Wunsch – und nicht blinder Haß – war nach und nach in ihm gewachsen und hatte bis heute überdauert. Jetzt saß er an einem der besten Tische, die dieser eleganten Raum zu bieten hatte, und speiste mit einer jungen Dame, die mehr als nur die üblichen Männerblicke anzog. Und er war der Spezialist für Mordfälle bei einer bedeutenden, modernen Polizeiorganisation, die eine der amerikanischen Metropolen beschützte.

Willie Jones hatte das alles nicht erleben dürfen, aber sein Vertreter war hier, berühmt und in einen maßgeschneiderten Anzug gekleidet, der selbst die kühnsten Träume des jungen Willie übertroffen hätte, wenn er überhaupt welche gehabt hatte.

»Ich möchte Sie um Ihre Hilfe bitten«, sagte Virgil. »Hätten Sie etwas dagegen?«

»Um was für eine Art von Hilfe?«

»Nur eine Unterhaltung. Ich möchte Ihnen gerne etwas erzählen und sehen, was Sie davon halten.«

»Warum bitten Sie keine Polizeibeamtin?«

»Weil sie ähnlich wie ich denken würde; das gehört zu ihrem Job.«

Marsha zog kurz an ihrer Zigarette und blies einen dünnen Rauchschleier in die Luft. »Erzählen Sie mir nicht, daß Sie keine feste Freundin haben.«

»Die Frau, mit der ich am häufigsten zusammen bin, ist in Japan geboren und aufgewachsen.«

Marsha gab sich geschlagen. »O. k., ich werde es versuchen.«

»Stellen Sie sich vor, Sie seien eine junge Frau, der die Dinge einfach so sehr über den Kopf gewachsen sind, daß sie eine drastische Aktion plant.«

»Mit anderen Worten – ich soll mir vorstellen, ich sei Doris Friedkin.« Als Tibbs sie durchdringend anschaute, sagte sie ruhig: »Ich habe die Zeitungen gelesen.«

»Also gut, Sie sind Doris Friedkin. Sie sind gerade zur Rosenprinzessin gewählt worden und haben bis zum Ende der Saison einen vollgestopften Terminkalender, der Ihnen keine persönlichen Freiräume mehr läßt. Es wird Ihnen vorgeschrieben, was Sie tun sollen, was Sie anziehen sollen, wie Sie Ihr Haar zurechtmachen sollen, wann Sie ins Bett gehen und wann Sie aufstehen sollen, sogar, was und wie Sie zu essen haben. Also beschließen Sie zu verschwinden.«

Marsha zog noch einmal intensiv an ihrer Zigarette, bevor Sie sie ausdrückte. »Also stehe ich mitten während des Essens mit den anderen Prinzessinnen auf und gehe zur Damentoilette.«

»Ja.«

»Allein.«

»Ja.«

»Ich bin schwanger.«

Virgils Gesicht war nichts anzumerken. »Was glauben Sie sonst noch?«

Marsha dachte nur kurz nach. »Vielleicht gehe ich einfach raus und hoffe, daß ich irgendwo ein Taxi oder so erwische. Aber dann könnte man meine Spur verfolgen. Ich nehme eine von zwei Möglichkeiten: Entweder ich haue einfach ab, in der Hoffnung, daß mich niemand erkennt, oder ich bitte jemanden, mir zu helfen.«

»Wen?« fragte Tibbs.

»Den Mann, der dafür verantwortlich ist, der mir das Kind gemacht hat. Meinen Sie nicht auch?«

»Daran habe ich auch gedacht. Wohin bringt er Sie?«

»Zu jemandem, dem ich vertrauen kann, der mir nichts schuldet, jemand, auf den ich mich verlassen kann.«

Virgil schaute sie an. »Mann oder Frau?« fragte er.

Marsha wurde leicht spöttisch. »Zu einer Frau natürlich. Ist doch klar.«

Von der Cocktailbar drang Musik zu ihnen herüber. »Danke«, sagte Tibbs. »Ich glaube, Sie liegen da richtig. Noch eins – wohin würden Sie dann gehen?«

Marsha tupfte ihre Lippen mit der Serviette ab. »So weit weg wie möglich«, antwortete sie. »Wo weder Sie noch irgendwer sonst mich je finden könnte.«

Herbert Friedkin gewöhnte sich langsam an die überraschenden Besuche von Virgil Tibbs und fand sie auf seltsame Art sogar beruhigend. Je öfter er den schwarzen Kriminalbeamten zu Gesicht bekam, desto überzeugter war er von dessen Fähigkeiten. Er spürte, daß die Ermittlungsarbeit ungeheuer effizient betrieben wurde und daß sie, obwohl die Spuren längst verwischt schienen, vielleicht doch den entscheidenden Erfolg bringen würde.

Daher war er etwas überrascht, als er hörte, daß es in diesem Gespräch nicht um seine vermißte Tochter ging. »Mr. Friedkin«, begann Virgil, »lassen Sie mich Ihnen zunächst sagen, daß dies eine private und vertrauliche Polizeiangelegenheit ist, bei der ich Sie um Ihre Mithilfe bitte.«

»Die ist Ihnen gewiß«, antwortete Friedkin.

»Vielen Dank, Sir. Ich beschäftige mich derzeit mit der jungen Frau, die ermordet im Oak Grove Park aufgefunden wurde; auch dieser Fall fällt in meinen Verantwortungsbereich.«

Friedkin war verwirrt. »Ich wüßte nicht, wie ich Ihnen dabei helfen könnte.«

»Erinnern Sie sich daran, daß Sie vor geraumer Zeit eine junge Frau namens Mary Stepanik beschäftigt haben? Sagen wir, vor etwas über zwanzig Jahren.«

Der Bankier starrte ihn einen Moment lang an. »Mary – natürlich erinnere ich mich an sie! Sie war einige Zeit meine Privatsekretärin und, offen gesagt, die beste, die ich jemals hatte.«

»Ich habe gehört, daß Sie ihr, nachdem sie gekündigt hatte, bei einem privaten Problem geholfen haben.« Tibbs war ruhig und sachlich.

Friedkin machte dicht. Für Laien kaum erkennbar, entging es Tibbs dennoch nicht. »Könnten Sie das etwas näher erläutern?« bat Friedkin.

»Ich bin mir bewußt, Sir, daß Miss Stepanik eine romantische Liebesaffäre hatte, die zu einer Schwangerschaft führte. Zur damaligen Zeit waren die Abtreibungsgesetze noch sehr streng, und sie steckte in großen Schwierigkeiten. Sie kamen ihr zur Hilfe.«

Herbert Friedkin nickte langsam. »Da Sie offensichtlich die groben Fakten kennen, bin ich bereit, darüber zu sprechen. Anderenfalls würde ich mich immer noch an ihr Vertrauen gebunden fühlen.«

Virgil bewunderte das. »Vor kurzem hat sie Sie noch in höchsten Tönen gelobt. Ihr Vertrauen in Sie ist offenbar gerechtfertigt, Mr. Friedkin.«

»Wie geht es ihr?«

»Körperlich gut, soweit ich weiß. Nun, was können Sie mir über die damaligen Ereignisse sagen?«

Friedkin zögerte immer noch. »Aus welchem Grund, Mr. Tibbs?«

»Um mir zu helfen, einen Mörder zu fassen.«

Der Bankier entspannte sich. »Wenn Sie es so ausdrücken, dann ist es natürlich meine Pflicht, Ihnen in jeglicher Hinsicht zu helfen. Als ich Mary kennenlernte, war sie eine außergewöhnlich qualifizierte Privatsekretärin – das erwähnte ich ja bereits. Außerdem war sie sehr ansehnlich, wenn nicht sogar eine Schönheit. Ich habe immer gedacht, daß der Mann, der sie einmal heiratet, es ausgesprochen gut mit ihr hätte.«

»Ich nehme an, daß Sie damals selbst schon verheiratet waren?«

»Ja, und zudem sehr glücklich. Sie haben meine Frau ja kennengelernt.«

»Das haben Sie reizend gesagt, Sir. Was passierte dann?«

Friedkin preßte seine Lippen für ein oder zwei Sekunden aufeinander, bevor er antwortete – sein Widerwille war immer noch spürbar. »Als Mary damals für mich arbeitete, lernte sie einen Mann kennen, der sich sehr für sie interessierte. Ich habe ihn flüchtig kennengelernt. Er war verheiratet, aber soweit ich weiß, hatte er ziemliche Probleme zu Hause und die Scheidung stand kurz bevor. Meiner Erinnerung nach verhielt er sich so anständig, wie man es nur erwarten konnte.«

Herbert Friedkin machte eine Pause und dachte einige Sekunden angestrengt über etwas nach; dann traf er eine Entscheidung. »Ich möchte seinen Namen zunächst nicht nennen, wenn es vermeidbar ist. Wie ich bereits sagte, kenne ich ihn persönlich.«

Tibbs willigte ein. »Für's erste brauchen wir seinen Namen nicht.«

»Danke.« Virgil spürte, daß Friedkin das Thema immer heftiger widerstrebte. Dennoch fuhr er fort. »Ich weiß nicht, wie ich es umgehen könnte, Ihnen das folgende zu erzählen, daher mache ich es lieber gleich. Einer seiner Hauptgründe für seine Unzufriedenheit mit der Ehe bestand darin, daß sich seine Frau fast ausnahmslos weigerte, mit ihm zu schlafen. Und wie Sie wissen, zählt dies überall als triftiger Grund für eine Scheidung, sogar damals schon.«

»Natürlich.«

»Mary und er waren sehr ineinander verliebt. Mary hat mir damals ganz im Vertrauen erzählt, daß er sie gebeten habe, noch ein Weilchen auf ihn zu warten und ihn dann zu heiraten.« Der Bankier straffte seine Haltung, um einen neuen Gedanken zu formulieren. »Lassen Sie mich eins deutlich machen, Mr. Tibbs. Meiner Meinung nach hat Mary nichts getan, zumindest nicht absichtlich, um die Trennung voranzutreiben. Etwas derartiges läge ihr völlig fern.«

»Ich verstehe, Sir, und ich glaube Ihnen das.«

»Kurz bevor die Scheidung eingereicht war, geschah etwas Unerwartetes – die Ehefrau wurde schwanger. Es wurde ziemlich dramatisch. Sie wollte das Kind nicht und fürchtete sich vor der Mutterschaft. Ihr Ehemann auf der anderen Seite saß in der Falle; er konnte sich nicht von einer schwangeren Frau scheiden lassen, und zur damaligen Zeit kam eine Abtreibung nicht in Frage. Und natürlich lösten sich Marys Hoffnungen in Luft auf. In der extrem angespannten Situation ergriff Mary die Gelegenheit zu einer Begegnung voll letztem, unbeschreiblichem Glück. Ich persönlich kann es ihr nicht verdenken.«

»Ich ebensowenig.«

»Glücklicherweise kam sie zu mir und vertraute mir die ganze Geschichte an. Ich bot ihr zwei Alternativen an: Eine Reise ins Ausland, wo sie sich einer legalen und sicheren Abtreibung hätte unterziehen können, oder eine Versetzung in eine Tochtergesellschaft im Osten des Landes, wo man ihre Fähigkeiten zu schätzen wüßte. Sie entschied sich für letzteres, daher schrieb eine enge und vertrauenswürdige Freundin unter meiner Anweisung ihre Arbeitszeugnisse um und machte sie zur Witwe.«

»Es war sehr großzügig von Ihnen, sich all der Mühe zu unterziehen.«

»Es hat mich keine große Mühe gekostet, Mr. Tibbs. Verglichen mit dem, was sie durchmachen mußte, war es nicht der Rede wert. Nun sagen Sie mir bitte, warum Sie diese längst vergessene Geschichte so interessiert.«

Aus wohlüberlegten Gründen begann Virgil besonders vorsichtig. »Vielleicht kommen Sie von alleine drauf, Sir. Miss Stepanik bekam ihr Kind – ein Mädchen. Da man annahm, sie habe ihren Mann verloren, wurden niemals Fragen gestellt. Schließlich lernte sie einen neuen Mann kennen und heiratete ihn. Er erfuhr von der ganzen Geschichte und adoptierte das kleine Mädchen.«

»Mr. Tibbs, sagen Sie mir nicht …«

»Es tut mir aufrichtig leid, Mr. Friedkin, aber bei der jungen Frau, deren Leiche gefunden wurde, handelt es sich tatsächlich um die Tochter ihrer ehemaligen Sekretärin. Sie war in der Hoffnung hierher gereist, ihren richtigen Vater kennenzulernen; das mit dem vollen Einverständnis ihrer Eltern, die in New Jersey leben.«

Friedkin saß einige Sekunden mit geschlossenen Augen schweigend da. Als er wieder zu sprechen begann, waren seine Gedanken ganz woanders. »Arme Mary«, sagte er.

Virgil schwieg und ließ ihm genug Zeit, die Nachricht zu verdauen. Da er schon viele ähnliche Situationen erlebt hatte, konnte er sich auf seine Erfahrung verlassen.

»Ich muß gestehen«, sagte Friedkin schließlich, »daß ich immer noch große Achtung vor Mary habe. Sie war fünf Jahre bei mir. Wie geht es ihr?«

Tibbs wollte nicht antworten, »den Umständen entsprechend«, aber etwas Passenderes dieser Art fiel ihm nicht ein. Außerdem war er sich bewußt, daß der Mann vor ihm seine eigene Tochter verloren hatte und nichts über ihr Schicksal wußte. Er flüchtete sich in die Wahrheit. »Ich habe sie nicht kennengelernt«, sagte er schlicht.

Friedkin fand wieder in die Gegenwart zurück. »Wie kann ich Ihnen helfen?« fragte er.

»In zweierlei Weise. Erstens werde ich mit dem leiblichen Vater der jungen Frau sprechen müssen, dafür werden Sie sicher Verständnis haben. Da Sie ihn kennen, sind Sie vielleicht so freundlich, ihn zu bitten, sich mit mir in Verbindung zu setzen.«

Friedkin beugte sich vor und stützte seine Unterarme auf den Schreibtisch. »Möchten Sie, daß ich ihm sage, was passiert ist?«

»Was denken denn Sie, Sir?«

»Vielleicht wäre es besser, wenn ich ihn auf die Fragen vorbereiten würde, die Sie stellen könnten. Vorausgesetzt, ich erreiche ihn, werden Sie in Kürze von ihm hören. Um was wollten Sie mich noch bitten?«

»Nur eine Frage noch: Hat sich die junge Frau vor ihrem Tod bei Ihnen gemeldet?«

»Nein, das hat sie nicht, aber warum sollte sie auch zu mir Kontakt aufnehmen wollen? Wir haben uns sicher nie kennengelernt.«

»Das ist ganz einfach, Mr. Friedkin: Nancy kannte die ganze Geschichte um ihre Geburt, und sie wußte, was Sie für ihre Mutter getan haben, und schließlich ist häufig Ihr Name gefallen. Sie wollte Sie kennenlernen und Ihnen persönlich danken.«

»So hieß sie – Nancy?«

»Ja. Nancy Kallman.«

Friedkin bedeckte einen kurzen Moment sein Gesicht mit den Händen und fuhr sich dann über die Augen. »Verzeihen Sie«, sagte er. »Ich bin auch nur ein Mensch, verdammt nochmal, und es geht mir einfach nah. Sie hat nicht versucht, mich anzurufen, da bin ich mir sicher, denn seit Doris weg ist, bin ich jederzeit erreichbar, nur für den Fall, daß mir jemand eine Botschaft übermitteln will. Kann ich sonst noch etwas tun?«

»Nein, Sir, und vielen Dank, daß Sie sich die Zeit genommen haben.«

Virgil Tibbs fuhr mit einer langen Liste der Dinge, die erledigt werden mußten, zum Polizeirevier von Pasadena zurück. Der erste Punkt auf seiner Tagesordnung lautete, noch einmal alle bekannten Sexualstraftäter der Umgebung zu überprüfen – insgesamt über neunzig. Die Tatsache, daß Nancy Kallman nicht vergewaltigt worden war, war noch kein Gegenindiz, vor allem, da sie erwürgt worden war. Es war durchaus möglich, daß ihr Angreifer sie versehentlich getötet hatte, während er sie nur gefügig machen wollte. Nachdem ihm klar geworden war, was er getan hatte, war seine rasende Gier beim Anblick des Todes vielleicht abrupt in nackte Angst umgeschlagen.

Die Nachforschungen ergaben nichts. Da sich der Zeitpunkt des Todes nicht mehr genau bestimmen ließ, waren Alibis relativ sinnlos.

Bob Nakamura übernahm die ermüdende Aufgabe, jeden Bewährungshelfer in Südkalifornien anzurufen, um herauszufinden, ob es bei irgendeinem ihrer Schützlinge Anzeichen ungewöhnlicher Aufgewühltheit gegeben habe. Auch dabei kam nichts Verwertbares heraus. Als nächstes überprüfte er die Auskunftsbüros für Reisende und alle Informationszentren, an die sich Nancy gewandt haben könnte. Er zog eine weitere Niete.

Der Abschlußbericht des Coroners enthielt nichts Neues. Tibbs gab die Leiche frei, damit sie nach New Jersey geschickt und dort beerdigt werden konnte. Der Sarg wurde verplombt verschickt, mit dem Hinweis, daß er unter gar keinen Umständen mehr geöffnet werden dürfe.

Ärgerlicherweise verlief die heißeste Spur, nämlich die der Freunde, mit denen Nancy an die Westküste gereist war, zunächst im Sande. Keiner von ihnen konnte ausfindig gemacht werden. Eigentlich hätte man annehmen sollen, daß das Auto mit den New Jersey-Nummernschildern leicht zu identifizieren wäre, aber weder der kalifornischen Highway Patrouille noch der Stadtpolizei gelang es, das Auto ausfindig zu machen. Den anderen Gesetzeshütern im größeren Umkreis von Los Angeles erging es nicht anders.

Herbert Friedkin rief persönlich an, um zu berichten, daß er mit Nancys Vater gesprochen habe, der sich bereits seit längerem auf Hawaii aufhalte. Er sei jedoch bereit, sich nach seiner Rückkehr bei der Polizei zu melden; in der Zwischenzeit ließe er schon mal ausrichten, daß er nichts von Nancy gehört und auch keine Ahnung von ihren Plänen gehabt habe. Er versicherte, daß er ihr nie begegnet war.

Trotz der rein rechnerisch geringen Chance befahl Captain Wilson, vor allem nachts um den Oak Grove Park herum verstärkt Streife zu fahren. Jedem, der eine gute Beobachtungsgabe besaß, fiel die größere Anzahl weißer Matadors auf, die überall auf dem Gelände zu sehen waren; die zivilen Polizeifahrzeuge und die von Händlern geliehenen Gebrauchtwagen, die ebenfalls der Überwachung dienten, waren da schon unauffälliger.

Sergeant Morrison berichtete aus New Jersey, daß keiner von Nancys Reisebegleitern nach Hause geschrieben oder telefoniert hatte. Alle betroffenen Familien waren alarmiert worden, aber nichts hatte das unnatürliche Schweigen gebrochen.

Eines jedoch hatte sich ergeben; Virgil hatte beim Pasadena City College nachgefragt und erfahren, daß man im Sprachlabor eine Aufnahme von Doris Friedkins Stimme besaß. Damit konnte er einen dringenden Punkt auf seiner Liste abhaken; ohne Zeit zu verlieren, besorgte er sich die Kassette und ließ eine Kopie davon erstellen. Als er sich das Band wieder und wieder anhörte, um sich den Tonfall und den Sprachduktus einzuprägen, war er für die gute Qualität des Bandes sehr dankbar. Dann nahm er die Kassette heraus, um eine Stimmanalyse machen zu lassen.

Als er zurückkam, wartete Bob Nakamura bereits auf ihn, um ein paar Ideen mit ihm zu diskutieren. Virgil schloß die Tür, damit sie nicht gestört werden konnten und hörte zu, was sein Partner ihm zu sagen hatte.

»Ich möchte mit dir über die Befragung des jungen Samuels reden«, eröffnete Bob das Gespräch. »Ich habe nochmal über deinen Bericht nachgedacht. Am Anfang hast du ihm gesagt, daß du dich nie auf einen Handel einläßt, und wenig später hast du ihm dann doch einen angeboten. Richtig?«

»Richtig.«

»Ich nehme an, du wolltest ihm ein Gefühl der Überlegenheit geben – er sollte sich cleverer fühlen als du –, damit er unvorsichtiger wird und dem dämlichen Cop mehr erzählt.«

»Exakt. Barry Samuels leidet an extremer Selbstüberschätzung. Ich brauchte ihn nur noch ein bißchen zu kitzeln.«

»Und? Hat es funktioniert?«

»Ja.«

»Daraufhin hat er ausgepackt und schließlich sogar zugegeben, Doris Friedkin abgeholt und sie zu einer Freundin gefahren zu haben. Dann hast du ihn laufen lassen.«

»Ja, das habe ich.«

»Virgil, es hätte dich keine zwei weiteren Minuten gekostet, den Namen aus ihm herauszuquetschen. Warum hast du ihn wieder vom Haken gelassen?«

Tibbs schmunzelte. In letzter Zeit hatte es selten genug Anlaß dazu gegeben. »Ich verzichte jetzt einmal bewußt darauf, dir mit ›Elementary, my dear Watson‹ zu kommen. Natürlich hätte ich den Namen schnell gehabt, aber dann hätte er das Mädchen angerufen und sie gewarnt, daß ich zu ihr unterwegs sei.«

»Er hat sie doch so oder so angerufen.«

»Natürlich hat er das; ich habe das sichergestellt, indem ich ihn bat, unsere Unterhaltung für sich zu behalten. Aber wenn ich richtig liege, dann hat er ihr gesagt, daß er sie nicht verraten habe, daß ich nicht wisse, wer sie ist und daß er sie warnen werde, falls ich wiederkäme, um ihren Namen zu erfragen.«

»Glaubst du, er möchte nicht, daß Doris gefunden wird?«

»Ich glaube, daß er vor allem sich selbst schützen will, und daß das das einzige ist, was für ihn zählt. Wenn Doris zum Zeitpunkt ihres Verschwindens schwanger war, dann könnte er dafür verantwortlich sein. Randy Joplin gefällt mir auch in dieser

Rolle, aber der schwört Stein und Bein, daß er nie was mit ihr hatte. Vielleicht sagt er die Wahrheit, denn er gibt bereitwillig zu, mit einer ganzen Reihe anderer Mädchen geschlafen zu haben. Er schreibt seinen Erfolg bei den Mädchen seinem guten Aussehen und dem Geld seiner Familie zu.«

»Was für ein sympathischer junger Mann.«

»Exakt die Sorte, die wir für unsere Polizeieinheit rekrutieren sollten. Da die Ermittlungen im Fall Nancy Kallman so weit fortgeschritten sind, habe ich vor, Doris Friedkins Freundin einen Besuch abzustatten – diejenige, die ihr geholfen hat. Die wird gucken, wenn ich nicht als Detective, sondern als Freund auftauche.«

»Denkst du an jemand bestimmtes?«

»Ich denke an Miss Peggy Collins.«

»Aber sie war eine der Prinzessinnen; das schließt sie aus!«

Virgil schüttelte den Kopf. »Das ist genau das, was ich zuerst auch geglaubt habe, aber schau dir doch mal die Fakten an. Beim ersten Mal sind Doris' engste Freundinnen alle mehr als einmal gründlich befragt worden. Jede Bewegung dieser Mädchen wurde zweiundsiebzig Stunden nach Doris' Verschwinden überprüft. Nur die der Prinzessinnen nicht – man nahm an, daß sie vollkommen ausgebucht waren und unter ständiger Beobachtung standen.«

»Und du hast herausgefunden, daß dem nicht so war.«

»Nach dem Mittagessen hatten die Mädchen bis halb sechs frei, dann mußten sie sich in ihren Abendkleidern zurückmelden. Also hatte Collins oder eine der anderen Prinzessinnen genügend Zeit mitzumischen.«

»Bis dahin kaufe ich dir das ab. Aber warum ausgerechnet die hinreißende Collins – abgesehen von der Tatsache, daß du sie ganz offensichtlich gerne wiedersehen würdest?«

Tibbs lehnte sich in seinem Stuhl zurück und legte die Beine auf die Ecke des grauen Metallschreibtisches. »Verschiedene

Details. Denk an ihre Persönlichkeit: Sie ist nicht gerade ein zurückhaltender Typ; sie ist sehr offen und gehört zu der Sorte Mädchen, die bereit sind, ein Risiko einzugehen, wenn sie Lust darauf haben.«

»Das ist aber ziemlich dünn.«

»Zugegeben. Aber erinnere dich mal an unsere Unterhaltung, von der ich dir erzählt habe. Nachdem du das Zimmer verlassen hattest, habe ich Peggy erklärt, daß wir, sollten wir Doris finden und sollte sie ihren Aufenthaltsort geheim halten wollen, keinem erzählen würden, wo sie steckt. Sobald Peggy kapiert hatte, daß wir solche Sachen vertraulich behandeln, fragte sie mich: ›*Und Sie werden ihnen nicht sagen, wo sie ist?*‹ Genau das waren ihre Worte.«

Bob staunte. »Das habe ich beim ersten Mal überhört.«

»Außerdem«, fuhr Tibbs fort, »hat sie zugegeben, Doris seit vier Jahren zu kennen, als ich sie gefragt habe, wie gut sie miteinander befreundet waren. Sie hat ausdrücklich betont, daß sie nicht die dicksten Freundinnen gewesen seien, aber einen Moment später war sie in der Lage, mir zu erzählen, daß Doris nicht dem jüdischen Glauben anhing, daß sie aber an Gott glaubte; ich habe sie extra danach gefragt. Peggy kannte intime Details, die Doris' Verhältnis zur religiösen Familientradition betrafen; das alles macht sie zu einer engen Vertrauten.«

»Eine Vertraute, die weiß, daß Doris lebt, daß es ihr gut geht und die sich unabsichtlich verplappert hat.«

»Noch etwas. Sie hat häufig von Doris in der Gegenwartsform gesprochen, so etwa: ›Doris ist ein zurückhaltender Mensch, aber sie ist auch verdammt helle.‹ Das Mädchen ist seit über einem Jahr verschwunden, fast jeder würde automatisch in der Vergangenheitsform sprechen. Selbst die Friedkins haben das gemacht; ihre eigene Mutter hat zu mir gesagt, ›Doris mußte nie eine Brille tragen.‹ Das war bei unserem ersten Treffen.«

»Du hast mich ins Grübeln gebracht«, gab Bob zu.

Tibbs verschränkte seine Finger ineinander und betrachtete sie einen Moment lang. »Vielleicht erinnerst du dich auch noch an etwas anderes: Peggys Beschreibung der Party, auf der Doris vor ihren Freundinnen einen Striptease hingelegt hat. Ich sagte zu Peggy, ›Und ausgerechnet ich mußte das verpassen!‹ Dann habe ich absichtlich hinzugefügt, ›Wer weiß, eines Tages vielleicht …«

Bob beugte sich schnell nach vorne. »Ich erinnere mich. Peggy antwortete: ›Man weiß nie.‹ Du hast recht, sie weiß, wo Doris ist.«

»Sie weiß mit Sicherheit mehr über Doris' Verschwinden, als sie uns bis jetzt gesagt hat. Außerdem hat sie eine wichtige Bemerkung über meine ethnische Herkunft gemacht, und daß sie sie nicht ablehne. Davon überzeuge ich mich persönlich. Ich werde die Lady zum Essen einladen.«

Zwölftes Kapitel

Innerhalb weniger Stunden kam neuer Wind in die Angelegenheit.

Ein wachsamer Streifenpolizist, der erst seit vier Monaten im Dienst war, beobachtete in Venice einen recht alten Chevrolet mit New Jersey-Nummernschildern, der, ohne zu halten, an einer roten Ampel rechts abbog. Er stellte sein rotes Warnlicht an und stoppte damit den Verkehr auf den nächsten beiden Straßenabschnitten. Sobald er das Nummernschild lesen konnte, überprüfte er es routinemäßig über Funk. Er wußte natürlich, daß ein Chevrolet aus Jersey in einem Mordfall eine Rolle spielte.

Der Fahrer hielt ohne sichtbaren Protest an. Als der Polizist gerade aus seinem Wagen aussteigen wollte, wurde ihm die Computerüberprüfung durchgegeben. Daraufhin öffnete er sein Pistolenhalfter und hielt eine Hand auf der Waffe, als er sich in den Wagen beugte und den Fahrer um die Papiere bat.

Der junge Mann hinter dem Steuer leistete keinen Widerstand. Als er gebeten wurde, dem Streifenwagen zum Revier zu folgen, verstand er nicht – oder wollte nicht verstehen. »Ich weiß, daß ich über Rot gefahren bin«, maulte er. »Aber dafür kriegt man doch nur einen Strafzettel, oder?«

»Der diensthabende Offizier des Reviers wird Ihnen gerne Ihre Fragen beantworten, Sir. Wenn Sie mir bitte folgen würden.« Er drückte sich bewußt höflich aus, damit seine Worte wenigstens nach einer Bitte klangen. Irgend etwas sagte ihm, daß er möglicherweise gerade seine erste große Festnahme gemacht hatte, daher kehrte er voller Diensteifer zu seinem Wagen zurück und fuhr zum Polizeirevier. Der junge Mann folgte ihm in dem Chevrolet aus New Jersey, wie er es ihm gesagt hatte.

Fast zur gleichen Zeit fuhren Officer James Riley und Officer Charles Watkins in ihrem Matador Streife und überprüften die Vermißtenmeldung eines Kindes im Nordosten von Pasadena. Sie waren nicht übermäßig besorgt; es schien sich um eine Achtjährige zu handeln, die am frühen Abend von zu Hause verschwunden war, dennoch blieben sie wachsam. Wie so häufig in den letzten Tagen fuhren sie langsam durch den Oak Grove Park, der vom Elternhaus des Kindes nicht weit entfernt lag. Sie hatten die Scheibe des Autos heruntergekurbelt, um besser sehen und hören zu können. Als sie schwache, vermutlich belanglose Geräusche hörten, hielten sie dennoch an und machten sich mit einem Funkgerät und Taschenlampen auf die Suche.

Nach zwei oder drei Minuten hörten sie plötzlich jemanden ganz in ihrer Nähe davonlaufen. Im gleichen Moment schrie ein Kind. Das reichte: Watkins nahm die Verfolgung des Flüchtenden auf, während Riley das schreiende Kind zu orten versuchte. Nachdem er das Mädchen gefunden und sich einen Überblick über ihren Zustand verschafft hatte, machte er sofort über Funk Meldung.

Man reagierte extrem schnell; drei zusätzliche Streifenwagen trafen innerhalb der nächsten zwei Minuten am Tatort ein. Bald trafen zwei weitere Polizeieinheiten ein; ein Polizeihubschrauber überflog die Region und erhellte mit sehr starken Leuchtstrahlern das verdächtige Gelände. Dallas Perkins machte sich mit Sirene und Blaulicht vom Hauptquartier aus auf den Weg, um das Kommando zu übernehmen. Die zwei Polizisten, die am Elternhaus des vermißten Mädchens positioniert worden waren, wurden benachrichtigt, daß man das Mädchen aller Wahrscheinlichkeit nach gefunden hatte, aber sie wurden angewiesen, den Eltern noch nichts zu sagen, bis es definitiv feststünde. Die beiden wußten, was das bedeutete; da sie selbst Kinder hatten, waren sie trotz ihrer Ausbildung und Erfahrung innerlich erschüttert.

Lieutenant Perkins traf gerade am Tatort ein, als Jim Riley mit dem kleinen Mädchen im Arm aus den Büschen herauskam.Ihre Kleidung paßte zu der Beschreibung des vermißten Kindes.

»Wie schlimm ist es?« fragte Perkins.

»Ziemlich schlimm, Sergeant. Sie blutet aus der Vagina.«

»Krankenwagen?«

»Ich bring sie selbst. Das geht schneller. Jemand sollte sie halten.«

»In Ordnung.«

Keine dreißig Sekunden später wendete Riley seinen Wagen und schaltete die Sirene ein. Neben ihm hielt ein anderer Polizist behutsam das Kind auf den Knien, während sie mit Blaulicht zum Huntington Memorial Krankenhaus davonrasten.In der Zwischenzeit beteiligten sich sechs weitere Polizisten an der Suche nach dem Verdächtigen. Als Agent Chris Hagerty ein Krachen und Plumpsen hörte, kämpfte er sich bis zu einer kleinen Lichtung vor. Dort fand er Watkins, der verzweifelt mit einem stämmigen Mann in dunkler Arbeitskleidung kämpfte. Hagerty schmiß sich sofort mit der Wucht eines Zwei-Meter-Mannes auf die Kontrahenten. Doch es war ein zäher Kampf; der Verdächtige schlug um sich wie ein Verrückter. Als Watkins eine Sekunde nicht aufpaßte, wurde er so heftig in den Unterleib getreten, daß er zu Boden ging.

Der Verdächtige nutzte den Moment, um zu fliehen, aber zwei weitere Polizisten stellten sich ihm in den Weg. Sie ließen ihre Waffen stecken; die Siedlungen waren viel zu nah und in der Dunkelheit wäre jeder Schuß extrem riskant gewesen. Statt dessen setzten sie auf ihre Körperkraft; in wenigen Sekunden hatten sie ihn niedergerungen. Als Watkins sich so weit erholt hatte, daß er wieder aufstehen konnte, lag der Verdächtige bereits mit dem Gesicht nach unten auf dem Boden, und Hagerty legte ihm gerade die Handschellen an.

Er wurde ins Polizeihauptquartier gebracht und wegen Kindesmißhandlung, Geschlechtsverkehr mit Minderjährigen und Widerstand gegen die Staatsgewalt in Untersuchungshaft genommen. Bis der Papierkram erledigt war, wußte Sergeant Bill Orr bereits über das Nötigste Bescheid und war bereit, unverzüglich ein Verhör durchzuführen. Nachdem man den Verdächtigen über seine Rechte belehrt und auch sonst auf das Verhör vorbereitet hatte, konnte Orr beginnen.

Die Identifikation des Verdächtigen war schnell erledigt. Er gab einen falschen Namen an, doch Orr brauchte nur fünf Minuten, um ihn weich zu klopfen; eine halbe Stunde später lag die vollständige Akte über den Mann auf dem Tisch. Sie erzählte eine grausame Geschichte, darunter auch die Vergewaltigung einer Hausfrau in Gegenwart ihrer sechsjährigen Tochter. Er war in Indiana verhaftet worden und hatte nur auf Bewährung Haftaussetzung.

Mit diesem Bild im Kopf ließ Orr ihn schmoren, bis er wirklich alles aus ihm heraus hatte. Innerhalb einer Stunde gab der Mann zu, das Kind zunächst in den Park gelockt und dann vergewaltigt zu haben. Er hatte den ihm zustehenden Rechtsberater abgelehnt, bat aber um ›Hilfe‹. Er zeigte keinerlei Schuldgefühl und behauptete, geistig so verwirrt zu sein, daß er für seine Taten nicht verantwortlich gemacht werden könne.

Orr wandte sich dann dem Mord an Nancy Kallman zu. Der Verdächtige gestand, zur fraglichen Zeit in der Gegend gewesen zu sein und in einer Autowaschanlage gearbeitet zu haben. Als man ihm ein Foto des Mädchens zeigte, wurde er plötzlich verstockt und mürrisch und verweigerte jede weitere Aussage. Orr entschied, die Sitzung an diesem Punkt abzubrechen; obwohl ihn einige Vorfälle, die er im Laufe seiner Karriere erlebt hatte, ziemlich abgebrüht hatten, stieß ihn der Mann so ab, daß er eine kurze Pause brauchte. Der Verdächtige wurde in die Hochsicherheitszelle im vierten Stock des Gefängnisses verfrachtet, wo er auf die gesetzliche Vorladung am nächsten Morgen warten mußte.

Virgil Tibbs fuhr in einem zivilen Streifenwagen auf dem Santa Monica Freeway in Richtung Westen und ärgerte sich wie so viele andere auch über die Geschwindigkeitsbegrenzung, die bis jetzt so wenig beachtet wurde, daß es einfach unmöglich war, sich strikt daran zu halten. Er war tief in Gedanken versunken. Einige Gedanken gingen ihm durch den Kopf, sie bewegten sich jedoch nicht in den üblichen Bahnen. Je ernsthafter er nachdachte, desto richtiger schien ihm, die Richtung weiterzuverfolgen. Es war, als flüstere ihm eine Stimme ins Ohr: »Heiß! Heiß!«

Das Haus des jungen Mannes, der ihn erwartete, war ziemlich heruntergekommen und brauchte dringend einen neuen Anstrich. Zum Teil ließ sich das sicher der rauhen Seeluft zuschreiben, zum Teil der Nachlässigkeit; zum Teil aber auch der Inflation und den damit verbundenen happigen Zinsen. Es war ein typischer Wohnort für junge Leute mit niedrigem Einkommen, wenn sie nicht zu wählerisch waren. Billy Owens fiel in diese Kategorie.

Oberflächlich betrachtet war die Geschichte, die er Tibbs erzählte, schlüssig und tadellos. Der Chevrolet gehört ihm, zum Nachweis holte er die Fahrzeugpapiere hervor, die auf seinen Namen ausgestellt waren. Er hatte während der kalten Jahreszeit die Westküste besuchen wollen – er war das Glatteis und den gefrorenen Schneematsch der Ostküste satt –, und Kalifornien hatte verdammt einladend geklungen.

Er hatte mit einem Freund und einer Freundin ausgemacht,

die Kosten mit ihm zu teilen. Dann erzählte ihm jemand, daß Nancy Kallman auch an die Küste wollte. Zu viert wurde es für jeden noch ein bißchen billiger, außerdem hatten sie wahrscheinlich viel mehr Spaß und es gab noch einen zusätzlichen Fahrer. Die ganze Fahrt über hatten sie sich gut verstanden. Sie hatten sich für die Strecke sieben Tage Zeit gelassen und dabei unterwegs ein paarmal bei Freunden gehalten, die sie für eine Nacht aufnahmen. Außerdem hatten sie den Grand Canyon besichtigt.

In Pasadena hatte Nancy den Rest der Gruppe verlassen. Sie hatten nie über ihr eigentliches Ziel gesprochen und keiner hatte sie um irgendeine Erklärung gebeten. Gegen Abend waren sie fast am Ziel angelangt; als sie den Colorado Boulevard entlangfuhren, hatten sie einen Coffee Shop entdeckt, der ihnen allen gefiel, und waren hineingegangen, um eine Kleinigkeit zu essen. Als sie sich gesetzt hatten, war es etwa acht Uhr gewesen, und keiner von ihnen hatte gewußt, wo er die kommende Nacht verbringen sollte.

Das Restaurant war bereits ziemlich voll, und sie waren in einer geräumigen Nische plaziert worden, in der bereits vier oder fünf ähnliche Gestalten hockten. Ihre Tische waren nur einen Spalt breit voneinander entfernt, so hatten sie begonnen, sich miteinander zu unterhalten und binnen weniger Minuten regen Kontakt hergestellt. Die Reisenden hatten noch weiter bis zum Strand von Venice fahren wollen, um symbolisch den Pazifischen Ozean zu erreichen. Man hatte ihnen versichert, daß es dort billige Unterkünfte gebe, die allerdings etwas vom Meer entfernt lägen. Nancy sei nicht mitgefahren; sie habe den anderen gesagt, daß jemand, den sie besuchen wolle, in Pasadena lebe und sie deshalb dort bleiben wolle.

»Also trennte sie sich von uns«, beendete Billy seinen Bericht. »Es war völlig in Ordnung so. Sie hatte ihren Anteil an den Fahrtkosten bezahlt, und wir waren quitt. Ich gab ihr den

Namen eines in Venice lebenden Freundes, da hätte sie mich anrufen können, wenn sie Lust gehabt hätte. Einer von den Typen, die wir dort getroffen hatten, bot ihr an, ihr eine gute Schlafmöglichkeit zu besorgen. Er war o. k., und das Mädchen, das wir dort getroffen haben, meinte auch, der Typ sei absolut zuverlässig. Nancy holte ihren Koffer aus dem Auto und sie fuhren los.«

»Wie war sein Name?« fragte Virgil. Er bemühte sich, es wie eine beiläufige Frage klingen zu lassen.

»Weiß ich nicht«, antwortete Billy. »Er hat ihn gesagt, aber ich erinnere mich nicht mehr.«

»Barry?«

»Nein, ich glaube nicht.«

»Randy?«

»Vielleicht – aber ich bezweifele es.«

»Denken Sie intensiv nach.«

Billy breitete die Arme auseinander. »Das bringt nichts. Ich habe diesen Kerl einmal gesehen und dabei seinen Namen ein einziges Mal gehört. Das ist alles. Und es ist ungefähr einen Monat her.«

»Das Datum ist wichtig«, beharrte Tibbs, »ich muß es genau wissen.«

Wieder war Billy unsicher. »Ich werde die anderen fragen und Sie dann anrufen.«

»Gut. Melden Sie es als R-Gespräch an, denn es zählt bereits als Ferngespräch. Ich gebe Ihnen meine Durchwahl. Falls ich nicht da sein sollte, hinterlassen Sie eine Nachricht – die wird an mich weitergeleitet.« Er schrieb die Nummer auf eine Visitenkarte und gab sie ihm.

»Mach ich; ich will keinen Ärger. Und … es tut mir sehr leid, wegen Nancy.«

»Danke. Wenn Sie wegfahren wollen, lassen Sie es mich wissen. Verlassen Sie nicht ohne meine Erlaubnis die Gegend.«

Befriedigt ging Virgil zu seinem Auto zurück. Er ließ Billy

absichtlich einen großen Spielraum, das paßte zu den Vorstellungen, die in seinem Kopf immer mehr Gestalt annahmen.

Es war Mittag, und er hatte Lust auf das übliche Sandwich mit Milch. Er fuhr nach Norden, Richtung Santa Monica, hielt bei einem Coffee Shop und kehrte dann wieder zu seinem Wagen zurück, um weiter nachzudenken. Wie er es oft und gerne tat, fuhr er langsam durch die ruhige Wohngegend und schaute sich die gepflegten Häuser und Gärten an, die selbst mitten im kältesten Monat noch einladend aussahen. Es war ein warmer Tag, trotz der Nähe zum Meer war das Thermometer auf angenehme fünfzehn Grad geklettert.

Er hielt an der Straßenkreuzung und fuhr dann gemächlich weiter, während er an ungelösten Fragen herumpuzzelte. Plötzlich fiel ihm etwas ein: In Santa Monica gab es eine Frau, von der er mal gehört hatte. Ein Anruf konnte nichts schaden.

Er hielt bei einer Tankstelle, stieg aus und suchte im Telefonbuch nach der Nummer. Vergeblich. Er warf eine Münze ein und wählte die Nummer der Vermittlung, gab sich als Polizist zu erkennen, beantwortete die entsprechenden Fragen und bekam eine Nummer und eine Adresse genannt, die nicht im Telefonbuch standen. Als er die Telefonzelle verließ, stellte er fest, daß er sich zufällig in der richtigen Straße befand.

Er fuhr bis an den Bordstein eines kleinen Häuschens, das von einem gepflegten Garten umgeben war. Darin kniete eine recht große, ältliche Frau auf einem Kissen und jätete Unkraut. Selbst in dieser Haltung konnte er erkennen, daß sie kantig, fast knochig war, und als sie zu ihm herüber schaute, erinnerte ihn ihr längliches Gesicht unwillkürlich an einen Pferdekopf.

Als er ausstieg und sich ihr näherte, stand sie auf. »Vielleicht können wir uns etwas Zeit sparen«, sagte sie. »Ich bin weder an Gräbern, Tanzstunden oder Grundstücksspekulationen noch an Altenheimprojekten interessiert. Ich lebe von einer kleinen Rente, die dank der derzeitigen Zinspolitik jeden Tag kleiner wird.

Sie verkaufen keine Zeitschriftenabonnements; wenn Sie das tun würden, wären Sie nicht mit dem Auto gekommen.«

Virgil lächelte anerkennend. »Das ist absolut korrekt, Ma'am«, sagte er. »Ihre Analyse war äußerst vollständig.«

Ihr spöttischer Blick rief ihn zur Ordnung. »Das Wort ›vollständig‹ ist nicht zu steigern«, erklärte sie. »Entweder eine Sache ist vollständig oder sie ist es nicht. Sie gucken zuviel Fernsehen. Jetzt sagen Sie mir, was Sie wollen.«

Tibbs gestand sein Versehen ein. »Ich weiß natürlich, daß ›vollständig‹ immer ›vollständig‹ ist; nur richtig, daß sie mich korrigiert haben. Verzeihen Sie mir?«

»Wer sind Sie?«

Virgil holte seine Karte hervor und gab sie ihr.

»Ich habe meine Brille nicht auf, aber ich glaube, da steht ›Tibbs‹.«

»Ja, Ma'am, das ist richtig.«

»Sie sind also noch so ein Polizist. Nun gut, wir brauchen jeden hier in dieser Gegend, den wir kriegen können. Ich nehme an, daß Sie mich sprechen wollen.«

»Wenn Sie ein paar Minuten Zeit hätten.«

»Kommen Sie rein. Ich mach uns einen Tee. Sie mögen doch Tee, oder?«

»Meine Freundin ist zur Hälfte Japanerin; sie ist dort drüben aufgewachsen.«

»Das bedeutet, daß Sie Tee trinken, ob Sie ihn mögen oder nicht.«

Die große, hagere Frau führte ihn in ihr kleines Haus. Sie winkte ihren Gast zu einem Stuhl und ging dann wortlos in die Küche, um Wasser aufzusetzen. Dankbar für die Abwechslung und das Adrett-Altertümliche, das ihn umgab, betrachtete Tibbs die bescheidenen Möbel einer älteren Generation. Auf dem schmalen Kaminsims stand das gerahmte Porträt eines Mannes, der nicht besonders weltmännisch wirkte und sich offensichtlich nur ungern hatte fotografieren lassen.

Er betrachtete es noch immer, als seine Gastgeberin zurückkehrte und sich wie ein dünnes Gespenst über ihn beugte. »Kennen Sie Oscar?« fragte sie.

»Ich fürchte, nein.« Er beeilte sich aufzustehen, wurde aber mit einem Wink wieder auf den Stuhl zurückverwiesen.

»Macht nichts. Ich lebe vollständig zurückgezogen und habe vor, es auch dabei zu belassen.« Sie reichte ihm eine Tasse mit Untertasse, bot ihm Zucker an und stellte einen kleinen Teller mit Keksen hin. »Nun, warum sind Sie hergekommen?« fragte sie.

Virgil war sehr vorsichtig. »Ich verstehe, daß Sie zurückgezogen leben wollen, aber ich brauche den Rat einer Frau – einer Frau mit viel Lebenserfahrung.«

»Ich gehe davon aus, daß es sich um etwas dreht, was den Rahmen des Anstands nicht überschreitet.«

»Sicher Ma'am, sonst wäre ich nicht vorbeigekommen. Es betrifft den Fall einer vermißten Erbin, einer gewissen Miss Doris Friedkin.«

Die Gesichtszüge der hageren alten Frau erwachten zum Leben. »Fahren Sie fort.«

»Kurz gesagt, sie ist verschwunden.«

»Das weiß ich längst, Mr. Tibbs; noch kann ich ganz gut sehen, und meine Zeitung wird täglich geliefert.«

»Dann werde ich Sie ins Vertrauen ziehen. Ich habe herausgefunden, wie sie aus dem Restaurant entkommen ist, in dem sie mit den anderen Rosenprinzessinnen, die ihr dabei geholfen haben, zu Mittag gegessen hat, und ich weiß, wo sie von dort aus hingegangen ist.«

»Und wozu brauchen Sie mich?«

»Für den nächsten Schritt. Sie ist zu einer Freundin gegangen, der sie vertrauen konnte.«

»Natürlich!«

»Sie wird seit über einem Jahr vermißt, aber ich habe Grund zur Annahme, daß sie lebt und daß es ihr gut geht.«

»Dann ist sie entweder außer Landes gegangen oder hat jemanden geheiratet, der sie gut versteckt hält.«

»Ich halte die erste Möglichkeit für wahrscheinlich. Ich glaube, daß sie sich in Asien aufhält – oder zumindest zunächst dorthin gegangen war.«

Die alte Frau hob ihre Teetasse. »Verraten Sie mir, warum.«

»Wegen ihres Musik- und Literaturgeschmacks. Als ich nach ihren Lieblingsautoren gefragt habe, erfuhr ich, daß sie Steinbeck mochte und fast alles von John Masters gelesen hatte.«

»Steinbeck ist natürlich sehr populär, obwohl mir die Art der Sprache mißfällt, die er manchmal glaubt, benutzen zu müssen. Masters ist wegen seiner vielen Bücher über Indien bekannt.«

»Eben. Als ich nach ihren Lieblingsfilmen fragte, wurden mir *Casablanca, Alle Herrlichkeit auf Erden, Sayonara* und die James Bond-Filme genannt.«

»Und was schließen Sie daraus?«

»*Casablanca* ist ein Klassiker, den jeder mag; er wird häufig im Fernsehen wiederholt. Die James Bond-Filme gehören zu den Kultfilmen der Jugend. Was mich mehr interessiert, sind *Alle Herrlichkeit auf Erden*, der in Hongkong spielt, und Micheners große Liebesgeschichte *Sayonara*, die in Japan angesiedelt ist.«

»Haben Sie sonst noch etwas?«

»Als ich nach ihrem Lieblingsmusiker fragte, nannte man mir Ravi Shankar, einen berühmten indischen Sitarvirtuosen. Sowohl der Künstler als auch seine Musik passen in das Schema. Man hat mir gegenüber erwähnt, daß sie bereits um die ganze Welt gereist sei, sich aber für Europa nicht besonders interessiert habe; ihr Vater hat mir gesagt, sie habe keine Lust daran gehabt, ihre Fremdsprachenkenntnisse weiter auszubauen, obwohl sie ganz gut in Französisch war.«

Tibbs Gastgeberin dachte einen Moment nach. »Da sie Europa bei ihren Besuchen nichts abgewinnen konnte und da sie sowohl Bücher als auch Filme über Asien mochte und die asiatische Musik, würde ich Ihnen zustimmen, daß Asien sehr wohl in Frage kommt.«

Virgil beugte sich vor und verschränkte die Hände ineinander. »Nun meine Frage: Angenommen die junge Frau hatte die Absicht, auf eigene Faust das Land zu verlassen, wie ist sie Ihrer Meinung nach vorgegangen?«

Ein paar Sekunden lang war nur das Ticken einer altmodischen Standuhr zu hören. Als die ältliche hagere Frau zu sprechen begann, konnte man meinen, sie führe ein Selbstgespräch. »Sie brauchte Impfungen, ihren Reisepaß und natürlich einige Geldreserven. Wenn ihr Verschwinden schon längere Zeit geplant war, dann hatte sie natürlich Zeit genug, etwas Bargeld zu horten oder Reiseschecks zu erwerben. Meines Wissens muß man sich nicht ausweisen, um sie zu kaufen.«

»Fahren Sie bitte fort.« Während Virgil zuhörte, trank er seinen Tee.

»Da sie bereits im Ausland gewesen war, besaß sie den obligatorischen kleinen gelben Impfausweis. Wahrscheinlich brauchte sie eine zusätzliche Choleraimpfung, aber die kann man sich ja leicht besorgen. Übrigens, haben Sie ihren Reisepaß ausfindig machen können?«

»Ja, ihr Vater hat ihn – auf meine Anfrage hin – zwischen ihren Sachen gefunden.«

»Lag ihr Impfausweis dabei?«

»Den hat er nicht erwähnt.«

Wieder herrschte ein paar Sekunden lang Schweigen. »Es ist sehr gefährlich, den Paß von jemand anderem zu benutzen, Mr. Tibbs; und ich glaube nicht, daß sie einen Ersatzausweis für ihren eigenen erhalten hat – das hätte zu vieler Erklärungen bedurft, vor allem, wenn es schnell gehen mußte. Fotos können gute Fälscher austauschen, aber wahrscheinlich wußte sie nicht, wie man an so jemanden kommt.«

»Wie sehen Sie die Sache?«

Die alte Frau dachte immer noch nach. »Alles, was man für einen Paß wirklich braucht, ist die Geburtsurkunde, ein Antragsformular und ein paar Fotos. Die Fotos hätte sie überall machen lassen können, und das Formular ist kein Problem – bleibt die Geburtsurkunde.«

»Meinen Sie, daß sie sich einen zweiten Paß besorgt hat?«

»Nein – das ließe sich irgendwie überprüfen. Aber es gibt noch eine andere Möglichkeit: heutzutage lassen sich fast überall Pässe ausstellen. Ich denke, daß ihre Freundin vielleicht keinen Reisepaß, aber ihre Geburtsurkunde besaß und diese möglicherweise der Friedkin geliehen hat.«

»Dann bekäme sie aber Schwierigkeiten, wenn sie später selbst einmal einen Paß benötigen sollte.«

»Sicher, aber die jungen Leute denken oft nicht so weit. Es könnte lohnend sein, in dieser Richtung zu ermitteln.«

Virgil stand auf und sagte: »Vielen Dank für Ihre Zeit und Ihren Rat.«

»Nicht der Rede wert, junger Mann. Entschuldigen Sie, wenn ich Sie nicht zur Tür begleite.«

»Natürlich. Vielen Dank nochmals.«

Virgil öffnete behutsam die Tür, warf noch einen letzten Blick auf den gepflegten Garten, kehrte dann zu seinem Wagen zurück und fuhr los.

Er war noch nicht über die Schwelle zu seinem Büro getreten, da kam Bob Nakamura bereits auf ihn zu. »Wir haben einen Durchbruch im Kallman-Fall«, sprudelte er. »Du hast doch von dem Kinderschänder gehört, den wir verhaftet haben; Bill Orr und einige andere sind mit ihm nochmal zum Oak Grove Park gefahren. Er hat sie den Trail entlanggeführt und ihnen gezeigt, wo er die Leiche des Mädchens hingelegt hatte. Es war die richtige Stelle – genau dort, wo sie gefunden wurde.«

Tibbs ließ sich entspannt auf seinen Stuhl fallen. »Gott sei Dank«, sagte er, »dann haben wir diesen Fall wenigstens vom Tisch.«

Bob schüttelte den Kopf. »Nicht so voreilig. Der Verdächtige behauptet, er sei es nicht gewesen.«

»*Wie bitte?*«

»Du hast richtig gehört. Er hat bereits zugegeben, eine Achtjährige vergewaltigt zu haben, also versucht er wohl kaum, das Unschuldslamm zu spielen. Er erzählt, daß er im Park war – er gibt auch zu, warum – und in der Nähe des Parkplatzes ein Mädchen im Gras hat liegen sehen. Sie schien ohnmächtig zu sein, daher trug er sie die kurze Strecke den Trail hoch, um sich dort an ihr zu vergehen. Es war fast Vollmond, daher konnte er recht gut sehen.«

»Und dann?«

»Er sagt, daß er alles versucht habe, damit sie wieder zu Bewußtsein kommt; er dachte, sie sei nach zuviel Alkohol umgekippt, und behauptet, die Abdrücke an ihrem Hals seien im Mondlicht nicht sichtbar gewesen.«

»Das könnte sein«, sagte Virgil. »Die Verfärbungen waren vielleicht noch nicht erkennbar.«

»Um fortzufahren: Als er entdeckte, daß sie tot war, bekam er es mit der Angst. Seine sexuellen Gelüste waren wie weggeblasen, und er sah nur noch die Tote, mit der er allein auf einem Parktrail hockte. Er befürchtete, bei seinen Vorstrafen reif für's Zuchthaus zu sein, wenn er mit ihr erwischt würde. Also hob er sie wieder auf und trug sie ein ganzes Stück den Trail hoch bis zu einer Stelle, an der er sicher war, daß sie dort wenigstens ein oder zwei Tage nicht gefunden würde. Bis lange nach Bekanntwerden des Leichenfundes hielt er sich vom Park fern.«

»Verflucht!« explodierte Tibbs. »Das ist verrückt genug, um

wahr zu sein. Und wenn seine Finger nicht mit den Abdrücken auf ihrem Hals übereinstimmen ...«

»Tun sie nicht – die Leute vom Coroner haben sie exakt vermessen und uns ein Diagramm geschickt. Der Verdächtige hat Hände wie Baggerschaufeln – viel zu groß.«

»Schon gut«, sagte Virgil, »wenigstens klärt sich dadurch eine Sache, die mich die ganze Zeit beschäftigt hat – wie das Mädchen den Trail so weit hinaufkommen konnte, ohne daß einer unserer Streifenwagen ein geparktes Auto am unteren Ende des Parks gesehen hat. Der Fahrer hätte sie innerhalb weniger Sekunden einfach rausschmeißen und dann abhauen können. Auftritt Zweiter Mörder. Er trägt die Leiche den Trail hoch und legt sie dort ab, wo sie später gefunden wird. Und jetzt sag mir nicht, daß er kein Mörder ist – er hat Beihilfe zu einem Mord geleistet.«

Bob ging nicht darauf ein. »Was hast du bei deinem Autofahrer erreicht?« fragte er.

»Er ist der Richtige, und er war vor Angst weich wie Butter. Er will wegen des exakten Ankunftsdatums in Pasadena mit seinen Reisekumpanen sprechen und mich dann anrufen.«

»Jede Wette, daß er das nicht tut.«

»Ich wette nicht – weil ich morgen nachmittag nochmal hinfahre. In der Zwischenzeit bitte ich die Leute von Santa Monica, mit uns zusammenzuarbeiten und ihn zu beschatten.« Er griff zum Hörer.

In Santa Monica erklärte man sich dazu bereit; nachdem die dortige Polizei Adresse und Autokennzeichen erhalten hatte, versprach man Überwachung rund um die Uhr. Im Gegenzug versprach Virgil, ihnen jederzeit wieder zur Verfügung zu stehen, falls er gebraucht würde.

Eine gute Stunde später wurde er aus der Stadt am Meer zurückgerufen. »Schlechte Nachrichten«, hieß es.

»Schießen Sie los; ich höre.«

»Wir konnten die Person leider nicht orten. Aber wir haben einige Informationen für Sie.«

Tibbs griff nach Notizblock und Stift. »Ja?«

»Ungefähr um zwei Uhr nachmittags brachte er sein Auto zu einem Gebrauchtwagenhändler und verkaufte es für bares Geld. Da es auf ihn zugelassen war, hatte er damit keine Probleme. Als Teil des Handels fuhr ihn der Käufer nach Hause. Dort packte er offenbar eilig seine Sachen zusammen und machte sich aus dem Staub. Er ist definitiv verschwunden, und wir wissen weder, wo er hin ist, noch kennen wir seine Begleiter.«

Dreizehntes Kapitel

Bei der Paßstelle war man gerne bereit, zu helfen. »Es geht um eine Miss Peggy Collins«, erklärte Virgil. »Wahrscheinlich lautet ihr erster Name Margaret, aber nicht möchte sie nicht danach fragen; sie könnte Lunte riechen.«

»Haben Sie schon die Wahlregistrierungslisten kontrollieren lassen?«

»Habe ich – dort steht sie unter dem Namen Peggy. Ich möchte Sie bitten, alle Anträge auf den Namen Collins im Zeitraum von einer Woche vor als auch einer Woche nach Miss Friedkins Verschwinden zu prüfen.« Er nannte ihnen das Datum.

»Dann halten Sie es für möglich, daß sie sich einen Paß besorgt hat, *bevor* sie verschwunden ist?«

»Wäre gut möglich. Danach haben eine Menge Leute nach ihr gesucht; wahrscheinlich wäre es für sie schwierig geworden, sich gleichzeitig zu verstecken und sich den Paß zu besorgen.«

»Vielleicht hat es eine Freundin für sie getan.«

»Möglich, bliebe das Problem mit dem Paßfoto, und ich weiß, daß Sie das überprüfen.«

»Allerdings. Ich rufe Sie zurück.«

»Gut, vielen Dank.«

Nachdem Virgil das erledigt hatte, fragte er bei den Konsulaten im größeren Umkreis von Los Angeles nach, um zu hören, ob eine Miss Peggy Collins oder eine Miss Irgendwie Collins ein Visum beantragt hatte. Da man für die Länder Westeuropas keine Visa benötigte, schränkte er seine Nachfrage auf die pazifische Seite ein. Er erhielt keine unmittelbare Antwort, aber man versprach zu kooperieren.

Als nächstes widmete er sich Mr. Barry Samuels und überprüfte den Hintergrund des jungen Mannes äußerst gründlich. Er fand so einiges über Barry heraus; unter anderem erfuhr er, daß Barry nur selten einen Pornofilm verpaßte, der in den entsprechenden Kinos der Stadt gezeigt wurde. Eine Vaterschaftsklage gegen ihn war durch ein teures Rechtsanwaltsbüro sehr diskret, aber wirkungsvoll abgeschmettert worden. Eines stand fest – der junge Samuels war mit allen Wassern gewaschen.

Ein Streifenwagen erwischte Randy Joplin, der über die erlaubte Zeit hinaus in der Arroyo Seco Gegend geparkt hatte. Es war ein Mädchen bei ihm im Auto, aber es gab keine ausreichenden Beweise für ein Fehlverhalten, um ihn deswegen festzunehmen. Er wurde angewiesen, sein Auto woanders hinzustellen, und das tat er auch. Virgil erfuhr davon, weil einer der daran beteiligten Polizisten zufällig von seinem Interesse an Joplin wußte.

Der Verdächtige, der wegen der Vergewaltigung festgehalten wurde, änderte plötzlich seine Meinung und nahm einen Anwalt. Auf die juristische Beratung hin weigerte er sich partout, in Abwesenheit seines Anwalts den Mund aufzumachen. Das verhinderte jegliche fruchtbare Befragung. Da man genug in der Hand hatte, um ihm daraus vor Gericht einen Strick zu drehen, wollte keiner die Sache vermasseln, indem er sich dem Verdacht aussetzte, die Rechte des Verdächtigen beschneiden zu wollen. Wenn Kalifornien mit ihm fertig war, blieb immer noch die Verletzung der Bewährungsfrist an der Ostküste.

Schließlich rief das Paßamt zurück. Virgil atmete tief durch und stellte die große Frage – ob sie irgend etwas Definitives hätten?

Sie hatten. An dem Tag nach dem Verschwinden von Doris Friedkin hatte eine Miss Alicia Collins in Inglewood einen Reisepaß beantragt. Sie hatte die zusätzlichen Kosten für die sofortige Bearbeitung bezahlt und ihren Reisepaß noch am selben Tag erhalten.

Wie ein Spürhund, der eine neue Fährte wittert, notierte Virgil die neuen Informationen. Dann sprang er in einen Streifenwagen und nahm sofort den Freeway in Richtung Inglewood.

Um das Regierungsgebäude herum gab es mehrere Paßbildfotografen, aber er brauchte nicht einmal vierzig Minuten, um den richtigen zu finden. Außer vom Klingeln seiner eigenen Kasse ließ sich der Inhaber nicht gerne stören, doch er schaute mürrisch seine Unterlagen durch, die er jeweils für zwei Jahre verwahrte, und fand das Negativ. »Manchmal bestellen sie noch Abzüge nach«, sagte er, »deshalb hebe ich die Negative auf. Das kostet zwar Geld, aber es zahlt sich langfristig aus.«

»Ich möchte eine Vergrößerung«, sagte Tibbs. »Am besten schon gestern. Ich warte.«

»Das kostet Sie sechs Dollar.«

»O. k.«

Während der Inhaber in seiner Dunkelkammer verschwand, grübelte er darüber nach, ob er nicht noch mehr hätte verlangen sollen. Nach erstaunlich kurzer Zeit kam er zurück. »Ich habe es in die Schnellfixierung gelegt«, erklärte er. »Es muß noch trocknen.«

»Wie lange dauert das?« fragte Virgil.

»Ungefähr fünf Minuten.«

»Ich möchte auch das Negativ.«

Der Eigentümer reagierte äußerst reserviert. »Ich verkaufe meine Negative nicht.«

Normalerweise zeigte Virgil lieber seine Karte, aber diesmal benutzte er seine Dienstmarke. »Ich ermittle in einem Mordfall«, sagte er ziemlich wahrheitsgemäß.

»Ist sie tot?« fragte der Fotograf.

Tibbs schüttelte den Kopf. »Das ist vertraulich.«

»Verstehe.« Er ging in seine Dunkelkammer und kehrte mit dem Negativ zurück. »Es ist kein Verlust, sie wird ja wohl sowieso keine Abzüge mehr bestellen«, brummte er und gab es dem Polizeibeamten. Fünf Minuten später lieferte er den eilig getrockneten Abzug nach.

Virgil legte sechs Dollar auf den Ladentisch, bekam eine Quittung und fuhr eilig nach Pasadena zurück. Auf den ersten Blick schien es sich bei dem Mädchen auf dem Foto nicht um Doris Friedkin zu handeln, aber Make-up und Perücken können bekanntlich erstaunliche Verwandlungen bewirken.

Der Phantombildzeichner der Polizei verglich den neuen Abzug mit den Vergrößerungen von Doris Friedkins Porträts und nickte. »Sieht aus, als seien sie identisch«, sagte er. Er legte ein Blatt Pauspapier über den Abzug und skizzierte mit ein paar Linien die Gesichtszüge, so wie sie durch das Papier durchkamen. Dann legte er den Abzug beiseite und fügte seinem Bild die Frisur hinzu, die Doris auf ihrem letzten bekannten Foto gehabt hatte. Als er zur Hälfte damit fertig war, bestand bereits Klarheit, und mit jedem Bleistiftstrich wurde die Ähnlichkeit deutlicher. Nachdem er noch ein paar Schatten um die Augen gemalt hatte, schaute ihn Doris Friedkin an.

»Großartig!« sagte Tibbs.

Bob Nakamura kam herein und guckte ihm über die Schulter. »Was hast du da?« fragte er.

Mit wenigen Worten brachte Virgil ihn auf den neuesten Stand. Noch einmal schaute er sich sorgfältig die Skizze an und genoß seinen Triumph. Dann setzte er ein finster entschlossenes Lächeln auf. »Als nächstes werde ich mit Miss Alicia Collins ein wenig entspannt plaudern«, gab er befriedigt bekannt.

»Für wann planst du die Séance?« fragte Bob.

Virgil starrte ihn nur an. Die Atmosphäre war plötzlich gespannt.

»Ich habe beim Amt für Bevölkerungsstatistik nachgefragt, wie du mich gebeten hattest«, erläuterte Bob. »Miss Alicia Collins, Adresse usw. überprüft, starb vor vier Jahren an Leukämie. Hatten wir nicht Angebote von Spezialisten, die solche Kontakte herstellen können?

Virgil brauchte ein paar Sekunden, um sich zu erholen. Dann arbeitete sein Hirn wieder auf Hochtouren. »Das ist es also«, sagte er mehr oder weniger zu sich selbst. »Peggy hatte eine Schwester, vielleicht sogar einen Zwilling.«

»Nein«, half ihm Bob aus, »keinen Zwilling.«

»Dann waren sie nur ein oder zwei Jahre auseinander.«

»Punkt an dich; Alicia war neunzehn Monate älter. Peggys richtiger Name ist Margaret – da lagst du richtig. Wegen der tragischen Umstände drang nicht viel davon nach außen – eine hübsche Teenagerin wurde von einem grausamen Leiden hingerafft.«

»Und aus irgendeinem Grund besaß Miss Peggy die Geburtsurkunde ihrer Schwester.«

»Zweifellos. Und außerdem wird Alicia nie selbst einen Reisepaß beantragen.«

Virgil nickte. »Dann paßt alles zusammen. Jetzt werde ich mit Peggy reden, nach etwas Gewissenserforschung und vielleicht auch einigen reuevollen Tränen wird sie auspacken.«

Peggy öffnete persönlich die Tür, um ihren Gast zu begrüßen. »Kommen Sie rein«, zwitscherte sie. »Sie können sich ruhig entspannen, wir haben das Haus ganz für uns. Was kann ich Ihnen anbieten? Wir haben eine große Auswahl – sogar Root Beer.«

»Im Augenblick nichts, danke. Ich würde lieber nur mit Ihnen reden.«

Peggy winkte ihn auf den Diwan; nachdem er sich gesetzt hatte, ließ sie sich nur unweit davon nieder. »Also gut, schießen Sie los«, sagte sie. »ich werde Ihnen helfen, wenn ich kann.«

Ihre Bemerkung klang recht offen und aufrichtig, aber für Tibbs schwang darin auch ein klein wenig Angst mit. Peggy wollte offensichtlich nicht lügen, aber sie spürte wohl, daß er sie ordentlich ins Gebet nehmen würde. Tibbs beschloß, daß es das beste sei, ohne Vorgeplänkel zur Sache zu kommen. Wie beiläufig sagte er: »Ich interessiere mich für den Reisepaß, der vor etwas über einem Jahr Ihrer verstorbenen Schwester Alicia ausgestellt wurde.«

Es war so still, daß man die weit entfernten Geräusche der Stadt durch die geschlossenen Fenster hören konnte. Peggy saß völlig regungslos. Selbst ihr Gesichtsausdruck blieb unverändert. Virgil ließ ihr Zeit; der Diwan war sehr bequem, und er hatte es nicht eilig. Irgendwo tickte eine Uhr, aber im Zimmer selbst herrschte absolute Stille.

Schließlich begann Peggy zu sprechen. Mit sanft ergebener Stimme, der dennoch unterdrückter Trotz anzumerken war, stammelte sie. »Jetzt weiß ich, was ein Detective ist.«

Da diese Bemerkung keines Kommentars bedurfte, schwieg Virgil weiterhin.

»Bin ich verhaftet?« fragte Peggy.

»Nein – zumindest nicht, was mich betrifft.« Er überwand sich und schenkte ihr ein halbes Lächeln. »Juristisch gesehen waren Sie Mittäterin bei der Beschaffung eines Passes unter betrügerischen Voraussetzungen, aber das fällt nicht in meine Zuständigkeit.«

»Werden Sie mich verpfeifen?«

»Wahrscheinlich nicht«, antwortete Tibbs. »Sie haben nicht versucht, irgendwen zu bestehlen oder die Regierung zu betrügen. Das behalte ich im Hinterkopf.«

Zum ersten Mal sah man Peggy an, wie unwohl sie sich fühlte. »Ich dachte, daß alles längst vorbei sei«, bekannte sie. »Daß nie wieder daran gerührt würde. Dann wurde dieses arme Mädchen im Park ermordet, und das hat alles wieder aufgewühlt. Sagen Sie, wurde sie vergewaltigt?«

Virgil fühlte, daß sie nicht von Neugier getrieben wurde, sondern daß sie ehrlich betroffen war und eine Antwort verdiente. »Nein, wurde sie nicht. Um die Wahrheit zu sagen – sie war noch Jungfrau.«

Peggy schüttelte sich, und Tibbs wußte warum; sie stellte sich die Untersuchungen vor, die man an der Leiche eines einst ungewöhnlich keuschen Mädchens hatte vornehmen müssen. Dann schüttelte sie den Kopf, als wolle sie die unangenehmen Gedanken verjagen, und wechselte das Thema. »Manchmal läßt die Polizei sich doch auf einen Handel ein, oder? Wie bei Agnew und Nixon und all denen.«

Da auch Politik nicht zu Tibbs Zuständigkeit gehörte, weigerte er sich, sich darin verstricken zu lassen. »Es gibt gewisse Übereinkommen«, antwortete er. »Manchmal garantieren wir im Austausch für eine Zeugenaussage Straffreiheit. Und wenn wir einzelne Anklagepunkte fallenlassen, dafür aber ein Geständnis bekommen, spart das eine Menge Zeit und das Geld des Steuerzahlers. Es kommt immer auf die Umstände an, darauf, wer beschuldigt wird und auf die Schwere des Verbrechens. Der District Attorney hat dabei ein Wörtchen mitzureden.«

»Könnten wir so einen Handel machen?« fragte Peggy. »Sehen Sie, wenn Sie mich verpfeifen, dann bin ich erledigt.«

»Ich werde mein Bestes tun, das zu vermeiden. So, wie ich die Sache sehe, haben Sie nichts Verwerfliches getan – Sie haben lediglich versucht, einer Freundin zu helfen, die in Schwierigkeiten steckte. Sie waren nicht sehr gut beraten, aber wir alle machen manchmal Fehler.«

Peggy schaute ihn an. »Ich muß Ihnen das jetzt einfach mal sagen. Ich glaube nicht, daß man Menschen nach ihrer Hautfarbe beurteilen sollte. Daher sehe ich Sie nur als Mann; vielleicht ein bißchen zu alt für mich, aber als einen sehr attraktiven Mann, den ich wirklich bewundere. Und so alt nun auch wieder nicht – tut mir leid, daß ich das gesagt habe. Darf ich Sie Virgil nennen?«

»Warum nicht.«

»Also gut, Virgil, Sie sind ein Cop und so weiter, aber Sie sind auch menschlich, und dafür bewundere ich Sie. Mißverstehen Sie mich nicht – ich versuche Sie nicht zu bestechen oder mit Ihnen auf diese Art einen Handel zu machen, aber haben Sie irgendeine Abneigung gegen weiße Mädchen?«

»Nein – natürlich nicht.«

»Sie wissen, daß meine Eltern geschieden sind; sie lebt mit einem reichen Typen unten in Miami Beach und macht sich ein schönes Leben. Dad ist die meiste Zeit fort – Dienstreisen. Im Moment ist er in New York.«

Tibbs zwang sie, es auszusprechen. »An was denken Sie?« fragte er.

»Nur so, falls Sie mal Lust hätten, mich anzurufen, wenn Sie nicht arbeiten – ich hätte nichts dagegen.«

Einen schrecklichen Moment lang kamen in ihm Erinnerungen hoch, und er war wieder der kleine Negerjunge im tiefen Süden, der dem ernsten Rat seines besorgten Vaters lauschte. Der warnte ihn vor der furchtbaren Gefahr, die von weißen Frauen ausgeht. Damals erfuhr er zum ersten Mal, daß andere mit ihrem Leben bezahlt hatten, auch wenn es nur so ausgesehen hatte, als hätten sie Interesse an einer weißen Frau, selbst wenn sie nur eine Schlampe war. Das gehörte natürlich längst der Vergangenheit an, aber es hatte sich in sein Gedächtnis eingebrannt, daß er sich, sobald er alt genug war, mit allen Mitteln würde schützen müssen, um nicht in einen solchen Verdacht zu geraten. Es war nun einmal so, und der Vater hatte recht daran getan, seinen Sohn zu warnen.

Nun bot ihm eine weiße Schönheit an, mit ihm auszugehen, und wenn er ablehnte, dann würde sie dies als Korb auffassen und einen Groll gegen ihn entwickeln.

Er griff nach Peggys Hand und ließ ihre zarten Finger in seiner Handfläche ruhen. Sie war eine hinreißende junge Frau, aber er versuchte, dies aus seinem Kopf zu verbannen. »Wenn dieser Fall gelöst ist, mach ich es vielleicht«, sagte er. »Vorerst lassen Sie mir bitte meine Würde als Mann; ich möchte Ihre Hilfe nicht auf dieser Basis erkaufen. Verstehen Sie das?«

Peggy legte ihre Finger um die seinen. »Natürlich tue ich das, so dumm bin ich nicht.«

»Kann ich auf das Angebot auch später noch zurückkommen?«

»Sicher – aber warten Sie nicht zu lange.«

»Dann lassen Sie uns mit dem hier schnell weiterkommen«, sagte er. »Wann hat Doris sich entschieden abzuhauen?«

»Am Abend davor. Sie hatte einen Streit mit ihren Eltern – wahrscheinlich haben die Ihnen das nicht gesagt.«

»Nein, haben sie nicht.«

»Keinen Riesenkrach, aber es hat gereicht. Sie wollte ihnen erzählen, daß sie schwanger war, und ihre Hilfe erbitten – so wäre alles ganz einfach gewesen –, aber ihr Vater ist einfach ein schrecklicher Pedant, was diese ganze altmodische Moral und all den Kram angeht. Keuschheit bis zur Hochzeit und so weiter. Er ist wirklich ein netter Mensch, aber in diesem Punkt ist er einfach unmöglich.«

»Sie wußte also, daß sie von ihm keine Hilfe erwarten konnte. Und ihr Arzt?«

»Hervorragender Mann, aber auch altmodisch. Er hätte ihr geraten, das Baby zu bekommen, das wußte sie. Er hätte ihr nicht geholfen.«

»Hat sie Sie schon vorher um Hilfe gebeten?«

»Nein, erst direkt danach. Sie rief mich an; sie hat auf ihrem

Zimmer ein eigenes Telefon mit eigenem Anschluß. Da hat sie mir gesagt, daß sie sich entschieden habe. Sie fragte mich, ob sie am nächsten Nachmittag zu mir kommen könne. Ich wußte natürlich, wie das gemeint war, also sagte ich klar doch. Mein Vater war mal wieder fort.«

»Wie haben Sie Barry Samuels dazu gebracht, bei der Sache mitzumachen?«

In Peggys Stimme mischte sich etwas Verachtung. »Wir haben ihn bezahlt«, antwortete sie. »Sowohl für den Taxidienst als auch dafür, die Klappe zu halten. So ist er nun mal.«

»Lassen Sie mich all das zusammenfügen«, sagte Virgil. »Doris hat Ihnen gesagt, daß sie abhauen wolle. Sie war schwanger, und das war ihr Hauptgrund.«

»Ja.«

»Wer hat ihr das Kind gemacht?«

»Ich weiß es ehrlich nicht – sie hat es mir nie gesagt. Das müssen Sie mir glauben.«

»Wie steht es mit Barry?«

»Sie verachtete ihn!«

»Käme Randy Joplin dafür in Frage?«

Peggy lachte. »Mr. Obergockel, der will jedes Mädchen, das er sieht, und wird verrückt, wenn er es nicht haben kann. Er hält sich für so gutaussehend, daß ihm keine Frau widerstehen kann. Er ist eine Lachnummer!«

»Aber er hat doch Erfolg, oder?«

Peggy zuckte nur mit den Schultern. »Ich nehme an, den hat jeder manchmal«, sagte sie. »Aber sein Ego ist so aufgebläht, daß er sich zur Zielscheibe des allgemeinen Spotts gemacht hat. Deswegen kriegt er nichts wirklich hin.«

Tibbs kehrte zum Hauptthema zurück. »Sie haben verabredet, daß Doris zu einem bestimmten Zeitpunkt vom Mittagstisch verschwindet und Barry sie abholt.«

Peggy nickte.

»Er hat sie hierher gebracht, und da sie allein im Haus waren, konnte sie sich hier gut verstecken. Dann haben Sie ihr Alicias Geburtsurkunde gegeben, damit sie sich einen neuen Reisepaß ausstellen lassen konnte.«

»Sie wollte eigentlich ihren eigenen nehmen«, erklärte Peggy, »aber sie hatte Angst, daß ihr Vater das überprüfen würde und herausfinden könnte, daß sie in Übersee ist. Sie hatte nicht vor, sehr lange wegzubleiben.«

»Am nächsten Tag hat sie in Inglewood einen Paß bekommen, der auf den Namen Ihrer Schwester lautet. Sie trug eine Perücke.«

»Ja, sie hatte eine – und sie hat ihr Make-up geändert; ich habe ihr dabei geholfen.«

»Sie hatte etwas Geld zur Seite gelegt, also war von dieser Seite her alles klar.«

»Ja. Sehen Sie, bei den Friedkins spielte Geld nie eine Rolle. Sie hatten so viel, daß sie nie darüber nachdenken mußten.«

»Wann hat sie das Land verlassen?«

»Am gleichen Abend. Sie wollte in Sicherheit sein, bevor die Suche nach ihr begann. Sie ging davon aus, daß man glauben würde, sie sei nur für ein oder zwei Tage fort. Die Friedkins mögen es nicht, wenn die Polizei oder sonst jemand in ihren privaten Angelegenheiten herumschnüffelt.«

Virgil schaute sie an und wurde bewußt sanfter. »Peggy, Sie waren eine große Hilfe. Ich werde alles in meiner Macht Stehende tun, um Sie zu decken. Sie wissen, daß ich auch Doris nicht in Verlegenheit bringen werde; ich habe das ja vorsorglich schon durchschimmern lassen, als Sie in meinem Büro waren.«

»Woher wußten Sie, daß ich es wußte?«

»Ich hatte nur so eine Ahnung. Noch eine letzte Frage – wohin ist sie gefahren?«

Peggy schüttelte den Kopf. »Wir sind jetzt quitt, das wissen Sie. Sie hat noch am gleichen Abend die China Airlines genommen – die hatten noch einen Nachtflug, aber ich war nicht dabei, und ich weiß auch nicht mehr darüber. Wir hatten beschlossen, daß sie besser nicht schreibt. Ich war davon überzeugt, daß sie in etwa einem Monat wiederkommen würde, und ich habe vergeblich auf sie gewartet. Ich hätte nie gedacht, daß sie so lange fortbleiben würde. Ich hoffe nur, daß es ihr irgendwo gut geht, das ist alles.«

Vierzehntes Kapitel

Virgil Tibbs saß an seinem Schreibtisch und verteilte kleine Zettel. Bob Nakamura hatte ihn schon viele Male dabei beobachtet; es war eine Art Puzzlespiel, doch statt aus einer Mischung verschieden geformter Pappteilchen bestand es aus Fakten und möglichen Lösungen. Auf jedem Zettel hatte er einen Hauptpunkt seiner Argumentation notiert. Ihre Lage und die Muster, die sie ergaben, halfen Virgil, seine Gedanken zu ordnen und sich zu orientieren. Selbst von seinem Platz aus konnte Bob sehen, daß es da eine lange Kette gab, die aber in der Mitte durch eine auffällige Lücke unterbrochen wurde. »Verdammt!« fluchte Virgil.

»Kann ich dir helfen?« fragte Bob.

»Nein. Es kommt einfach nicht hin, das ist alles, und ich war fast sicher, daß es hinkommt.«

»Was ist es?«

»Zum Beispiel die Telefone.«

»Davon gibt es eine Menge.«

Tibbs hatte diese Bemerkung offensichtlich gar nicht gehört. Er saß immer noch da und starrte unverwandt auf das komplexe Muster, das er ausgelegt hatte. Seine Augen wanderten von einem Punkt zum anderen.

»Warst du bei der Telefongesellschaft?«

»Ja.«

»Hast du einen Durchsuchungsbefehl mitgenommen?«

»Nein. Wenn ich die Ergebnisse als Beweise vor Gericht präsentieren muß, dann werde ich das tun und eine Genehmigung beim Polizeichef beantragen. Im Moment versuche ich etwas zusammenzufügen, was aber, zum Henker, einfach nicht zusammenpassen will.«

»Wo hakt es denn?«

»Bei einem Jungen namens Billy Owens.«

»Vielleicht könnte mein Onkel helfen. Er ist in sowas sehr gut.«

Virgil zeigte sich interessiert. »Wer ist dein Onkel?« fragte er.

»Mr. Moto.«

»Halt die Klappe!«

Für weitere zehn Minuten herrschte Stille. Tibbs studierte weiter das vor ihm liegende Muster, er fügte aber weder einen Zettel hinzu, noch legte er einen anders. Schließlich bedeckte er das ganze mit seiner Schreibtischunterlage und stand auf. »Ich fahre in die Stadt, um bei einem Mann vorbeizuschauen. Halte bitte die Stellung und nimm jedes Geständnis an, das zufällig reinkommt.«

»Bei welchem Mann?«

»Ist möglicherweise ein entfernter Verwandter von dir, was ich aber bezweifele, weil er ziemlich gut aussieht. Ich brauche einen Experten, und genau das ist er.«

»Viel Glück«, sagte Bob.

Virgil ging wortlos.

Tyler Tanaka saß mit gefalteten Händen an seinem Schreibtisch. Direkt vor seinem Büro war ein Dutzend seiner Mitarbeiter eifrig mit ihren jeweiligen Spezialgebieten beschäftigt. Auf dem Schild, draußen an der Tür des großen Büros, stand JAPAN-ORIENT TOURS, aber die Agentur war nicht als Reisebüro eingetragen. Tatsächlich war sie in einem der Bürogebäude, einer der ersten Adressen von Los Angeles' Little Tokyo, gut versteckt.

»Sie werden verstehen, Mr. Tibbs«, erklärte Tanaka, »daß wir genaugenommen eine Art Großhandel führen. Wir bereiten die Durchführung von Reisen vor und bieten unseren Service landesweit in den lokalen Reisebüros an. Wir verkaufen nicht direkt an den Kunden.«

Virgil nickte. »Ich weiß. Man hat es mir ausführlich erklärt. Außerdem habe ich gehört, daß Sie sich mit Reisen in den Fernen Osten wahrscheinlich besser auskennen als jeder andere.«

»Das ist maßlos übertrieben«, sagte Tanaka.

»Aber Ihr Operationsgebiet ist doch hauptsächlich der Orient bzw. Asien?«

»Richtig.«

Virgil beendete das Geplänkel. »Mr. Tanaka, dies hier ist eine höchst vertrauliche Angelegenheit; ich möchte, daß Sie mit niemandem darüber sprechen.«

Tanaka tat nickend sein Einverständnis kund.

»Vor etwas über einem Jahr ist eine junge Frau mit China Air Lines von Los Angeles mit unbekanntem Ziel abgeflogen. Seit damals hat niemand mehr etwas von ihr gehört. Von den lokalen Konsulaten und den Visumsbehörden weiß ich bereits, daß in ihren Paß offensichtlich kein Visum eingetragen wurde.«

»Hatte sie Reiseerfahrung?«

»Ja, sie ist mindestens zweimal mit ihren Eltern um die ganze Welt geflogen.«

»Und diese Reisen hat sie innerhalb der letzten vier Jahre vor ihrem Verschwinden gemacht?«

»Ja.«

»Dann müßte sie gewisse Visa bereits besitzen. Sowohl Japan als auch die Volksrepublik China stellen Visa aus, die für die Dauer von achtundvierzig Monaten Gültigkeit besitzen.«

Tibbs schüttelte den Kopf. »Sie hat sich einen neuen Paß ausstellen lassen.«

Tanaka warf ihm einen scharfen Blick zu. »Wenn ich Sie richtig verstehe, wird sie offiziell für vermißt erklärt, und Sie sollen sie finden.«

»So ist es.«

»Dann ist die Frage also folgende: Wo hätte sie ohne vorheriges Visum aus dem Flugzeug aussteigen dürfen?«

»Exakt.«

Während Tanaka seine Gedanken ordnete, drehte er sich etwas in Richtung Fenster. »Ich glaube, daß ich etwas für Sie habe«, begann er. »Für kurze Zeit hätte sie sich ohne Visum in Japan als Durchgangsreisende aufhalten können; das gleiche gilt für Korea und China. Für die Philippinen hätte sie bereits ein Visum besitzen müssen, daher wäre Hongkong die erste Möglichkeit, wo sie für längere Zeit hätte bleiben können; ein Visum ist dort nicht mehr erforderlich. Bei ihrer Ankunft war sie wahrscheinlich sehr müde und mußte die Zeitumstellung verkraften. Es dauert normalerweise nur ein oder zwei Tage, bis man sich dort akklimatisiert hat. Wenn man hierher kommt, ist es viel härter.«

Virgil hörte aufmerksam zu. »Also wäre Hongkong eine Möglichkeit?«

»Ja, aber es gibt einiges, was dagegen spricht, wenn sie wirklich verschwunden ist, wie Sie sagen. Die Kolonie ist recht klein und hat einen enormen Touristenzustrom, daher besitzt die Regierung Hongkongs einen Computer, der jeden einzelnen Touristen sorgfältig überwacht. Wenn jemand nicht pünktlich ausreist, dann ist es nicht schwer, ihn – oder sie – zu finden.«

»Hätte sie ins kommunistische China gelangen können?«

Tanaka schüttelte den Kopf. »Die Grenze wird in beiden Richtungen streng bewacht. Wenn sie nicht die entsprechenden Dokumente besitzen, hält man Besucher von den Grenzgebieten fern. Dazu kommt, daß den Rotchinesen jeder Unbekannte erst mal verdächtig ist, daher läßt sich diese Möglichkeit praktisch ausschließen.«

»Dann sollte ich nicht auf Hongkong setzen?«

»Mit Sicherheit nicht als dauerhaftes Versteck; aber sie könnte ihren Flug dort für ein paar Tage unterbrochen haben, um sich auszuruhen, einkaufen zu gehen oder sich die Stadt anzuschauen.«

Tibbs notierte. »Was hätte sie sonst noch tun können?« fragte er.

»Bangkok«, sagte Tanaka wie aus der Pistole geschossen. »Thailand ist groß genug, und das Visum wird einem dort bei der Einreise ausgestellt. Alles, was man tun muß, ist im Flugzeug ein Formular auszufüllen.«

»Ist es denkbar, daß sie in Thailand ein Jahr oder noch länger geblieben ist?«

»Nein, das ist eher unwahrscheinlich, denn Indien und Nepal sind für ihre Zwecke sicher noch geeigneter. Aber da sie, wie Sie sagten, mindestens zweimal um die Welt gereist ist und sich daher in Asien auskennt, könnte es gut sein, daß sie sich eine Weile in Bangkok aufgehalten hat. Außerdem hätte sie in Bangkok ein Visum für Orte wie Malaysia, Burma, Indonesien und die meisten anderen Länder beantragen können.«

»Haben Sie irgendeine Möglichkeit, das für mich herauszufinden?« fragte Virgil.

Tanaka schüttelte den Kopf. »Entweder sie müßten selbst hinfahren oder jemand anderen hinschicken. Mit der Post würde es ewig dauern, und außerdem glaube ich, daß der persönliche Kontakt die beste Diplomatie ist.«

»Wie sieht es mit Indien aus?« fragte Virgil. Er bemühte sich, seinen Tonfall nicht zu verändern, aber er konnte seine Emotionen nur schwer zügeln.

»Sehr gut möglich. Erstens verlangt Indien keine vorher ausgestellten Visa mehr – die Regierung hat endlich begriffen, wie viele Probleme sie damit verursacht hat und wieviel Geld es gekostet hat, diese rückständige Tradition aufrecht zu erhalten. Bei der Ankunft kann jetzt jeder ein dreiwöchiges Visum bekommen. Und da wäre noch etwas anderes. Indien ist ein riesiges, überbevölkertes Land und außerdem zur Zeit randvoll mit jungen Leuten, deren Visa abgelaufen sind; und es ist fast unmöglich, sie ausfindig zu machen und auszuweisen. Sie sind im ganzen Land verteilt; sie leben in den Ashrams und beschäftigen sich mit Musik, Meditation, Yoga und so weiter. Viele von ihnen halten sich in Kaschmir auf, und eine Menge wandert auch nach Nepal rüber.«

»Hätte sie ein Jahr in Indien bleiben können?«

»Ja, das ist gut möglich. Indien hat enorme Probleme, und der Zustrom junger Leute, die illegal im Land bleiben, ist nur eines davon. Es läßt sich vielleicht mit dem Problem vergleichen, das wir hier mit den illegalen Einwanderern aus Mexiko haben.«

»Also würden Sie für Indien plädieren?«

»Es wäre meine erste Wahl, gefolgt von Nepal. Wie stand es mit ihren Finanzen?«

»Bestens, glaube ich.«

»Dann fragen Sie bei den indischen Behörden in Delhi nach und kalkulieren Sie dafür etwas Zeit ein. Es würde sich auch lohnen, in Nepal nachzuforschen. Wissen Sie, ob sie Drogen genommen hat?«

»Unwahrscheinlich.«

»Nepal ist ein Paradies für Drogensüchtige, weil die Rauschgiftbeschaffung dort billig und einfach ist – die Haschischläden haben Schilder vor der Tür stehen. Das Essen in den tibetanischen Restaurants ist billig, und die Regierung ist, abgesehen von der Zwangsdurchsetzung des Hinduismus, nicht besonders streng. Durch seine Lage ist Nepal extrem schwer zu überblikken, und das Land hat nur sehr beschränkte Mittel. Es liegt direkt neben dem von Kommunisten okkupierten Tibet in einem politisch sehr sensiblen Teil der Welt.«

»Eine letzte Frage, Mr. Tanaka: Müßte ich selbst hinfliegen, um eine Chance zu haben, die junge Frau zu finden?«

Sein Gastgeber war in seiner Antwort sehr bestimmt. »So, wie Sie mir die Sachlage geschildert haben, gibt es keine Alternative.«

Virgil stand auf. »Ich bin Ihnen sehr zu Dank verpflichtet«, sagte er. »Vor allem dafür, daß Sie sich so viel Zeit genommen haben.«

»Ich bin jederzeit für Sie da, Mr. Tibbs.«

Die Szene in Friedkins Wohnzimmer erschien Tibbs, als säße er zum zweiten Mal im gleichen Film. Man saß sogar wieder in der gleichen Anordnung, genau wie an dem Abend, als er das erste Mal bei ihnen gewesen war. Friedkin war ein bißchen anders gekleidet, und das Kaffeeservice hatte ein anderes Muster, aber ansonsten schien sich nichts verändert zu haben. Außer den Umständen. Diesmal mußte er das Gespräch sehr vorsichtig angehen, aber er hatte sich auch bestens darauf vorbereitet.

Er rührte seinen Kaffee um und begann zu sprechen. »Mrs. und Mr. Friedkin, wie Sie ja wissen, habe ich mich auf Anweisung von Captain Wilson noch einmal gründlich mit dem Verschwinden Ihrer Tochter befaßt. Dank der unschätzbaren Hilfe einiger meiner Kollegen ist es mir gelungen, kleine Fortschritte zu machen.«

Er drückte sich so vorsichtig aus, weil er unter allen Umständen den voreiligen Schluß vermeiden wollte, er habe Doris bereits gefunden.

Auch Herbert Friedkin hatte sich sehr gut im Griff. Er blieb völlig gelassen, als er die Frage stellte: »Was können Sie uns berichten?«

Virgil betrachtete die beiden abwägend. »Zunächst kann ich zu meiner eigenen Befriedigung inzwischen sicher behaupten, daß Doris nicht entführt wurde, und ich habe außerdem Grund zu der Annahme, daß sie nicht Opfer einer Gewalttat wurde.«

»*Gott sei Dank!*«, brach es aus Grace Friedkin heraus. »Wie haben Sie das in Erfahrung gebracht?«

Dies war ein etwas heikler Punkt, aber Tibbs war darauf vorbereitet. »Ich weiß inzwischen mit ziemlicher Sicherheit, warum und wie Doris aus dem Restaurant verschwunden ist, in dem sie mit den anderen Prinzessinnen zu Mittag gegessen hat. In diesem Fall war die Zeit mein Verbündeter; die Tatsache, daß bereits über ein Jahr vergangen ist, machte es mir leichter, gewisse Dinge herauszufinden. Einen Punkt muß ich allerdings noch klären: Können Sie sich daran erinnern, ob es an dem Abend vor Doris' Verschwinden zu einer familiären Auseinandersetzung gekommen ist?«

Friedkin dachte nur einen kurzen Moment nach. »Sie müssen mit ihr gesprochen haben«, erklärte er. »Sonst wüßten Sie nichts davon.«

Virgil schüttelte stumm den Kopf und nahm sich dann etwas Zeit, seinen Kaffee zu trinken. »Nein, Sir. Das habe ich nicht. Wenn ich sie gefunden hätte, dann würde ich nicht einfach hier sitzen, ohne es Ihnen zu sagen.«

Friedkin trommelte mit den Fingern auf die Armlehne seines Sessels, während er wieder versuchte, seine Gedanken zu ordnen. Dann beantwortete er die Frage. »Da ich annehme, daß Sie noch nicht Vater eines Teenagers oder jungen Erwachsenen sind, Mr. Tibbs, kann ich Ihnen nur sagen, daß gelegentliche Streitigkeiten und Wutausbrüche normal, gesund und unvermeidlich sind. Es stimmt, daß wir mit Doris an dem Abend, bevor wir sie zum letzten Mal gesehen haben, einen kleinen Disput hatten. Natürlich ist uns das im Gedächtnis geblieben, aber ich kann Ihnen versichern, daß es nichts Ungewöhnliches war. Mit Sicherheit war es kein Grund für sie, ihr Zuhause unter dem Eindruck, wir hätten sie aus irgendeinem Grunde nicht mehr lieb, zu verlassen.«

»Worum ging es, Sir?«

Friedkin wollte diese Frage nicht beantworten, aber er wußte, daß er nicht darum herum kam. »Wir warnten Sie vor einem jungen Mann, mit dem sie sich traf. Wir hielten ihn für einen sehr unpassenden Umgang und haben ihr das auch gesagt.«

»Hatte sie sich so häufig mit ihm getroffen, daß sich daraus schließen ließ, es handele sich um etwas Ernstes?«

»Das bezweifele ich sehr«, sagte Friedkin. Als er zu seiner Frau schaute, nickte sie einverständlich. »Zum Beispiel hat er Doris nicht einmal seinen Eltern vorgestellt.«

»Kennen Sie die Eltern des jungen Mannes, Sir?«

»Flüchtig, ja – aber mehr auch nicht. Es sind anständige Leute; er ist im Vorstand einer wichtigen Versicherungsgesellschaft hier vor Ort, aber der Junge ist nicht gerade die Art von Sohn, auf den man stolz sein könnte.«

Virgil hatte einen plötzlichen Geistesblitz und versuchte sein Glück. »Sprechen Sie etwa zufällig von Mr. Walter Rosenblatt?«

»Mr. Tibbs, woher wissen Sie das alles?«

Jetzt wurde es schwierig für den talentierten schwarzen Kriminalbeamten: Er konnte zugeben, daß dies ein erfolgreicher Zufallstreffer war, oder er konnte sich etwas als Verdienst anrechnen, das ihm eigentlich gar nicht zustand. Da er es fast sein ganzes Leben lang vorgezogen hatte, den Mund zu halten, wenn er sich für keine Antwort entscheiden konnte, sagte er sich, daß er das auch jetzt tun sollte. Er versteckte sich hinter einer weiteren Frage. »Ist es Ihrer Meinung nach wahrscheinlich, daß der junge Mann nach Doris' theoretischer Rückkehr wieder auftaucht?« Er haßte es, ihnen auf diese Weise eine falsche Hoffnung zu machen, aber er wußte nicht, wie er es sonst hätte formulieren sollen.

»In diesem Punkt kann ich ganz sicher sein«, antwortete Friedkin, immer noch ein wenig aufgewühlt. »Er hat erst letzte Woche geheiratet – natürlich ein anderes Mädchen. Ich bin überrascht, daß Sie das noch nicht wußten.«

»Das ist mir entgangen«, gab Tibbs zu. »Nun habe ich noch ein paar weitere Informationen für Sie. Ich habe gute Gründe anzunehmen, daß Doris, kurz nachdem sie so plötzlich aus den Rosenspielen ausgestiegen ist, nach Übersee gegangen ist. Ich bin außerdem überzeugt, daß es ihr freier Wille war.«

»Das ist unmöglich«, sagte Grace Friedkin. »Ihr Reisepaß ist immer noch hier. Ich habe ihn neulich noch gesehen.«

»Das weiß ich, Mrs. Friedkin, aber sie ist trotzdem geflogen.«

»Als blinder Passagier?«

»Nein, sie ist in den Besitz einiger Reisedokumente gelangt, die für ihren damaligen Zweck geeignet waren. Ich habe keine Informationen darüber, wie es Ihrer Tochter geht, seit sie das Land verlassen hat, aber bis jetzt habe ich keinen Grund anzunehmen, daß ihr irgend etwas Schlimmes zugestoßen ist.«

»Sind Sie wirklich sicher, daß sie nach Übersee gegangen ist?« fragte Friedkin.

»Ja, Sir, das bin ich.«

»Mr. Tibbs, Sie erstaunen mich wirklich. In relativ kurzer Zeit ist es Ihnen gelungen, sowohl Ihre eigene Abteilung als auch drei verschiedene Privatdetekteien, die alle einen exzellenten Ruf genießen, zu beschämen. Wie in aller Welt ist Ihnen das gelungen?«

»Mittels regulärer Polizeimethoden, Mr. Friedkin.«

»Sie haben mich überzeugt, Sir, aber ich glaube, Sie sind zu bescheiden.«

Virgil sagte dazu nichts; statt dessen änderte er, wie er es sich vorgenommen hatte, das Thema. »Ich bin jetzt an einem Punkt angekommen, wo ich das sichere Gefühl habe, daß weitere Nachforschungen im Zusammenhang mit Doris in Asien gemacht werden sollten. Ich bin sicher, daß Sie jemanden finden werden, der das für Sie übernimmt, jemanden, der sich in Asien auskennt und die nötigen Fremdsprachenkenntnisse besitzt. Wenn Sie jemanden gefunden haben, werde ich ihm gerne den vollständigen Bericht geben und ihm erklären, woher ich meine Informationen habe.«

Friedkin schüttelte den Kopf. »Gibt es irgendeinen besonderen Grund, warum Sie den Fall nicht weiter bearbeiten können? Ihre Abteilung hat doch sicherlich schon bei vielen anderen Fällen mitgearbeitet, die rein geographisch nicht in ihren Zuständigkeitsbereich fielen.«

»Zum einen, Sir«, sagte Tibbs, »war ich noch nie in Fernost.«

Sein Gastgeber machte eine wegwerfende Handbewegung. »Mr. Tibbs, die Zeiten, in denen jede Reise ins Ausland ein großes Abenteuer war, sind längst vorbei. Heutzutage ist man in derselben Zeit in Kalkutta, die man früher für eine Zugfahrt nach Chicago brauchte. Und die Kosten sind sicherlich kein Grund.«

»Mr. Friedkin, bei allem Respekt möchte ich Sie daran erinnern, daß ich der Polizei von Pasadena angehöre und dort meine Arbeit zu tun habe. Gerade im Moment habe ich einen ungelösten Mordfall zu bearbeiten, und es ist meine Aufgabe, ihn aufzuklären.«

Herbert Friedkin wog sorgsam ab. Er war es zweifellos gewohnt, daß seinen Bitten ohne wenn und aber entsprochen wurde, aber er konnte Tibbs' Ausführungen nichts entgegensetzen. »Vielen Dank«, sagte er, als er den Rückschlag verwunden hatte. »Morgen früh werde ich Rat einholen. Vorerst jedoch möchte ich Ihnen meinen aufrichtigen Dank aussprechen, für alles, was Sie bereits geleistet haben.«

Tibbs entging keineswegs, was damit impliziert war, aber wieder hielt er es für klug, nichts darauf zu erwidern. Er verabschiedete sich und wurde wieder vom Hausherrn persönlich zur

Tür gebracht. Wieder betrachtete er den im Eingang stehenden auffälligen Buddha mit den faszinierenden Augen und ging dann in die kühle Abendluft hinaus.

Eine Viertelstunde später war er in seiner Wohnung und froh darüber, sich etwas entspannen zu können. Er zog die Schuhe aus, mixte sich einen Drink und ließ seinen Finger suchend über die ansehnliche Schallplattensammlung wandern, die ein großes, an der Wand stehendes Regal füllte. Er zog Ravels *Daphnis und Chloe* heraus – diese Platte würde ihm fast eine Stunde lang faszinierende, exotische Musik bieten, die perfekt zu seiner Stimmung paßte. Er legte die Platte auf, stellte die Lautstärke auf ein angenehmes Maß ein und ließ seinen Mantel und die Krawatte über einen Stuhl fallen; er konnte die Sachen später noch ordentlich aufhängen.

Er hatte noch keine zwei Minuten entspannt gesessen, als das Telefon klingelte.

Das bedeutete in der Regel Ärger, denn wie bei den meisten Polizisten stand seine Nummer nicht im Telefonbuch, und ein Anruf zu dieser Stunde bedeutete, daß etwas vorgefallen war und er gebraucht wurde. Widerwillig nahm er den Hörer ab und meldete sich.

Dieses Mal hatte er falsch gelegen. Die Stimme war sanft und weiblich, klang aber nicht übertrieben gekünstelt. »Ich rufe an, um Ihnen einen guten Abend zu wünschen. Muß ich dem größten Detektiv der Welt verraten, wer ich bin?«

»Der größte Detektiv der Welt züchtet Bienen in den Dünen von Sussex«, erwiderte Tibbs. »Wie geht es Ihnen, Marsha?«

»Gut, aber ich fühle mich ein bißchen einsam. Heute abend sind zwei Typen hier oben aufgekreuzt, die versucht haben, mich zu betatschen. Der Manager hat das für mich geregelt, aber schön ist was anderes.«

»Natürlich.«

»Höre ich da nicht Ravel bei Ihnen im Hintergrund?«

»Mein Lieblingskomponist – mögen Sie ihn?«

»Klar. Haben Sie schon zu Abend gegessen?«

»Sozusagen.«

»Dann bereiten Sie sich darauf vor, eine Lady zu empfangen, die etwas zu essen mitbringt. Das heißt – wenn es Ihnen recht ist.«

»Sie sind willkommen, Ihr Essen ist willkommen, und die Bar hat geöffnet. Außerdem sind Ravel und Falla da, falls Sie ihn auch mögen.«

»Ich liebe den *Dreispitz*.«

»Dann gehört der Abend uns.«

»So kann man es auch ausdrücken«, sagte Marsha und legte auf.

Kurz nach neun am nächsten Morgen fanden eine Reihe kurzer Telefongespräche zwischen verschiedenen wichtigen Leuten der Stadt Pasadena statt. Captain Wilson schloß sich mit Chief McGowan kurz, der wiederum den Stadtdirektor anrief, der sich dann an den Bürgermeister wandte. Es wurde sowohl über den ungelösten Mordfall im Oak Grove Park gesprochen als auch über die vielen großzügigen Geschenke, die Herbert Friedkin in der Vergangenheit der Stadt und ihren Bürgern gemacht hatte. Man bemerkte anerkennend, daß der Bankier keinen Vorteil aus seiner Position als größter Wohltäter der Gemeinde gezogen hatte. Er hatte lediglich eine Frage gestellt, die sich höchstens als ein Ersuchen um Auskunft bezeichnen ließ.

»Was mich betrifft«, sagte der Stadtdirektor zu Chief McGowan, »sind alle Bürger unserer Stadt vor dem Gesetz und dieser Verwaltung völlig gleich und haben Anspruch auf den größtmöglichen Schutz und die beste Hilfe, die Ihre Abteilung ihnen geben kann.«

»Das sehe ich auch so«, erwiderte McGowan. »Vielleicht erinnern Sie sich noch an die enormen Anstrengungen, die wir unternommen haben, als Tommy Bowman verschwand, und der kam nicht aus einem wohlhabenden oder einflußreichen Elternhaus.«

»Das weiß ich, Bob, und ich weiß auch, daß diese Stadt Herbert Friedkin wirklich eine Menge verdankt. Sie leiten die Polizeibehörde und was Sie sagen, wird gemacht. Wenn Sie Tibbs solange freistellen möchten, bis er der Fährte, die er aufgespürt hat, bis zu Ende gefolgt ist, dann werde ich mich nicht querstellen. Sie haben doch noch einen guten Mann für Mordfälle, oder?«

»Ja – Heatherton.«

»Dann nehme ich an, daß er weitermachen könnte, solange Tibbs fort ist. Aber es ist Ihre Entscheidung, die ich, wie immer sie auch ausfällt, respektieren werde.«

Der Bürgermeister äußerte sich ähnlich und fügte hinzu, daß Virgil Tibbs sicherlich der richtige Mann sei, um die Sache zu Ende zu führen, da er sich besser als jeder andere mit den Details auskenne. »Und unter uns«, fügte der Bürgermeister hinzu, »würde ich es gerne sehen, wenn Ihre Abteilung das hinkriegt – und, wenn irgend möglich, die Friedkin findet. Ich könnte Ihnen ein Dutzend Gründe nennen, die dafür sprechen.«

Bob McGowan traf eine Entscheidung; er teilte sie Captain Wilson mit, der wiederum seine Anweisungen nach unten weitergab. Um drei Uhr nachmittags machte Tibbs seinen linken Arm frei und erhielt die obligatorische Cholera-Impfung. Dann ließ er auch seine anderen Impfungen auffrischen und sie von der öffentlichen Gesundheitsbehörde in das kleine gelbe Büchlein eintragen. Bis zum Abend hatte sich ein ziehender Schmerz in seinem Arm ausgebreitet; er nahm zwei Aspirin und versuchte, sich abzulenken, in dem er noch einmal Conan Doyles *Das Tal der Furcht* las. Er ging früh zu Bett, legte sich auf den Rükken und starrte die Decke an. Der Schmerz in seinem Arm schwoll wieder an, aber sein Kopf war mit anderen Dingen beschäftigt. Stückchen für Stückchen, Detail für Detail, fügte er in Gedanken die Puzzleteilchen zusammen: Fakten, die er beweisen konnte, und Vermutungen, die sich aus penibler Beobachtung, aus Erfahrung und aus sorgfältiger Abwägung ergaben.

Es gab zwei Hauptprobleme, die er lösen mußte, aber je mehr er sie getrennt betrachtete, desto mehr schienen sie irgendwie miteinander verbunden zu sein. Doch das Verbindungsglied konnte er einfach nicht finden. Es blieb immer ein quälendes Stückchen außer Reichweite, und wenn er versuchte, die Hand auszustrecken, um es zu erwischen, dann widersprach massiv sein Verstand.

Es war genauso schwer zu fassen wie ein Spuk und wahrscheinlich auch genauso irreal, aber er wurde den Gedanken daran einfach nicht los. Er grübelte lange darüber nach, bevor sein Körper sein Recht auf Schlaf einforderte und er schließlich erschöpft in tiefen Schlummer fiel.

Fünfzehntes Kapitel

David Yip, der Manager des Hotel Fortuna, lehnte sich in seinem Sessel zurück und schenkte dem Besucher seines Büros ein gewinnendes Lächeln. Als Virgil Tibbs seinen Blick erwiderte, fragte er sich, wer so dumm gewesen sein konnte zu behaupten, alle Chinesen sähen gleich aus. Mr. Yip war ganz offensichtlich ein Chinese, aber dieser Umstand trat angesichts seiner Persönlichkeit völlig in den Hintergrund.

Sein Englisch war beinahe makellos, und das gleiche galt für sein Äußeres: Sein Anzug war aus bestem Tuch maßgeschneidert worden. Als Entsprechung zu seiner äußeren Erscheinung erkannte Tibbs in Yip einen Mann mit erstaunlich schneller Auffassungsgabe und einem hohen Grad an Weltgewandtheit. Er hatte etwas an sich, das zwar nicht leicht zu definieren war, aber ahnen ließ, daß sich David Yip auf den Boulevards von Paris genau so zu Hause fühlte wie in der Kronkolonie Hongkong. Er war international – ein Mann, der sich weder von politischen noch von kulturellen Grenzen einengen ließ. Und Virgil dachte auch, daß er die Ausstrahlung eines Mannes besaß, der dank der Gnade eines großzügigen Schicksals immensen Erfolg bei Frauen hatte.

Doch es war auch klar, daß Yip trotz seiner charmanten Art ein wachsames Auge auf alles hatte, was um ihn herum vorging.

»Ich schlage vor, wir beginnen damit«, sagte Yip, »daß Sie

mir erzählen, warum Sie das Fortuna gewählt haben und was ich tun kann, um Ihnen zu helfen.« Während er sprach, war seine Haltung freundlich und offen, und sein Gesicht verriet keinerlei Anflug von Falschheit.

»Bevor ich hierher kam, habe ich erfahren, daß die Regierung einen Computer besitzt, der die Bewegungen aller Besucher verfolgt, die nach Hongkong kommen.«

Yip nickte sofort. »So ist es.«

»Ich konnte die Behörden überzeugen, etwas für mich zu überprüfen. Vor etwas über einem Jahr besuchte eine Miss Alicia Collins die Kolonie und stieg, dieser erstaunlichen Maschine zufolge, hier ab – im Fortuna.«

»Reiste sie allein?«

»Ja.«

»Und Sie bitten mich nun, das anhand unserer eigenen Gästelisten zu bestätigen.«

»Nicht unbedingt, Mr. Yip.« Virgil lockerte seine Haltung und schaute sein Gegenüber unschuldig und freundlich an. Dieses Spiel beherrschte er. »Ich hatte die vage Hoffnung, Sir, daß sich hier vielleicht jemand an Miss Collins erinnern könnte. Ich weiß natürlich, daß Sie sehr viele Gäste haben, aber ich habe in der Lobby und im Fahrstuhl auch beobachtet, daß ein großer Prozentteil von ihnen aus China stammt. Daher erschien es mir möglich, daß sich vielleicht auch heute noch jemand an Miss Collins erinnert.«

»Mr. Tibbs, Sie als guter Beobachter werden bemerkt haben, daß hier im Herzen von Kowloon, mitten auf der Nathan Road, ziemlich reger Verkehr herrscht; nach einem ganzen Jahr dürfte es für jeden hier im Hotel äußerst schwierig sein, sich unter den Hunderten von Gästen, die hier jede Woche ein- und ausgehen, an irgendeine junge Frau zu erinnern.« In seiner Stimme schwang die Bereitschaft zu helfen mit, auch wenn seine Worte nicht sehr ermutigend klangen.

Tibbs sah ihn ruhig an und stellte dann eine recht unerwartete Frage. »Mr. Yip, können wir uns darauf einigen, daß dies ein streng vertrauliches Gespräch ist?«

Falls diese Frage Yip überhaupt überraschte, so ließ er es sich jedenfalls nicht anmerken. »Natürlich – sicherlich, Mr. Tibbs. Wir sind es gewohnt, Dinge vertraulich zu behandeln. Ansonsten wären wir ganz schnell raus aus dem Geschäft.«

Seine Einschätzung der Person Tibbs stand. Der Mann, der ihm diese Fragen stellte, war schwarz, aber das war ein Zufall der Geburt, und Rassenfragen waren in diesem Zusammenhang ohnehin irrelevant. Seine Einschätzung basierte auf Informationen, die er niemals preisgeben würde. Außerdem war sein Gast ein sehr intelligenter Gentleman, der sich auf der Gewinnerseite des Lebens befand. Auch nachdem der Hotelmanager diese Schlüsse gezogen hatte, blieb seine Miene unverändert; sein Gesicht hatte noch immer den freundlichen »Wie kann ich Ihnen helfen?«-Ausdruck, der ihm so gut stand.

»Ganz unter uns gesprochen, möchte ich annehmen, Mr. Yip, natürlich ohne Sie kränken zu wollen, daß man sich hier an Miss Collins erinnert, daß Sie sich sogar persönlich an sie erinnern.«

Damit konnte David Yip schon nicht mehr ganz so leicht fertig werden. Es gelang ihm jedoch, gleichzeitig leicht überrascht, interessiert, aber dabei völlig unschuldig auszusehen – eine bemerkenswerte Fähigkeit, die er durch langjährige Erfahrung erworben hatte. »Ich kann Ihnen nicht ganz folgen«, sagte er.

Virgil Tibbs war völlig entspannt, denn er hatte die Taktik seines Gesprächspartners durchschaut und wußte, wie er weiter vorgehen mußte. »Mr. Yip, ich bin mit internationalen Reisen ziemlich unerfahren, aber in den drei Tagen, die ich jetzt unterwegs bin, habe ich beobachtet, daß ein hoher Prozentteil reisender Amerikaner, zumindest in diesem Teil der Welt, in mittleren Jahren oder gar schon im Rentenalter ist. Dafür, denke ich, gibt es eine ganze Menge Gründe.«

»Richtig«, sagte Yip.

»Ich habe auch festgestellt, daß es sich bei einem Großteil dieser Reisenden, wenn es unverheiratete Frauen sind, um Lehrerinnen, Buchhändlerinnen oder dergleichen handelt. Wie auch immer, mir ist aufgefallen, daß Sie, als ich eben Miss Collins erwähnte, sie direkt als junge Frau bezeichneten.«

Yip lachte kurz. »Ich nehme an, daß jeder an eine junge Person denkt, wenn er das Wort ›Miss‹ hört. Außerdem sind viele der Reisenden alleinstehende junge Frauen – häufig haben sie romantische Hoffnungen, wenn sie ihre Reisen buchen.«

»Da stimme ich natürlich mit Ihnen überein.« Tibbs lächelte zurück. »Mir ist allerdings noch eine Sache aufgefallen. Sie haben es sorgsam vermieden, klar auszusprechen, daß sich niemand an Miss Collins erinnern würde oder könnte. Meine Hochachtung, Sir. Nicht jeder würde so peinlich genau darauf achten, bei der Wahrheit zu bleiben. Eine entschiedene Verneinung wäre einfacher gewesen.«

David Yip entwickelte unwillkürlich Interesse an der Sache. Seiner Meinung nach hätte Tibbs es verdient gehabt, als Chinese geboren zu werden. »Darf ich Sie fragen, aus welchem Grund Sie sich für Miss Collins interessieren?« fragte er.

»Jetzt kommen wir der Sache näher«, antwortete Tibbs und schob zum ersten Mal seine Visitenkarte über den Schreibtisch des Managers.

Yip las sie genau und schaute sogar auf die Rückseite, um zu sehen, ob der Text dort vielleicht auch auf Chinesisch stand. Dann änderte er seine Haltung. »Sie sind also Detective! Ich hatte mir so etwas ähnliches schon gedacht, als Sie erwähnten, daß die Behörden Ihnen hier Einblick in die Touristenakten gewährt haben. Normalerweise wäre das ausgeschlossen. Sagen Sie, ist dies ein offizieller Besuch?«

»Ich würde ihn lieber als informell bezeichnen«, antwortete Tibbs. »Ich besitze hier keine gesetzliche Vollmacht, obwohl ich, falls nötig, Unterstützung erbitten könnte. Um Ihre Frage zu beantworten: Miss Collins ist vor etwas über einem Jahr unter recht ungewöhnlichen Umständen von zu Hause verschwunden; seitdem hat man nichts mehr von ihr gehört. Mein Job ist es, ihren Aufenthaltsort festzustellen und herauszufinden, ob es ihr gut geht. Amtlich ausgedrückt ist sie im polizeilichen Sinne eine vermißte Person.«

»Ihnen ist natürlich auch der Gedanke gekommen, daß sie vielleicht lieber gar nicht gefunden werden will.«

»Natürlich, und falls das der Fall ist, hat sie als Erwachsene ein gutes Recht darauf.«

Yip dachte kurz nach. »Das macht die Dinge etwas klarer«, sagte er. »Sprechen wir zufällig von einer jungen, etwa ein Meter fünfundsechzig großen, schlanken, zweifellos recht attraktiven Lady mit dunklem Haar, die vermutlich jüdischer Abstammung ist?«

Ohne daß Tibbs es wollte, schlug ihm das Herz plötzlich bis zum Hals. »Das tun wir«, sagte er. »Und da Sie mir bereits entgegenkommen, möchte ich Ihnen auch etwas verraten: Ihr richtiger Name ist nicht Collins.«

»Irgendwie hatte ich das bereits vermutet, obwohl sie sich mit einem Paß ausweisen konnte.«

»Das bedeutet natürlich«, sagte Tibbs, »daß sie sich Ihnen anvertraut hat.«

Ein Chinese in weißem Anzug kam herein und stellte vor jeden der beiden Männer ein großes Glas Eistee; dann zog er sich, ohne ein Wort zu sagen, wieder zurück.

»Ich werde nicht vorgeben, daß ich mich an Miss Collins nicht erinnerte«, begann Yip nach der Unterbrechung. »Ich erinnere mich sehr lebhaft an sie. Sie kam zu mir, um mich um Rat zu fragen. Ich versprach, ihr Vertrauen nicht zu mißbrauchen. Sie werden verstehen, in welch heikler Lage ich mich befinde.«

Virgil probierte den Eistee und fand ihn köstlich. »Natürlich verstehe ich das«, pflichtete er ihm bei. »Aber lassen Sie es mich folgendermaßen ausdrücken: Wenn überhaupt, dann versuche ich nur, ihr zu helfen – und ihrer Familie daheim die Ungewißheit zu nehmen. Ich habe nicht vor, sie mit Gewalt zurückzubringen, falls sie nicht zurückkehren will; und ich werde ihren Aufenthaltsort nicht verraten, wenn sie es vorzieht, ihn geheim zu halten. Ihre Eltern sind durch die Hölle der Ungewißheit gegangen, vor allem, da sie das einzige Kind und obendrein die zukünftige Erbin eines immensen Vermögens ist.«

»Und Sie haben das Gefühl, daß sie das gefährdet?«

»Und ob. Es sind schon einige Nachkommen sehr reicher Familien entführt worden, und mindestens einer von ihnen ist dabei verstümmelt worden.«

»Wenn ich mich recht erinnere, wurde ihm das Ohr abgeschnitten«, sagte Yip. »Ihr Argument ist überzeugend, Mr. Tibbs, und mir bleibt nichts anderes übrig, als Sie beim Wort zu nehmen. Also gut; Miss Collins hat hier im Fortuna gewohnt und mich in verschiedenen Angelegenheiten um Rat gefragt. Ich habe getan, was ich konnte, um ihr zu helfen: Ich habe sie zum Essen eingeladen und es nicht bereut. Sie war eine entzückende Begleiterin, und sie tanzt wunderbar. Verstehen Sie, es war nichts weiter – nach meiner Einschätzung brauchte sie damals nur etwas persönlichen Kontakt.«

»Hat sie Ihnen irgend etwas über sich selbst erzählt?«

»Ja, das hat sie. Aber offensichtlich kennen Sie bereits ihre wahre Identität.«

»Hat sie irgendwelche anderen persönlichen Dinge erwähnt?«

»Ein oder zwei. Ich empfahl ihr einen sehr qualifizierten Arzt, für den Fall, daß sie einen konsultieren wolle, aber das lehnte sie entschieden ab.«

Virgil spitzte einen Moment lang die Lippen und dachte nach; dies war neu und vor allem unerwartet. Außerdem machte es eine seiner Theorien völlig zunichte. »Ich nehme an, daß wir über das gleiche reden«, sagte er.

»Der Arzt, an den ich dachte, ist Gynäkologe. Dr. Wu Fat.«

Tibbs beschloß den nächsten Vorstoß zu wagen. »Mr. Yip, ohne Sie moralisch unter Druck setzen zu wollen, möchte ich Sie gerne fragen, ob sie Ihnen gesagt hat, wohin sie gehen wollte.«

David Yips Mund glich einer schmalen Linie, er kippte seinen Stuhl etwas nach hinten und dachte nach. »Die direkte Antwort auf Ihre Frage, Mr. Tibbs, lautet – ja, das hat sie«, sagte er sehr vorsichtig. »Doch ich weiß nicht, ob ich Ihnen sagen soll, was sie vorhatte.«

»Wollte sie vielleicht nach Indien?« gab Tibbs prompt zurück.

Yip schien sichtlich erleichtert. »Da Sie das bereits ahnen – ja, das war tatsächlich ihre Absicht. Ich hoffe nur, daß ich ihr das erfolgreich ausreden konnte.«

Dies war eine weitere Überraschung für Tibbs. »Darüber würde ich gerne mehr von Ihnen hören.«

Yip nahm sich Zeit und trank seinen Tee. »Zu der Zeit, als die junge Dame hier war«, sagte er, »herrschte in weiten Teilen Indiens eine starke antiamerikanische Stimmung. Ich weiß nicht, ob Sie in den Staaten viel davon mitbekommen haben, aber hier spielte es eine Rolle. Ich bin sicher, daß Sie die Gründe dafür kennen, daher werde ich nicht weiter ins Detail gehen. Es reicht, wenn ich Ihnen sage, daß ich sie vor den ernsthaften Problemen gewarnt habe, die eine allein reisende, junge, attraktive Amerikanerin in Indien bekommen könnte. Und dort hat man phantastische Mittel, bestimmte Dinge herauszufinden; man hätte sofort gewußt, daß sie aus einer reichen Familie stammte.«

Auch Virgil wählte seine Worte mit Bedacht. »Ich bin sicher, daß ich an Ihrer Stelle das gleiche getan hätte – wenn ich die gleichen Kenntnisse gehabt hätte, versteht sich. Aber falls Sie

sie wirklich von ihrem Plan, nach Indien zu gehen, abbringen wollten, dann mußten Sie ihr einen Alternativvorschlag machen; nur so konnten Sie Erfolg haben. Selbst wenn Sie ihr kein anderes Ziel vorgeschlagen hätten, hätte sie Sie danach gefragt.«

Der Hotelmanager gewann etwas Zeit, indem er wieder einen Schluck Tee trank. Er schätzte den Mann auf der anderen Seite seines Schreibtischs richtig ein und wußte, daß es unsinnig war, Ausflüchte zu suchen. Zweifellos war der amerikanische Detective höflich und benahm sich wie ein Gentleman, aber er wußte auch ganz genau, was er wollte. Und offensichtlich war er auch äußerst fähig. Er würde es so oder so herausfinden.

Unterm Strich blieb David Yip keine andere Wahl, und das wußte er. Also sparte er sich Ausflüchte, machte es kurz und kam auf den Punkt.

»Nepal«, sagte er.

Virgil Tibbs hatte in seinem ganzen Leben und trotz all seiner Erfahrung noch nichts gesehen, was auch nur annähernd der Stadt Katmandu glich. Er hatte davon vorwiegend als einer abgelegenen Zwischenstation für Expeditionen zu den gigantischen Gipfeln des Himalaja gehört. Sehr nah am Dach der Welt gelegen, war sie die letzte Bastion der Zivilisation vor den beeindruckendsten Bergen der Welt, Angst einflößenden Giganten, die in unglaubliche Höhen aufragten, bis in die Ewigkeit von fürchterlichen Gefahren umwittert und von ewigem Schnee bedeckt.

Daher war er überrascht, als er aus luftiger Höhe zum ersten Mal auf seinen Bestimmungsort hinabschaute und ein etwa fünf Meilen breites, sattgrünes Tal erblickte. Mit kreisenden Bewegungen näherte sich das Flugzeug diesem Talkessel, fuhr das Fahrwerk aus und peilte eine Landebahn an, die für diesen Zweck nur knapp ausreichte. Als Virgil wieder festen Boden betrat, mußte er staunen, wie unerwartet lau die Märzluft war. Er schaute sich um und spürte förmlich am ganzen Körper, daß dies wirklich einer der entlegensten Orte der Welt war.

Die Menschen, die er erblickte, sahen fremd und anders aus; ihre Augen wirkten wie enge Schlitze, die man waagerecht in ihre dunklen Gesichter eingraviert hatte. Obwohl er so gut wie nichts über diese Bergbevölkerung wußte, bemerkte er, daß es verschiedene Stämme mit unterschiedlicher Kleidung und verschiedenen Gesichtszügen gab. Er fragte sich immer wieder, ob er für sie genauso fremd und merkwürdig aussah, ein Mann mit einer noch viel dunkleren Haut als der ihren. Er war nicht in der Lage, sie zuzuordnen, als er die Ankunftshalle betrat – eine kleine Anlage, die mit Sunwars, Mangars, Rais, Gurkhas, Tamangs, Gurungs und Frauen in merkwürdigen Kleidern, bunten Schürzen und mit langen schwarzen, geflochtenen Zöpfen bevölkert war. Er war von einem Gewirr aus verschiedenen Sprachen umgeben und fühlte sich völlig fehl am Platze; etwas von der Angst, die er in seiner frühen Kindheit im tiefen Süden verspürt hatte, stieg wieder in ihm hoch, und wie damals hatte er das Gefühl, allein aufgrund seiner Herkunft weit weg laufen zu müssen und sich zu verstecken.

»Mr. Tibbs?«

Der Mann, der an ihn herantrat, war hager und schmal; seine Hosen wirkten für einen Erwachsenen zu klein und unterstrichen seine dünnen Beine. Über der Hose trug er ein loses, weißes Hemd und darüber eine Jacke, die ihm nur notdürftig paßte. Sein Gesicht war von der Sonne gebräunt und seine schmalen Augen wirkten, als seien sie ständig zusammengekniffen, aber trotz seiner wenig einnehmenden Erscheinung wirkte er freundlich und offensichtlich ängstlich bedacht, liebenswürdig zu erscheinen.

»Ja, ich bin Tibbs«, sagte Virgil.

»Ich fühle mich geehrt, Ihre Bekanntschaft zu machen. Ich bin Ihr Führer. Ich werde Ihr Gepäck holen und ins Auto laden.«

Das klang zu unterwürfig, und Virgil fragte sich deshalb, was er tun sollte. Der Mann, der ihn begrüßt hatte, war nur halb so groß wie er, und es würde lächerlich wirken, ihn einen schweren Koffer quer durch die Ankunftshalle schleppen zu lassen, während ein kerngesunder und kräftiger Mann dabeistand und zuschaute.

Das Problem löste sich, als ein mit Turban bekleideter Träger auftauchte und stumm die Hand nach dem Gepäckschein ausstreckte. Dieser Mann mußte hier seinen Lebensunterhalt damit verdienen, und Tibbs reichte ihm seinen Schein. Dann begann der kleine Führer, sich einen Weg durch die Menge zu wühlen, und Virgil folgte ihm mit dem Gefühl, noch nie in seinem Leben so auffällig gewirkt zu haben. Draußen vor der Tür stand ein kleines japanisches Auto, dem man deutlich ansah, daß es bereits viel und lange gebraucht worden war. Der Führer hieß Tibbs einzusteigen, als handele es sich um einen Mercedes 600, und ließ ihn dann dort sitzen, während er in der Ankunftshalle noch einige Einreiseformalitäten erledigte.

Kinder steckten ihre Köpfe in das Auto, um den merkwürdigen Amerikaner zu bestaunen. Die Sprachen, in denen sie über ihn plapperten, waren absolut unverständlich, und ab und zu zeigten sie auch auf ihn oder kicherten. Er wußte, daß er auffällig wirkte, und konnte den Kindern ihre natürliche Neugier nicht vorwerfen. Er blieb ruhig und unterdrückte die alten Gefühle, die in jeder brenzligen Situation wie dunkle Wolken in ihm aufstiegen, und jedesmal meinte er, Hohngelächter zu vernehmen. Er lächelte die Kinder tapfer an, die sein Lächeln enthusiastisch erwiderten.

Die dunklen Wolken verzogen sich auf der Stelle.

Der Führer kam wieder, gab ihm seinen Reisepaß zurück und wies den Fahrer an, loszufahren. Es war nur eine kurze Fahrt über eine unbefestigte Straße, bis sie die kleine Stadt erreichten. Die Holzhäuser, die direkt an die engen Straßen grenzten, hatten wunderschön geschnitzte Türrahmen und Balkone und zeugten von einer völlig anderen Kultur und Lebensart. Eine Reihe kleiner Geschäfte tauchte vor ihnen auf, und vor einem stand ein Schild mit der englischen Aufschrift *Hashish House*, genau wie Mr. Tanaka es beschrieben hatte. Ganz offensichtlich war Nepal zum Mekka für Aussteiger aus vielen Teilen Europas und Amerikas geworden. Eine von ihnen konnte Doris Friedkin sein.

Das Soaltee Hotel war offensichtlich der Stolz der Stadt. Es war nicht besonders groß, aber man hatte gewaltige Anstrengungen unternommen, es den internationalen Reisestandards anzupassen. Während Virgil darauf wartete, sich in die Hotelliste einzutragen, betrachtete er die kunstvoll gearbeiteten Holzschnitzereien, die die Lobby zierten, und bemerkte außerdem den Hinweis auf ein Spielkasino im Untergeschoß. Ein paar Japaner, die mit ihm im Flugzeug gesessen hatten, begrüßten eine Handvoll Landsleute, auf die sie in der Lobby gewartet hatten.

Tibbs nahm den Fahrstuhl, was bereits ein Abenteuer in sich war, bis zu seinem Zimmer. Dort zog er sich für die fremde und exotische Stadt um. Er hängte den unauffälligen Geschäftsanzug, in dem er die ganze Strecke von Hongkong aus geflogen war, in den Schrank und tauschte ihn gegen eine bequeme Hose und einen Strickpullover. Er ließ sein Portemonnaie in die eine Tasche und seine Dienstmarke in die andere Tasche gleiten und ging dann wieder hinunter in die Lobby.

Katmandu! Im stillen sagte er sich den Namen immer wieder vor, um seinem Gehirn klarzumachen, wo er sich befand. Er dachte an die mit Orchideen geschmückten Mädchen der Thai International Airways, die sich auf dem Flug um ihn gekümmert hatten, an die riesigen Wasserflächen und die dazwischen liegenden Landstriche, die er vom Flugzeug aus hatte sehen können, an den Zwischenstop in Bangkok, wo er kurze Zeit in der Ankunftshalle gewartet hatte, bis der Flug mit einer neuen Crew fortgesetzt wurde, und an all die anderen neuen Erfahrungen. Doch sein Verstand, scharf wie er war, hatte noch immer Schwierigkeiten, sich an die Geschwindigkeit moderner Flüge zu gewöhnen. Die Welt war eben endlich.

Der Mann, der ihn vom Flughafen abgeholt hatte, wartete geduldig auf ihn, obwohl er gar nicht offiziell engagiert worden war. »Möchten Sie jetzt etwas von der Stadt sehen?« fragte er in einem etwas schwerfälligen Englisch.

»Warum nicht?« antwortete Virgil. Er wollte einfach nur für einen Amerikaner gehalten werden, dem es gelungen war, genug Zeit und Geld zusammenzubekommen, um ans Ende der Welt zu reisen. Falls sich die junge Frau, nach der er suchte, hier aufhalten sollte, wollte er sie auf keinen Fall vertreiben. Katmandu war klein und in vieler Hinsicht offensichtlich recht rückständig, aber er zweifelte keinen Moment daran, daß sich jedes Gerücht wie ein Lauffeuer in der ganzen Stadt ausbreitete.

Er wollte auf jeden Fall zum Polizeihauptquartier gehen und seine Kollegen aus Gründen der Höflichkeit darüber informieren, daß er sich in ihrem Zuständigkeitsgebiet befand. Es war nicht gesagt, daß dort jemand Englisch konnte, aber er war noch nicht bereit, seinen neuen Führer ins Vertrauen ziehen. Natürlich trug er hier keine Waffe, und er würde auch mit Sicherheit keine Festnahme machen – dazu besaß er kein Recht –, aber er fühlte sich verpflichtet, seine Anwesenheit bekanntzugeben. Er beschloß, auf eine geeignete Möglichkeit zu warten.

Wieder stieg er in das gleiche kleine Auto und machte es sich so bequem wie möglich. »Erzählen Sie mir etwas über die Stadt«, bat er den Führer.

Das war genau das, worauf dieser gewartet zu haben schien. Er begann sofort mit einem vorbereiteten Vortrag, den er mit einer gewissen Überzeugungskraft hielt. »Dies ist ein rein hinduistisches Königreich«, rezitierte er. »Der letzte Hindumonarch hat den Thron inne. Daher sind die Gesetze, zum Beispiel was

Kühe angeht, sehr streng. Kühe sind alle heilig, nicht nur die einer bestimmten Farbe. Wenn Sie eine Kuh töten würden, und sei es nur aus Versehen, dann würden Sie als Ausländer dazu verurteilt, zweitausend Dollar zu zahlen und innerhalb eines Tages das Land zu verlassen – und dürften nie wiederkommen. Tötet ein Nepalese eine Kuh, muß er dafür zwanzig Jahre ins Zuchthaus.«

»Zwanzig Jahre für das Töten einer Kuh?«

»Ja, Sir.«

»Wieviel Jahre stehen auf Mord?«

»Mord, Sir, an einem Menschen? Auch zwanzig Jahre – das ist das gleiche. Der Buddhismus ist hier zugelassen, aber es ist gegen das Gesetz, die Religion zu wechseln und zum Beispiel zum Christentum überzutreten. Dafür kann man auch ins Gefängnis kommen. Der Hinduismus wird hier mit viel Hingabe geschützt.«

Nachdem dieses Thema abgehakt war, begann der Führer, die wichtigsten Sehenswürdigkeiten der Stadt zu zeigen. Als das eigentliche Zentrum stellte sich ein kleiner Platz heraus, der durch von Tieren gezogene Karren, Straßenverkäufer und geschäftige Fußgänger hoffnungslos verstopft war. Zentimeter um Zentimeter schob sich das Auto durch das Gewühl, bis es schließlich die gegenüberliegende Seite erreichte.

»Sind wir hier weit vom Polizeihauptquartier entfernt?« fragte Virgil.

Der Führer erschrak. »Nein, Sir, wir sind ganz in der Nähe. Wollen Sie sich beschweren, Sir? Falls ja, erlauben Sie mir bitte erst …«

»Nein, nichts dergleichen, aber ich würde mir gerne anschauen, wie die Polizei in Nepal aussieht.« Das war die Wahrheit. »Ich würde gerne dort hinfahren.«

Der Führer schaute ihn an, als sei er verrückt, aber er gab dem Fahrer in einer fremden Sprache eine Anweisung. Er versuchte offenbar zu verstehen, was in seinem Kunden vorging, der augenscheinlich auch auf dem Fluß Styx eine Besichtigungstour machen würde.

In weniger als fünf Minuten hielt das Auto vor einem modern aussehenden Gebäude, das imposanter war, als Tibbs es erwartet hatte. Beim Aussteigen war ihm klar, daß er sich wahrscheinlich verraten würde, aber er sah keine Möglichkeit, das zu verhindern.

Die Inneneinrichtung ließ bereits auf ein Polizeirevier schließen, noch bevor er das Gebäude wirklich betreten hatte. Er ging zum Informationsschalter und fragte: »Spricht hier jemand Englisch?«

Der Mann, den er angesprochen hatte, tat es offensichtlich nicht, verstand aber den Inhalt der Frage. Er telefonierte in einer Sprache, die Virgil vollständig rätselhaft erschien. Dann bat er ihn mit einer Handbewegung zu warten.

Binnen ein oder zwei Minuten erschien ein junger Polizist und machte Tibbs ein Zeichen, ihm zu folgen. Er führte den Besucher in ein Büro, in dem ein Mann hinter seinem Schreibtisch aufstand und ihm entgegenkam. »Guten Nachmittag, Mr. Tibbs«, sagte er und wies auf einen Stuhl. »Mein Name ist Lama. Wie stehen die Dinge in Pasadena?«

In diesem Augenblick war Virgil heilfroh, daß er sich sofort hier vorgestellt hatte; sie hatten ihn viel schneller als erwartet entdeckt. »Ihre Landschaft«, antwortete er, »ist viel grüner und sehr viel schöner.« Er schüttelte seinem Gegenüber die Hand und setzte sich auf den ihm angebotenen Stuhl. »Sie sind offenbar im Bilde darüber, was hier vor sich geht.«

Lama setzte sich wieder hinter seinen Schreibtisch. »Wie Sie wissen, ist das unser Job. Die Hongkonger Behörde war so freundlich, uns darüber zu unterrichten, daß Sie uns die Ehre eines Besuches geben würden. Ich hoffe, daß Ihnen unsere bescheidenen Möglichkeiten hier nicht zu primitiv erscheinen.«

»Ich bin gerade erst in der Stadt angekommen, Mr. Lama«, sagte Virgil, »und alles, was ich bis jetzt gelernt habe, ist, daß man unter keinen Umständen eine Kuh töten darf.«

»Das wäre nicht ratsam, nein. Ich nehme an, daß ein Brief von Ihrem Chief hierher unterwegs ist – vielleicht kommt er ja schon morgen.«

»Sie müssen verzeihen, Sir«, entschuldigte sich Tibbs, »Chief McGowan konnte nicht im voraus ahnen, daß ich hierher kommen würde; bis vor zwei Tagen wußte ich es selbst noch nicht. Möchten Sie ihn anrufen?«

Lama schüttelte den Kopf. »Das ist nicht nötig. Ich versuche, mich in Ihrer sehr komplizierten Sprache weiterzubilden und lese Bücher über Polizisten – sicher verstehen Sie mein Interesse. Daher ist mir Ihr Name bereits bekannt.«

Virgil beschloß, ihm reinen Wein einzuschenken. »Mr. Lama, ich bin nicht offiziell hier; wäre das der Fall, wären Sie selbstverständlich vorher darüber informiert worden, und man hätte Sie um Erlaubnis gebeten. Ich bin zwar wegen eines Falles hier, aber dabei wurde kein Gesetz gebrochen – weder Ihres noch unseres.«

»Interessant«, sagte Lama. »Würden Sie mir etwas mehr darüber erzählen?«

Ruhig, präzise und mit absoluter Klarheit legte Virgil die Art seiner Mission dar und beschrieb in knappen Worten alles, was er wußte. Der nepalesische Polizeibeamte hörte Tibbs zu, ohne ihn zu unterbrechen, machte dann allerdings eine Bemerkung.

»In einem Punkt muß ich Sie korrigieren – es verstößt gegen die Gesetze von Nepal, mit falschem Paß einzureisen. Oder sollten wir das besser übersehen?«

»Falls das möglich ist; es könnte meine Arbeit sehr erleichtern.«

Lama deutete mit einer Handbewegung an, daß die Sache erledigt sei. Dann lehnte er sich vor, nahm einen Brief von seinem Schreibtisch und reichte ihn kommentarlos hinüber. An dem Brief hing das Schulabschlußfoto eines properen, gutaussehenden jungen Mannes. Tibbs betrachtete das Foto, dann las er den Brief. Es war ein Bittbrief der Eltern des jungen Mannes: Er war vor einiger Zeit verschwunden, und seitdem hatte man nichts mehr von ihm gehört. Jemand hatte ihnen gesagt, daß er sich in Nepal aufhalten könne; gab es für die Polizei von Katmandu irgendeine Möglichkeit, ihnen zu helfen?

»Sie verstehen unser Problem«, sagte Lama. »Wir haben einen großen Zustrom von jungen Leuten, und einige von ihnen bleiben mehr als zwei Jahre hier. Wir bekommen viele, viele solcher Briefe und würden gerne helfen, aber ...« Er zeigte auf das Foto. »Keiner von ihnen, nicht einer, sieht mehr so aus. In der Leichenhalle habe ich einen Unbekannten mit sehr langen Haaren und Vollbart. An seiner verwahrlosten Kleidung gibt es keine Erkennungsmerkmale mehr. Todesursache: Überdosis. Wir haben Nachforschungen angestellt. Seine Freunde sagten, daß er Joe hieß, das ist alles. Sie wußten nicht, wo er herkam; ihn danach zu fragen, hätte seine Freiheit verletzt – oder so ähnlich haben sie es ausgedrückt. Jetzt ist er vom Leben befreit, und wir haben keine Ahnung, wer er war. Sein Paß wurde nicht gefunden.«

»Ein Vorname ist nicht gerade viel«, sagte Tibbs.

»Es ist weniger als das, Mr. Tibbs; wahrscheinlich war es nicht mal sein richtiger Name. Häufig nehmen sie neue Namen an, um tun oder lassen zu können, was sie wollen.«

Es hatte keinen Zweck, es weiter in dieser Richtung zu versuchen, daher kam Virgil zu seinem ursprünglichen Anliegen zurück. »Sollten Sie in Ihren offiziellen Meldebögen Informationen über Miss Collins finden, wäre ich für Ihre Hilfe sehr dankbar«, erklärte er. »In der Zwischenzeit werde ich, falls Sie nichts dagegen haben, so gut ich kann, allein weitermachen.«

Lama hatte keine Einwände. »Wir werden unsere Protokolle

sorgfältig durchsehen. Ich werde Sie wissen lassen, wenn wir was finden. In der Zwischenzeit schlage ich Ihnen vor, sich in der Nähe des Affentempels umzusehen; dort draußen lebt eine Menge junger Leute, dort könnten Sie vielleicht beginnen.«

Virgil stand auf und streckte seine Hand aus. »Sie waren eine große Hilfe«, sagte er. »Ich bin froh, daß wir uns kennengelernt haben.«

»Ich auch, Mr. Tibbs; ich wünsche Ihnen den größtmöglichen Erfolg.«

Als Virgil zu dem wartenden Auto zurückkehrte, befand sich sein Führer in einem aufschlußreichen Gemütszustand. Er brannte offensichtlich vor Neugier, aber er wollte seinen Job nicht durch unwillkommene Fragen gefährden. Er stieg pflichteifrig ein und versuchte, sich seine Gedanken nicht anmerken zu lassen. »Sollen wir unsere Tour fortsetzen, Sir?«

»Ein Weilchen noch, ja«, nickte Tibbs.

Im Laufe der nächsten Stunde bestaunte Virgil merkwürdige Tempel, unglaubliche Holzschnitzereien und Steinmetzarbeiten, viele verschiedene Menschen mit Gewändern, die er nie zuvor gesehen hatte, und eine Architektur, die direkt aus einem Märchenland entsprungen zu sein schien. Alles zusammen war so ungewöhnlich, daß Tibbs es sich diese eine Stunde lang erlaubte, ein ganz normaler Tourist zu sein. Er hatte gewußt, daß derartige Dinge existierten; nun sah er sie zum ersten Mal mit eigenen Augen. Merkwürdige Gerüche widersetzten sich der Identifizierung, und gelegentlich waren fremdartige Klänge deutlich zu vernehmen, so als schlüge man in der Ferne Zimbeln aufeinander. Während das kleine Auto über das unebene Pflaster schaukelte, weckte diese völlig neue Erfahrung in dem Mann aus Pasadena eine ganze Palette neuer Gefühle, und er begriff endlich, daß er sich wirklich auf der anderen Seite der Erde befand.

Als der Fahrer schließlich wieder vor dem Hotel hielt, hatte Virgil so viele neue Eindrücke gewonnen, wie er an einem Tag gerade verdauen konnte. Er verabredete sich mit seinem Führer für den folgenden Morgen um neun Uhr, nahm die Visitenkarte des Mannes an und ging hinein. Der rumpelnde Fahrstuhl sorgte noch für etwas Spannung, bis er bei seinem Zimmer angelangt war. Dort legte er sich quer über das Bett, um sich einen Moment lang völlig zu entspannen.

Er hatte sich noch keine zehn Minuten ausgeruht, als das Telefon klingelte. Mr. Lama war am Apparat. »Ihre Spur ist ziemlich heiß«, berichtete er. »Unseren Aufzeichnungen zufolge erhielt Miss Alicia Collins vor ungefähr einem Jahr die Erlaubnis, nach Nepal einzureisen. Es steht nirgends, daß sie das Land wieder verlassen hat, wahrscheinlich ist sie also noch hier. Wir haben allerdings keine Adresse, und sie hat sich auch nicht alle zwei Wochen gemeldet, obwohl das Vorschrift ist. Sie könnte irgendwo im Land sein, oder sie könnte es wieder verlassen haben, ohne die richtigen Formalitäten durchlaufen zu haben; das ist schon häufig vorgekommen. Wir werden weiter nach ihr Ausschau halten.«

Virgil bedankte sich für die Auskünfte und stand dann widerstrebend auf; es war fast Zeit, hinunter zu gehen und etwas zu essen. Er wusch sich, kämmte seine Haare und zog seinen Mantel an; es kam ihm immer noch merkwürdig vor, daß die Waffe fehlte, die er sonst immer bei sich trug. Während er in dem unberechenbaren Fahrstuhl nach unten fuhr, stellte er sich vor, daß er den Speisesaal betreten und sich dort umschauen würde, und da säße Doris Friedkin. Möglich war es; sie war Luxus gewöhnt, und man hatte ihm gesagt, das Soaltee besäße das beste Restaurant von Nepal.

Als er in der Tür stand, begrüßte ihn ein Oberkellner auf Englisch und geleitete ihn zu den Klängen einer Vier-Mann-Kapelle, die Tischmusik spielte, in den Raum. Solche Vornehmheit hatte er in Nepal nicht erwartet; während er seine Serviette auseinanderfaltete, erinnerte er sich an das, was er in der Stadt gesehen hatte, und machte sich klar, welche Anstrengung es gekostet haben mußte, mitten in Katmandu einen derartigen Standard zu erreichen.

Im ganzen Speisesaal gab es keine junge Frau, die auch nur entfernt mit Doris Friedkin Ähnlichkeit gehabt hätte. Das wäre auch viel zuviel erwartet gewesen; Tibbs gab sich mit der Hoffnung zufrieden, daß das Essen dem Standard des Raums entsprechen möge. Auch das bedeutete an diesem entlegenen Ort eine enorme Leistung.

Am nächsten Morgen hatte er vor, mit der zweiten Phase seines Plans zu beginnen. Als erstes rief er Mr. Lama an und holte Erkundigungen über seinen Führer ein. Da die Behörden jeden kannten, der regelmäßig mit ausländischen Besuchern und Touristen in Berührung kam, war ihnen der Mann bestens bekannt. Inoffiziell erzählte Lama ihm, daß der Mann als zuverlässig gelte, und da er seine Arbeit höher einschätze als alles andere, würde er sich wahrscheinlich eher die Kehle durchschneiden lassen, als freiwillig Tibbs' Auftrag zu gefährden.

Das war also geklärt, und es machte die Dinge etwas einfacher. Als sich der Führer voll Tatendrang und bereitwillig bei ihm meldete, schlug Virgil vor, zunächst gemeinsam eine Tasse Kaffee zu trinken. Der Nepalese machte sich vermutlich nicht viel aus Kaffee, aber er nahm die Einladung sofort an, da er ahnte, daß Tibbs eine Absicht damit verband.

Während des Kaffees setzte Virgil ihn soweit ins Bild, wie er es für notwendig hielt. Er verriet, daß er nach einer jungen Frau suche, weil deren Familie in großer Sorge sei. Er würde sie nicht festnehmen, aber die Behörden vor Ort wüßten gerne, was er vorhätte. Als er Mr. Lama erwähnte, reagierte der Führer prompt; ohne gefragt zu werden, sagte er ihm vollständige Diskretion und größtmögliche Kooperation zu. Nun verstand er, warum sein Kunde zum Polizeirevier gefahren war, die Erleichterung darüber sah man im deutlich an.

Er wurde sofort zum Mitverschwörer. »Ich glaube, Sie sollten mir erlauben, Sie heute morgen zum Affentempel zu führen«, schlug er vor. »Dort hinzugehen, ist völlig normal – jeder besucht ihn. Außerdem leben viele Hippies dort in der Nähe. Sie können sicher sein, dort welche zu treffen. Dann, nach dem Mittagessen, sollten wir zum tibetanischen Selbsthilfezentrum gehen; auch dort halten sich immer viele junge Leute auf; sie kommen, um etwas über die tibetanische Religion und Philosophie zu lernen. Die Regierung erlaubt das, weil es buddhistisch ist und daher nicht im Widerspruch zum Hindu-Glauben steht.«

»Klingt gut«, murmelte Tibbs.

Sie fuhren in demselben kleinen Auto eine kurze Strecke übers Land und dann einen ziemlich langen Hügel hinauf. In der Nähe des Gipfels parkte der Fahrer in einer Zone, die das Ende der Straße markierte; dort erklärte der Führer, daß man den Rest der Strecke zu Fuß zurücklegen müsse. Es gebe einen guten Pfad, betonte er und versprach, daß es nicht anstrengend würde.

Virgil lächelte innerlich und fragte sich, ob der Führer dachte, weil er Amerikaner sei, müsse er irgendwie unsportlich sein. Dann wurde ihm klar, daß dies eine normale Redewendung des Führers war, der sich den älteren Paaren anpaßte, die eine Abneigung gegen jegliche Form körperlicher Anstrengung hatten. Dabei lief er gern; er freute sich über etwas Bewegung und die traumhafte Sicht auf das grüne Tal, die, je höher sie stiegen, immer besser wurde.

Als er oben ankam und den Tempel erblickte, holte er tief Luft und starrte ungläubig auf das, was er vor sich sah. Dort lag ein riesiges, gepflastertes und umzäuntes Gelände, in dessen Mitte eine gewaltige, schneeweiße Stupa stand – eine riesige Halbkugel, die sich bei näherem Hinsehen als massiver Bau entpuppte. Zuoberst war ein quadratischer Turm von so unglaublicher Architektur, daß er mit nichts auf der Welt zu vergleichen war.

Aber das war noch nicht alles. Auf den zwei sichtbaren Wänden des Turmes waren Augenpaare gemalt, die ihn zu fixieren schienen, als sollten sie sein Innerstes durchbohren. Sie waren so faszinierend – überwältigend und hypnotisierend zugleich – daß man kaum den Blick von ihnen wenden konnte. Während er sie anstarrte und sie seinen Blick erwiderten, wurde die Luft vom Widerhall lauter Klänge erfüllt. In dem Tempel hinter der Stupa war eine religiöse Zeremonie in Gange; in kurzen Abständen erklang aus vier Meter fünfzig langen tibetanischen Trompeten ein neuer dröhnender Ton, der durch die offenen Fenster nach draußen getragen wurde. Der unheimliche Klang verstärkte die Wirkung der hypnotischen gemalten Augen.

Der Führer spulte seine Standarderklärung herunter. »Das sind die Augen von Buddha«, sagte er. »Sie schauen in alle vier Richtungen, und sie sehen alles. Sie sind die berühmteste Sehenswürdigkeit Katmandus; sie werden Sie häufig auf Fotos finden. Es ist der Beweis dafür, daß jeder in diesem Land immer unter dem Schutz des Gesegneten steht. Das wissen auch die bösen Geister und Dämonen, darum strahlen diese Augen so eine gewaltige Kraft aus. Die Augen machen ihnen angst und vertreiben sie.«

»Daran zweifele ich nicht«, sagte Virgil.

»Wenn Sie wollen, können wir jetzt den Tempel betreten, der sich hinter der Stupa befindet, und der Zeremonie beiwohnen. Solange Sie die Mönche und die Lamas nicht durch Blitzaufnahmen stören, ist das erlaubt.«

Ein weiteres Dröhnen der gewaltigen Trompeten erschütterte die Erde und unterstrich seine Worte. Ein Affe schwang sich auf eine Steinbalustrade, setzte sich, schwatzte vor sich hin und schaute sich um. Er wirkte, als sei er der Eigentümer; als sich

Tibbs dem kleinen Tier einen Schritt näherte, bleckte es die Zähne und zischte protestierend.

»Gibt es hier viele Affen?« fragte er.

»Ja, Sir, ziemlich viele. Sie leben hier. Die Buddhisten stören sie nicht. Gelegentlich beißen sie jemanden, aber nur, wenn man sie sehr reizt.«

Tibbs folgte der Einladung und betrat den Tempel. Eine kleine Weile schaute er sich leise um und lauschte dem scheinbar endlosen Gesang der Mönche. Nachdem er sich sattgesehen und -gehört hatte, ging er wieder zum Pfad zurück, und sein Führer folgte ihm gehorsam. Er war noch nicht weit gegangen, als er einem sehr bärtigen, jungen Mann begegnete, der Halsketten zum Verkauf anbot. Er war nur einer von vielen. Virgil sprach locker und ruhig mit den Leuten und schaute sich ihre Waren an. Besonders aufmerksam betrachtete er die ebenfalls auffällig aussehenden jungen Frauen, aber keine glich der lange vermißten Doris Friedkin. Dennoch konnte sie gut hier irgendwo sein, und dieser Gedanke hielt ihn in ständiger Alarmbereitschaft.

Er sprach zwanglos mit fünfzig oder mehr Leuten, die meisten von ihnen Amerikaner, aber er kaufte nichts und hörte auch nichts, was ihm vielleicht weitergeholfen hätte. Er gab zu verstehen, daß er mindestens eine Woche bleiben und daher noch nicht direkt etwas kaufen wolle. Am Blick einiger Leute, mit denen er sprach, konnte er deren Drogenkonsum ablesen, aber er zeigte keine sichtbare Reaktion. Er war sehr vorsichtig, denn selbst eine winzige Unaufmerksamkeit hätte seine Absicht verraten und mit einem Schlag seine Hoffnung zunichte machen können. Ein Umstand war günstig für ihn – nicht einer der unterschiedlichen Leute, mit denen er sprach, schien seiner Hautfarbe besondere Aufmerksamkeit zu schenken oder sich zu fragen, warum ein Mann seiner Abstammung in einer offensichtlich so bevorzugten Stellung war. Dafür war er zutiefst dankbar.

Zurück im Hotel aß er, in Gedanken versunken, zu Mittag. Trotz der Tatsache, daß er ein nicht limitiertes Spesenkonto besaß, wußte er, daß er nach Pasadena gehörte und dort wahrscheinlich gebraucht wurde. Er war abgestellt worden, einen ziemlich außergewöhnlichen Job zu erledigen, und nun lag es an ihm, das auch so schnell wie möglich zu tun. Doch die Hippie-Kolonie war ständig im Wandel; viele ihrer Mitglieder machten sich in Trecks zu den Vorläufern des mächtigen Himalaja auf, und das konnte man ihnen wohl auch kaum verübeln. Ein solches Gebiet polizeilich zu überwachen, war absolut unmöglich; das wußte er, auch wenn man es ihm nicht ausdrücklich gesagt hatte.

Nach dem Essen setzte er sein angebliches Besichtigungsprogramm fort. Ohne daß er darüber nachdenken wollte, mußte er sich eingestehen, daß er es sehr genoß. Nepal erschien ihm als eines der schönsten Länder der Erde; seine Landschaft war legendär, und das bißchen, das er bisher gesehen hatte, war ausreichend gewesen, um ihn völlig gefangenzunehmen. Er konnte gut verstehen, warum so viele in den mächtigen Bann des entlegenen Königreiches geraten waren, und daß einige beschlossen hatten, ihr restliches Leben dort zu verbringen.

Sein Führer, der sehr stolz über seine geheime Mitwisserschaft zu sein schien, versprach ihm, daß die nachmittägliche Exkursion sowohl sehr interessant als auch möglicherweise recht produktiv werden würde, was seinen Auftrag beträfe. »Wir werden zu der tibetanischen Flüchtlingskolonie fahren«, kündigte er vorsichtig an. »Es ist ein sehr interessanter Ort, wo sich auch ziemlich viele junge Leute aufhalten. Jeden Tag gibt es dort neben vielen alten auch neue Gesichter. Im Verkaufszentrum, das Sie sehen werden, arbeitet eine sehr patente Australierin. Vielleicht kann sie uns helfen.«

Virgil schmunzelte über die beinahe elegante Art, mit der der Führer sich selbst mit einbezogen hatte, und vergab ihm sofort.

Jede vertretbare Hilfe war willkommen; vor allem die eines Mannes, der sich auskannte und die Erfahrung eines professionellen Führers besaß.

Unterwegs hörte er sich den auswendig gelernten Vortrag über den Ort an, den sie besuchen würden. »Die Menschen, die Sie dort sehen werden, sind zum Großteil vor den Kommunisten geflohen, die jetzt ihr Land besetzt halten. Sie mußten große Risiken auf sich nehmen, um das Land zu verlassen, und viele sind bei dem Versuch umgekommen. Wenn sie es bis zu den Bergen geschafft hatten, mußten sie zu Fuß und häufig ohne Proviant oder geeignete Kleidung den Himalaja überqueren. Auf den sehr hoch gelegenen Pässen, manche sind über fünftausendvierhundert Meter hoch, ist die Luft sehr dünn und der Wind fürchterlich; viele Leute überleben in solchen Höhen nicht. Obwohl es sehr kalt ist, schaffen es einige. Sie sind sehr widerstandsfähig, genau wie die Sherpa-Träger, die vom gleichen Schlag sind. Jetzt arbeiten sie hier und knüpfen Teppiche, die einmalig auf der Welt sind. Es ist für sie die einzige Chance, etwas Geld zu verdienen.«

Nachdem das winzige Auto das Ende der Teerstraße erreicht hatte, holperte es auf einem unbefestigten, zertrampelten Weg weiter. Nach etwa anderthalb Meilen kam eine Reihe langer, hüttenähnlicher Gebäude in Sicht; der Fahrer hielt an und machte sich bereit, auf unbestimmte Zeit zu warten. Der Führer stieg aus und Virgil folgte ihm.

Wieder spulte er bestens eingeübte Sätze ab. »Sir, in dem kleinen Gebäude befindet sich der Verkaufsraum – dort können Sie die Teppiche kaufen. Die Leute arbeiten hier von Sonnenaufgang bis in die Nacht, um die Wolle aufzurauhen, sie zu spinnen und zu färben, sie zu weben und die Teppiche fertigzumachen. Jeder einzelne Teppich ist ein Kunstwerk, und die Webstühle stehen so gut wie nie still.«

»Sie müssen sehr hart zu sich sein«, sagte Tibbs.

»Ja, Sir, das sind sie. Sie hoffen, ihr Land zurückzubekommen, und vielleicht schaffen sie es auch. Aber ich glaube nicht, daß das sehr bald sein wird. Jetzt zeige ich Ihnen, wo sie weben.«

Der lange Schuppen, in den er ihn führte, war fast vollständig mit Webstühlen ausgefüllt, die in Reihen eng beieinander standen, um den Raum voll auszunutzen. Vor jedem Webstuhl saßen dichtgedrängt mehrere Menschen – bis zu sechs vor einem Webstuhl – so daß man den Eindruck hatte, sie hätten kaum Platz, die Arme zu bewegen. Doch das taten sie. Es war ein Meer endloser Bewegung; von Hand geführte Weberschiffchen sausten vor und zurück, und Kämme drückten die frisch gewobenen Stränge nach unten, um das Gewebe später so fest wie möglich zu machen. Aber es war weniger das Optische als das Akustische, was Virgil gefangennahm; denn die Menschen sangen, alle gemeinsam, unisono. Die lange Hütte war von einer auf- und abbrandenden Melodie erfüllt, wie er sie nie zuvor gehört hatte, und die ihm zugleich fremd und mystisch erschien.

»Das sind Gebete«, erklärte ihm sein Führer, der seine Gedanken erraten hatte. »Sie beten für ein besseres Schicksal und dafür, daß sie in ihr Heimatland zurückkehren können.«

Tibbs verweilte noch ein paar Minuten dort, schaute und hörte zu; er bewunderte die enorme Zielstrebigkeit der Arbeiter, die unerschöpfliche Energiequellen zu besitzen schienen. Es waren Menschen, sie mußten irgendwann müde werden, an einigen Stellen war die Beleuchtung äußerst spärlich, aber solange er zuschaute, behielten sie ihr gleichmäßiges Tempo bei. Als er sich schließlich abwandte, wollte ihm das Bild, das er gesehen hatte, nicht aus dem Kopf gehen, und der Gesang hallte in seinen Ohren nach.

»Ich glaube, wir sollten jetzt zum Verkaufszentrum gehen«, schlug sein Führer in vertraulichem Tonfall vor. »Es ist nicht notwendig, daß Sie etwas kaufen, aber ich denke, es wäre eine gute Idee, um etwas vertraut zu werden. Viele der Hippies mischen sich hier unter die Tibeter, um von ihnen zu lernen. Manche haben sogar ihre Religion angenommen. Ich kann das verstehen, weil sie ein wundervolles Volk sind; sie werden sich nie unterwerfen lassen.«

Das Verkaufszentrum war ein einziger, mittelgroßer, schmuckloser Raum, nicht vergleichbar mit einem normalen Geschäft. Ein Stapel fertiger Teppiche war gegen die eine Wand gelehnt; außerdem gab es auch einige kleinere Gegenstände – aus Ziegenhaut gefertigte Yaks, Gebetsmühlen und tibetanische Hüte mit aufgeschlagenen Krempen.

Ein attraktives blondes Mädchen kam auf sie zu, um sie zu begrüßen, und Virgil wurde ihr vorgestellt. »Miss Langford«, sagte der Führer vorsichtig, »dies ist Mr. Tibbs, der zum ersten Mal hier ist.«

Das Mädchen schenkte ihm ein natürliches und herzliches Lächeln und streckte ihm die Hand entgegen. »Guten Tag, Mr. Tibbs«, begrüßte sie ihn mit einem unverkennbar australischen Akzent. »Schön, daß Sie hierher gekommen sind. Darf ich Ihnen einige unserer Teppiche zeigen?«

Das konnte man nicht ablehnen. Zwei junge Männer, die auf ihren Fersen hockend auf Arbeit gewartet hatten, standen sofort auf und postierten sich neben dem Stapel. Während Virgil fasziniert zuschaute, drehten sie einen Teppich nach dem anderen um. Jeder einzelne von ihnen zeigte eine Fülle verschieden kombinierter, leuchtender Farben und ungewöhnlicher Muster. Schneehunde in beinahe blendenden Farben standen wachsam bereit, Phönixe schwangen sich mit Lotusblüten im Schnabel in kobaltblaue Lüfte, fliegende Drachen verfolgten vor dem vielfarbigen Himmel die Perle der Weisheit. Einige Muster waren relativ ruhig; andere vereinten mehrere Tiere in erstaunlicher Fülle um einen in der Mitte fauchenden Tiger.

»Dies sind alles echte tibetanische Muster«, erklärte das

Mädchen. »Wie Sie selbst sehen, zeigen sie eine Menge Phantasie. Die Tibeter lieben leuchtende Farben, sie können sie unendlich kombinieren. Und die Teppiche sind von hervorragender Qualität.«

»Sie sind umwerfend«, stimmte Virgil zu. »Ich wünschte, ich könnte sie alle kaufen.«

»Das würde ich gerne für Sie arrangieren«, antwortete das Mädchen schnell, und in ihrem Blick lag ein gewisser Schalk. »Wir kümmern uns auch um den Transport.«

Tibbs erwiderte ihr Lächeln. »Ich werde zumindest einen für mein Zuhause kaufen, das verspreche ich Ihnen«, sagte er. »Dies ist nur mein erster Besuch; darf ich wiederkommen?«

»Natürlich! Auch die Tibeter werden sich freuen, Sie kennenzulernen; sie sind sehr freundlich, auch wenn sie manchmal etwas schüchtern wirken.«

»Aus welchem Teil Australiens kommen Sie, Miss Langford?« fragte er.

Sie schüttelte den Kopf, beschämt, daß ihr Akzent sie verraten hatte. »Sydney, dort, wo die berühmte Oper steht. Und nennen Sie mich bitte Caroline.«

»Gerne. Ich heiße Virgil.« Nachdem er ihre linke Hand betrachtet hatte, schwieg er einen Moment. »Aber Miss ist doch richtig, oder?«

Sie lächelte bezaubernd. »Schon. Zumindest vorerst noch. Reisen Sie mit einer Gruppe, Virgil?«

»Nein, ich bin ganz auf mich gestellt.«

»Und was führt Sie hierher?«

Diese unschuldige Frage barg eine gewisse Gefahr in sich, aber er hatte mit ihr gerechnet und die Antwort bereits parat. »Ich möchte gerne ein Buch über die jungen Leute hier in Nepal schreiben, aber natürlich genieße ich auch die Gelegenheit, ein Weilchen raus zu kommen – und der Hektik des Geschäftslebens zu entkommen. Klingt das zu amerikanisch für Sie?«

»O nein, wir haben hier eine Menge Amerikaner! Wo kommen Sie her?«

»Aus Kalifornien.«

Sie schwieg einen Moment. »Ich mache Ihnen einen Vorschlag; haben Sie heute abend schon was vor?«

»Nichts besonderes.«

»Dann gibt es etwas, worauf Sie vielleicht Lust hätten: Der nepalesische Kulturverein zeigt heute ein paar Tänze. Sie sind zwar hauptsächlich für die Touristen gedacht, aber sie sind trotzdem recht interessant. Ich habe sie schon gesehen, aber ein paar von uns hatten vor, noch einmal hinzugehen. Warum kommen Sie nicht einfach mit? Das ist etwas, was sie zu Hause wohl kaum sehen können.«

Tibbs traf eine schnelle Entscheidung. »Gerne«, sagte er.

Das Mädchen zeigte sich erfreut. »Ich bin sicher, daß es Ihnen gefallen wird«, erwiderte sie. »Danach veranstalten wir wahrscheinlich eine kleine Party; Sie können mitkommen und noch ein paar von den anderen kennenlernen.«

Er bedankte sich bei ihr und nickte seinem Führer zu, um ihm mitzuteilen, daß er fertig sei. Als er zu dem wartenden Auto zurückging, war er für die Einladung äußerst dankbar; tatsächlich brannte er darauf hinzugehen.

Etwa fünf Stunden später setzte ihn ein Wagen des Hotels vor einem kleinen Versammlungsraum ab, in dem die Tänze aufgeführt wurden. Die meisten Plätze waren schon von Touristen besetzt – hauptsächlich Paare fortgeschrittenen Alters. Aber es gab auch eine ganze Menge junger Leute.

Caroline war bereits da; als Tibbs den Saal betrat, begrüßte sie ihn und stellte ihn ungefähr fünfzehn oder zwanzig anderen Leuten vor, die auf seine Gegenwart ganz unterschiedlich reagierten. Einige der Männer begrüßten ihn mit Handschlag, andere nickten ihm freundlich zu. Ein paar Mädchen schauten absichtlich über ihn hinweg, doch das konnte er gut verstehen. Ein paar Mitglieder der Gruppe waren ungefähr in seinem Alter, so brauchte er sich nicht völlig deplaziert zu fühlen.

Er fand die Tänze interessant, aber sein Kopf war mit anderen Dingen beschäftigt. Ihm war ein dunkelhaariges Mädchen mit ebenso dunklen Augen aufgefallen, die nicht nur hübsch war, sondern die dem Alter und dem Aussehen nach Doris sein konnte. Ihre äußere Erscheinung paßte zu der Beschreibung des Mädchens, wegen dem er hergekommen war, aber bei der Begrüßung hatte sie kein Wort gesagt, daher hatte er ihre Stimme nicht gehört. Jemand hatte sie Eileen genannt, aber aufgrund seines Gespräches mit Lama wußte er, daß die Namen, die er aufschnappte, allesamt bedeutungslos sein konnten – vor allem, wenn nur der Vorname benutzt wurde.

Erst einmal konnte er sich der Faszination der Musik und der Kreisbewegungen zumeist maskierter Tänzer nicht länger entziehen. Hier kam das Wesen des Himalaja-Volkes besonders konzentriert zum Ausdruck. Sein Führer hatte ihm erzählt, daß bis zum Jahre 1950 lediglich vierundzwanzig Europäer ihren Fuß in das Katmandu-Tal gesetzt hatten. Dennoch hatte es in diesem unglaublichen Land bereits um 562 v. Chr. eine sehr fortschrittliche Zivilisation gegeben, denn damals verzichtete ein Prinz des Königreiches auf sein königliches Geburtsrecht, um nach Erleuchtung zu suchen und schließlich der Buddha zu werden. Und, so hatte er hinzugefügt, in den 6.476 Quadratmeilen, die das gesamte nepalesische Territorium ausmachten, befänden sich neun der gewaltigsten Berge der Welt, die majestätisch bis in die Wolken aufragten.

Nepal war berauschend, und er konnte sich dem nicht entziehen. Zugegebenermaßen war die sanitäre Versorgung katastrophal und das Pro-Kopf-Einkommen ungemein niedrig, doch nichts konnte die Erhabenheit des Landes selber mindern.

Als die Darbietung zu Ende war und Virgil sich erhob, stand Caroline neben ihm. »Sie kommen doch mit zur Party, oder?«

»Sind Sie sicher, daß das o. k. ist?«

Sie lachte. »Natürlich; komm mit. Rauchst du Gras?«

Virgil schüttelte den Kopf. »Ich rauche nicht«, sagte er ihr. »Ich habe andere Laster.«

Die Party stellte sich als ruhige Angelegenheit heraus, und niemand stellte ihm dort irgendwelche Fragen. Es waren hauptsächlich jüngere Leute, aber daneben gab es auch ein paar Ältere, die Nepal zu ihrer Heimat gemacht hatten; er war der einzige Gast, den man als Touristen bezeichnen konnte. Ein bärtiger junger Deutscher und seine Frau holten Gitarren hervor und sangen gemeinsam einfache, ruhige, ihm unbekannte, aber zeitlos wirkende Lieder. Sie sangen in vier Sprachen und so gut, daß sie wahrscheinlich fast überall als professionelle Künstler hätten durchgehen können. Der Raum füllte sich allmählich mit Haschischgeruch, aber Tibbs ließ sich nichts anmerken. Er beobachtete, hörte zu und versuchte gleichzeitig, wie ein unauffälliger Gast zu wirken.

Dann wurde er gefragt, ob er singen könne. »Nichts, was ihr gerne hören würdet«, antwortete er.

Man akzeptierte seine Ablehnung und versuchte nicht, ihn in irgend etwas hineinzudrängen oder ihn zu etwas zu zwingen, was er lieber nicht tun wollte. Es gelang ihm, ein paar Worte mit dem Mädchen zu wechseln, die den Namen Eileen trug; sie war in Begleitung eines Mannes, der wahrscheinlich, wenn auch vielleicht nicht dem Namen nach, ihr Ehemann war.

Als Virgil das Gefühl hatte, lange genug dort geblieben zu sein, stand er auf, lehnte eine weitere Tasse Tee ab und machte sich bereit zu gehen. Caroline, die ihn beobachtet hatte, kam zu ihm. »Wie kommst du nach Hause?« fragte sie.

»Das Hotelauto hat auf mich gewartet. Ich wollte es nicht, aber der Fahrer bestand darauf, daß er das nicht anders gewohnt sei und etwas schlafen würde. Er wartet die Straße ein Stückchen rauf.«

»Dann ist es gut.« Einen kurzen Moment lang herrschte ein unnatürliches Schweigen, und die Verlegenheit wurde größer, dann lächelte das Mädchen ihn an. »Wann kommst du wieder, um einen Teppich auszusuchen?« fragte sie und änderte damit sowohl das Thema als auch die Stimmung.

»Morgen vielleicht.«

»Tu das.«

Sie war so nah, daß er sie hätte berühren können, aber er tat es nicht. Er war sich völlig bewußt, daß er die Situation hätte ausnutzen können, aber aus Gründen, die nur er kannte, unterließ er es. Er hoffte, sie würde verstehen, daß das für ihn ein bißchen zu schnell ging.

»Warst du in Gedanken in Australien?« fragte sie.

Die unerwartete Frage irritierte ihn so, daß er einen Moment brauchte. »Ja«, antwortete er, »ich glaube, das tut jeder manchmal. Vor allem, wenn man Upfield gelesen hat.«

»Du solltest mal hinfliegen.«

»Vielleicht mache ich das«, sagte er.

»Und ich sehe dich morgen?«

»Ganz bestimmt.«

»Gute Nacht, Virgil.«

»Gute Nacht.« Er drehte sich um und ging, solange er noch im Besitz seiner selbst war. Der Nachthimmel hing voller Sterne, aber während er durch die Dunkelheit auf das Auto zuging, in dem der Fahrer immer noch geduldig wartete und sich über die paar extra Rupees freute, die er so leicht verdient hatte, nahm er diesmal kaum Notiz davon.

Nachdem Tibbs ihn sanft aufgeweckt hatte, öffnete er die Hintertür und stieg ein. Während er es sich für die kurze Fahrt zurück zu seinem Hotel bequem machte, lief sein Gehirn auf Hochtouren, und er schmiedete Pläne. Er hatte etwas herausgefunden, aber wenn er davon Gebrauch machen wollte, mußte er sehr vorsichtig sein.

Er bedauerte fast, daß ihm etwas aufgefallen war, denn die Magie des Landes hatte ihn bereits ergriffen. Als er versuchte, an Pasadena zu denken, schienen ihm die vertrauten Straßenzüge und Gebäude noch viel weiter weg zu sein als nur einmal halb um die Welt, entfernter als die abgewandte Seite der Erde.

Sechzehntes Kapitel

Während Virgil Tibbs im komfortablen Speisesaal des Soaltee Hotels das Frühstück einnahm, plante er seinen Tag bis ins Detail. In wenigen Minuten würde sein Führer zur Stelle sein und begierig darauf hoffen, ihm noch ein paar weitere faszinierende Sehenswürdigkeiten Nepals zeigen zu können, aber das mußte warten. Er wußte, daß Lama absolut vertrauenswürdig war, und sein Führer hatte geschworen, daß er alles, was er wußte, für sich behalten würde, aber in relativ kleinen Gemeinschaften sickerten Geheimnisse immer irgendwie durch. Falls bekannt würde, daß er Detective war, würde womöglich alles, worauf er im Moment hoffte, innerhalb von Minuten gegenstandslos. Dieses Risiko wollte er nicht eingehen.

Nachdem er das Frühstück beendet und dafür beim Kellner eine Unterschrift geleistet hatte, kehrte er in die Lobby zurück, wo sein Mann bereits auf ihn wartete. Sie begrüßten sich, und Tibbs ließ sich nach draußen führen, wo dasselbe kleine Auto mit demselben unermüdlichen Fahrer hinter dem Steuer bereitstand. Bevor er einstieg, zögerte er einen Augenblick und fragte: »Wann öffnet der tibetanische Kunstgewerbeladen?«

Sein Führer verstand den Sinn der Frage zwar nicht, aber die Wünsche des Gastes waren ihm stets Befehl. »Er sollte bereits offen haben, Sir«, antwortete er.

»Um welche Zeit gehen die meisten Touristen dorthin?«

»Sie kommen fast alle nachmittags, Sir.«

Tibbs ging hinter das Auto, wo sie außer Hörweite des Fahrers waren. Wahrscheinlich verstand der Mann kein Englisch, aber sicher sein konnte man nicht. »Ich möchte mit Miss Langford reden«, erklärte er. »Ich glaube, daß sie mir helfen kann. Aber ich möchte nicht, daß dabei noch viele andere Leute in der Nähe sind. Ich würde sie gerne alleine sehen, falls das möglich ist.«

Der Führer verstand ihn und wurde sofort vertraulich; offensichtlich gefiel ihm das Spiel, denn er reagierte fast enthusiastisch darauf. »Manchmal hat sie nachmittags frei; außerdem gibt es noch zwei andere Mädchen, die schon mal für sie einspringen. Das kann ich arrangieren.«

»Das wäre mir nicht so recht«, warnte Tibbs. »Es sollte eher zufällig wirken, nur für den Fall, daß irgend jemand einen Verdacht hat.«

»Ich verstehe, Sir! Am besten fahren wir um die Zeit dorthin, um die sie sich manchmal nachmittags frei nimmt. Oder vielleicht noch ein bißchen eher. Möglicherweise haben Sie Glück.« Sein Tonfall verriet, daß er daran sowieso nicht zweifelte.

Tibbs dachte einen Moment über diesen Vorschlag nach und nickte dann. »Gibt es etwas, womit wir die Zwischenzeit überbrücken könnten?« fragte er.

»Aber natürlich, Sir, es gibt noch so viel zu sehen! Bitte erlauben Sie mir, daß ich sie führe. Wir sollten die Holzschnitzer besuchen und einen Ort, wo sie die Bronzen machen, für die unser Land berühmt ist.«

Dieser Vorschlag paßte gut in seine Pläne; während Virgil ins Auto stieg, beschloß er, wenigstens für ein Weilchen seine Mission zu vergessen. Er hatte überlegt, ob er noch einmal beim Polizeirevier vorbeischauen sollte, aber es wäre unklug, dort gesehen zu werden, und falls Mr. Lama Neuigkeiten für ihn hatte, dann hätte er ihn angerufen. Er war entschlossen, die Gelegenheit, noch mehr von diesem beeindruckenden Land zu sehen, bis zum Nachmittag voll auszukosten.

Der Morgen war faszinierend. Trotz der Tatsache, daß Bronze recht schwer war und er sie etwa zwölftausend Meilen weit bis nach Hause würde tragen müssen, kaufte er zwei Stücke für seine Wohnung. Als er zu einem frühen Mittagessen zurück zum Hotel gefahren wurde, bereute er fast die Entwicklungen, die der Nachmittag wohl bringen würde.

Nach dem Essen ging er kurz unter die Dusche und bereitete sich auf das Gespräch mit der Australierin vor. Sie besaß eine Nüchternheit, die ihm gefiel, daher hatte er das Gefühl, kein Risiko einzugehen, wenn er sie in der geplanten Weise um ihre Hilfe bat.

Um halb zwei ging er wieder in die Lobby zurück, wo sein allgegenwärtiger Führer bereits wartete. Noch einmal kletterte er in das kompakte kleine Auto, das dem Touristenbüro gehörte. Dieses Mal hatte er außer seinen normalen persönlichen Dingen nichts dabei; er hatte buchstäblich leere Hände. Und er fühlte sich immer noch ein wenig merkwürdig ohne seine vertraute Waffe.

Beim zweiten Mal wirkte die tibetanische Gemeinschaft noch faszinierender. Als er auf das schlichte kleine Gebäude zuging, in dem sich der Verkaufsraum befand, drang der Gesang der Weber wieder an sein Ohr und wirkte exotischer und hypnotisierender als alles, was er sich je hätte vorstellen können.

Er traf Caroline Langford in dem Verkaufsraum, in dem sich traurigerweise keine Kunden befanden. Als Virgil eintrat, schenkte sie ihm ein wundervolles Willkommenslächeln und ging auf ihn zu. Dadurch fiel es ihm leichter, seine Bitte zu äußern. »Ich möchte dich um einen Gefallen bitten, wenn ich darf«, sagte er. »Hättest du wohl eine Stunde Zeit für mich, oder kommst du hier nicht los?«

Sie zögerte nur einen kurzen Moment. »Ich denke schon«, antwortete sie. »Entschuldige mich einen Augenblick.«

Sie verschwand nur für ein oder zwei Minuten, und als sie wiederkam, konnte Virgil die Antwort bereits an ihrem Gesicht ablesen, noch bevor sie auch nur eine Silbe gesagt hatte. »Eileen kann für mich einspringen. Du erinnerst dich doch noch an sie, oder?«

»Ja, natürlich. Bist du sicher, daß es ihr nichts ausmacht?«

Das Mädchen schüttelte den Kopf. »Nein, wirklich nicht. Wir arbeiten beide ehrenamtlich hier, daher macht es überhaupt keinen Unterschied. Nun, was hast du mit mir vor?«

Tibbs erwiderte ihr Lächeln auf eine Weise, die ihn unwiderstehlich erscheinen ließ. »Hier ist nicht der geeignete Ort dafür. Draußen wartet ein Auto auf mich. Der einzige andere Ort, den ich hier kenne, ist der Affentempel – was hältst du davon?«

Caroline nickte zustimmend. »Mir gefällt es dort oben – man hat einen großartigen Rundblick. Manchmal gehe ich rauf und sitze stundenlang dort oben.«

Der Führer half ihnen beim Einsteigen und schwieg, nachdem Tibbs ihm das Ziel genannt hatte. Auch auf den Rücksitzen blieb es ruhig. Caroline spürte, daß ihr Begleiter mit ihr unter vier Augen über etwas Wichtiges sprechen wollte; daher drängte sie ihn nicht zu überflüssigem Small Talk. In wenigen Minuten mühte sich das Auto den Hügel hinauf, auf dem die große Stupa und der Tempel standen.

Als Tibbs dieses Mal an den wartenden Verkäufern und Mädchen vorbeikam, brauchte er keine höflichen Ausflüchte. Caroline kannte sie alle und grüßte sie, während sie auf dem Pfad hochstiegen. Wieder breitete sich das fast unwirklich erscheinende Katmandu-Tal spektakulär unter ihnen aus und beschwor das Bild des Shangri-La herauf: Tibbs wußte, sollte dieser sagenhafte Ort irgendwo auf der Welt existieren, dann könnte er von hier, wo er sich gerade befand, nicht weit entfernt sein. Er würde irgendwo Richtung Norden, versteckt auf dem Dach der Welt, in Tibet liegen.

Als sie das Gipfelplateau und damit den Fuß der riesigen weißen Stupa erreichten, sah Virgil wieder auf und schaute einen langen Moment lang in die durchdringenden Augen des Buddha, deren Blick sich in sein Innerstes bohrte. Er wußte, daß er von nun an, egal wo er hinginge oder was er täte, diese Augen nie wieder würde vergessen können. Auf der gesamten Erde konnte es nichts Vergleichbares geben. Sie waren Ausdruck der Kraft und rätselhaften Lebendigkeit, die dieses fremde Land auszeichnete und die aus der Erde zu kommen schien.

Sie bestimmte und man gehorchte, und es schien, als sei dies vom Anbeginn der Schöpfung so gewesen. Wieder schlug der Zauber von Katmandu ihn in seinen Bann und ließ sich nicht abschütteln.

Er ging bis zur Balustrade voran, die zum Hinsetzen einlud. Während Caroline sich mit anmutigen Bewegungen zu ihm gesellte, stellte ihre weibliche Ausstrahlung seine Zurückhaltung auf eine harte Probe.

»Caroline«, begann er das Gespräch, »es gibt ein paar Dinge, die ich gerne loswerden würde, aber mir wäre es lieb, wenn sie, so weit das geht, unter uns bleiben könnten.«

»In Ordnung«, stimmte sie zu. Sie schaute ihn interessiert und abwartend an.

»Wie ich dir bereits gesagt habe, komme ich aus Kalifornien, genaugenommen aus Pasadena – einem wundervollen Ort.«

»Angeblich soll ganz Kalifornien wundervoll sein.«

»Ich wünschte, daß das wahr wäre. Ich möchte dir jetzt anvertrauen, daß es einen bestimmten Grund für meine Reise gibt; aber ich bin nicht gekommen, um hier Schaden anzurichten.«

»Warum sollte jemand so etwas glauben?«.

»Das wirst du gleich verstehen.« Er machte eine Pause und schaute wieder über das grandiose Tal, um diesen Anblick in sich aufzusaugen. Er war sich schmerzlich bewußt, daß er so etwas vielleicht nie wieder sehen würde.

»Vor etwas über einem Jahr«, fuhr er fort, »verließ eine junge Frau in meiner Stadt ihr Elternhaus. Sie tat es sehr abrupt und ohne ihrer Familie Erklärungen dafür zu geben, daher machten sich diese natürlich sehr große Sorgen. Wie auch immer, sie hatte gute Gründe dafür, und da ich diese kenne, kann ich verstehen, was in ihrem Kopf vorging – und warum sie sich so verhalten hat.«

Er schaute seine Begleiterin an, aber sie saß ruhig da und wartete darauf, mehr zu erfahren.

»Unglücklicherweise wurde aus ihrem plötzlichen Verschwinden einer der nervenaufreibendsten Fälle für die Polizei von Pasadena. Hunderte von Arbeitsstunden gingen dafür drauf, herauszufinden, was mit ihr passiert sein könnte. Sie ist erwachsen und hatte daher natürlich das absolute Recht zu gehen, wohin sie wollte, doch da sie ein sehr attraktives Mädchen war, machte man sich nach ihrem plötzlichen Verschwinden große Sorgen, daß sie eventuell vergewaltigt oder gar ermordet worden sein könnte. Da es von ihr keinerlei Lebenszeichen mehr gab, haben die Eltern mehr gelitten, als du es dir vorstellen kannst. Ihr Vater ist ein sehr wohlhabender Mann; er hat keine Möglichkeit unversucht gelassen, seine Tochter zu finden, allerdings ohne Erfolg.«

»Du sagtest, sie sei erwachsen«, unterbrach ihn Caroline. »Sollten ihre Eltern dann nicht bedenken, daß sie für ihr Verschwinden möglicherweise wohlüberlegte Gründe hatte, und sie daher in Ruhe lassen?«

»Nein«, antwortete Tibbs. »Vielleicht hätten Sie das bei einem Sohn gemacht, aber bei einer Tochter ist das etwas anderes. Ich bin sicher, daß du das verstehen kannst. Sie hätte sehr leicht einem Verbrechen zum Opfer gefallen sein können.«

Caroline schüttelte den Kopf, in ihren Haaren tanzte das Sonnenlicht. »Ich verstehe nicht, warum man so einen Unterschied zwischen den Geschlechtern macht. Ein Mädchen ist genauso in der Lage, auf sich selbst aufzupassen wie ein Mann. Sie ist genauso intelligent, genauso einfallsreich …«

Sie brach ab und fixierte Virgil mit ihrem Blick. Er hatte sie dazu veranlaßt, aber sie konnte den Ausdruck, den ihre Worte verursacht hatten, nicht so ganz deuten.

»Immerhin«, sagte Tibbs, »würde ein Sohn nicht dem gewaltigen Problem gegenüberstehen, das sie hatte. Sie war schwanger.«

»Oh.« Einen Moment lang konnte man nur noch den leisen Wind hören.

»Erlaube mir, daß ich dir noch ein bißchen mehr erzähle«, fuhr Virgil fort. »Du bist doch damit einverstanden, daß dies alles unter uns bleibt und niemand davon erfährt?«

»Ja, natürlich.«

»Gut, denn ich brauche deine Hilfe – darum vertraue ich dir dies alles an. Die junge Frau, von der ich spreche, kommt aus einer sehr einflußreichen Familie. Sie sind Juden, und ich habe Gründe anzunehmen, daß die junge Frau selbst kein großes Interesse an dem sehr konservativen Glauben ihrer Eltern hatte. So etwas kommt natürlich ständig vor – Leute entscheiden selbst, wie sie beten und an was sie glauben wollen, und meiner Meinung nach ist das auch gut so.«

»Klar«, stimmte sie ihm zu. »Sonst ist es nur noch blinder Gehorsam gegenüber einer Konvention, von der man eigentlich gar nichts hält.«

»Eben. Ich kann das gut verstehen, weil ich als kleiner Junge bestimmte Normen und Werte akzeptieren sollte, an die ich weder glauben konnte noch wollte. Als ich größer wurde, veränderten sich die Dinge allmählich, und nun lebe ich ein ganz anderes Leben – und eines, das ich lieber mag.«

Caroline streckte ihre zarte weiße Hand aus und legte sie auf seine dunkelbraune. »Glaub mir, das kann ich gut verstehen«, sagte sie. »Ich kann mir vorstellen, wie es in Amerika für dich gewesen sein muß, als du klein warst. Aber du bist voll darüber hinweggekommen. Ich finde das großartig.«

Damit brachte sie ihn ziemlich durcheinander, und er brauchte einen Moment, um sich wieder zu fangen. Selbst dann noch saß ihm etwas in der Kehle, als er fortfuhr. »Ich denke, daß du inzwischen weißt, weshalb ich hier bin. Ich glaube, daß die vermißte junge Dame, die übrigens Doris Friedkin heißt, sich hier in Nepal aufhalten könnte. In der Tat bin ich mir sogar recht sicher. Ich gehöre der Polizei von Pasadena an, aber, wie ich schon gesagt habe – ich bin nicht hergekommen, um ihr irgendwelche Schwierigkeiten zu machen. Ich möchte lediglich ein paar Worte mit ihr wechseln, um zu erfahren, ob es ihr gut geht und sie glücklich ist. Dann werde ich wieder nach Hause fahren.«

»Aber du könntest sie auch festnehmen – hier, meine ich?«

Tibbs schüttelte nachdrücklich den Kopf. »Um Gottes Willen, nein. Was sie getan hat, war ihr gutes Recht; sie hat damit nicht gegen Gesetze verstoßen. Ich denke, daß es vielleicht ein bißchen unüberlegt war, aber vielleicht hatte sie gar nicht vor, so lange fortzubleiben. Technisch gesehen hat sie gegen ein paar Ausreisebestimmungen verstoßen, aber ich bezweifle, daß das irgendwelche Folgen haben könnte. Es existiert ein gültiger Reisepaß für sie, den ich bei mir habe – um ihn ihr zu geben.«

»Aber du würdest immer noch berichten müssen, wo sie ist und all das, oder?«

»Nein, das würde gegen die Polizeivorschriften verstoßen. Wir würden ihren Eltern sagen, daß es ihr gut geht und sie gesund ist, aber darüber hinaus nichts, was sie nicht möchte.«

Caroline saß unbeweglich da und dachte nach. Als sie zu einem Entschluß gekommen war, schaute sie auf.

»Da das so ist«, sagte sie, »glaube ich zu wissen, wen du meinst. Könntest du sie beschreiben?«

»Ja, sie ist einen Meter achtundsechzig groß, dunkelhaarig, schlank und auffallend hübsch. Sie ist ein eher schweigsames, aber sehr begabtes Mädchen.«

»Und du sagtest, sie sei schwanger gewesen.«

»Ja, ich denke, das war ihr größtes Problem.«

Caroline schluckte. »Dann«, erklärte sie vorsichtig, »möchte ich, daß du mir versprichst, daß du genau das tust, was du gesagt hast: Du redest mit ihr, vielleicht, und dann läßt du sie in Ruhe. Und du gibst der Familie nicht ihre Adresse.«

»Darauf gebe ich dir mein Wort.«

Caroline rang die Hände. »Also, gut.« Sie schaute plötzlich nach oben. »Du weißt, daß der Buddha dich beobachtet?«

»Natürlich weiß ich das.«

»Sie paßt auf deine Beschreibung, sie ist Amerikanerin, und sie hat ein Baby. Wir erzählen es den Leuten nicht, aber alle wissen es, und wenn du wolltest, könntest du es auch herausfinden. Aber bitte, sei sehr freundlich und gut zu ihr; sie braucht das sehr!«

»Du meinst Eileen?«

Caroline zuckte kapitulierend mit den Schultern. »Ja, aber das wußtest du ja schon.«

Virgil schüttelte sehr langsam den Kopf. »Nein, Caroline«, sagte er. »Nicht Eileen, sondern du bist es.«

Fast hätte sie ihn ausgelacht. »Das glaubst du ja wohl selbst nicht«, gab sie zurück. Tibbs schaute sie nicht direkt an. Statt dessen blickte er wieder auf zu den furchteinflößenden Augen, die eine solch enorme Macht über ihn hatten. Dann drehte er sich um, und während er sprach, schaute er über das Tal hinweg. »Du hast sehr geschickt dein Haar und sogar dein Auftreten verändert, aber deine Stimme ist die gleiche geblieben, und ich habe sie beinah sofort wiedererkannt, als wir uns das erste Mal trafen. Dein Akzent ist toll, du bist sehr talentiert. Das überrascht mich allerdings nicht allzu sehr, denn zu den Dingen, die ich vor meiner Abreise über Doris Friedkin erfahren habe, gehört, daß sie sehr gut Stimmen imitieren kann. Außerdem hat sie auffallendes schauspielerisches Talent. Ich habe dir erzählt, daß sie sehr schweigsam war, aber ich habe den Verdacht, daß das zum Teil aufgezwungen war. Einmal hat sie ein paar ihrer Freundinnen mit einer Vorstellung unterhalten, die kein introvertiertes, schweigsames Mädchen je so hingekriegt hätte.«

Er schaute zu seiner Begleiterin hin, aber diese blickte ihn unverwandt an. Ihr Gesicht verriet nichts.

»Als ich erfuhr, daß sie Bücher über Asien besonders mochte, habe ich angefangen, mir über diesen riesigen Teil der Erde Gedanken zu machen. Da sie insbesondere John Masters gelesen hat und dieser für seine Indienromane berühmt ist, habe ich mich auf Indien konzentriert. Außerdem mochte sie die Musik von Ravi Shankar sehr.«

Zum ersten Mal unterbrach Caroline ihn. »Das tut fast jeder.«

Virgil nickte. »Eine Weile habe ich dann ihre Spur verloren, bis ich herausfand, wo sie einen Reisepaß bekommen hat – und wie. Übrigens habe ich die sehr nette junge Dame gedeckt, die Doris die Geburtsurkunde ihrer toten Schwester geliehen hat. Es war eine ziemlich clevere Idee, da das unglückliche Mädchen, deren Name benutzt wurde, ja keinen eigenen Paß mehr brauchen wird.« Virgil wandte seine Aufmerksamkeit jetzt direkt seiner Begleiterin zu. »Übrigens hat niemand etwas verraten; alles, was ich weiß, habe ich in mühsamer Kleinarbeit herausgefunden.«

Caroline blieb stumm.

»Da war noch etwas«, fuhr Tibbs fort, »es war zwar nicht von großer Bedeutung, aber recht hilfreich. Ich denke, daß Doris Friedkin ursprünglich nach Indien wollte, aber statt dessen nach Nepal kam und hier ihre neue Identität fand. Ich kann nicht behaupten, daß ich ihr das verübele; dieser Ort hier ist einfach paradiesisch. Aber der Gedanke an Indien saß offensichtlich sehr tief und war ziemlich stark. Wie ich bereits erwähnt habe, hat sie John Masters intensiv gelesen. Er hat viele berühmte Bücher geschrieben, aber eines seiner bekanntesten ist mit Recht *Das bengalische Feuer*; wirklich ein phantastischer Roman. Es ist schon einige Zeit her, daß ich ihn gelesen habe, aber ich erinnere mich noch an den Namen der Heldin. Sie hieß Caroline Langford.«

Das Mädchen neben ihm legte ihre gefalteten Hände in den Schoß. »Ich nehme an, daß es so kommen mußte«, sagte sie, »irgendwann.«

Er nahm ihre Hand. »Jetzt mußt du dir keine Sorgen mehr machen«, erklärte er. »Mir gefällt der Name Caroline und ich würde dich gerne weiterhin so nennen.«

Aus Gewohnheit und aufgrund ihrer Selbstdisziplin benutzte sie weiter den australischen Akzent. »Oh, bitte, tu das! Schau, ich möchte nicht zurückgehen – aus vielcrlei Gründen.«

Von ihren Gefühlen überwältigt, brach sie in Tränen aus. Virgil zog ein sauberes Taschentuch hervor und gab es ihr. Sie nahm es und saß dann da, als laste das Gewicht einer tödlichen Schuld auf ihr. »Ich weiß, daß ich etwas Schlimmes getan habe«, schluchzte sie. »Und nicht nach Hause geschrieben habe; ich habe nachts wach gelegen und darüber nachgedacht. Aber Dad hat so viel Geld, daß er damit fast alles machen kann. Wenn ich ihm gesagt hätte, wo ich bin, dann hätte ich zurückgehen und ein Leben führen müssen, das ich nicht will. Vielleicht muß ich das ja jetzt, aber ich will es nicht!«

»Ich werde mit deinem Vater reden«, sagte Tibbs. »Ich glaube, ich könnte ihn überzeugen. Ich rate jetzt nur herum, aber Eileens Baby ist in Wirklichkeit deines, oder?«

»Ja. Schau, wir wußten, wer du bist. Bevor ich von zu Hause fort bin, habe ich einen Film über dich gesehen, und Günther hat ihn auch gesehen und konnte sich noch an deinen Namen erinnern. Er ist der Deutsche, der mit seiner Frau zusammen gesungen hat. Daher bot mir Eileen ihre Hilfe an, und wir alle stimmten dem Plan zu. Woher wußtest du, wie meine Stimme klingt?«

»Du hast auf dem Pasadena City College mal etwas auf Band gesprochen. Ich habe es auf Kassette überspielen lassen und es mir solange angehört, bis ich deine Stimme im Ohr hatte. Ich habe die Kassette mit.«

Ein bißchen mühsam ließ sie sich auf ihre Füße gleiten und lehnte sich an die Balustrade, als ob sie dort Halt suchte.

Virgil ließ ihr Zeit und fragte dann: »Ist es ein Junge oder ein Mädchen?«

Plötzlich wirkte sie trotzig stolz. »Ich habe einen Sohn«, erklärte sie. »Einen wundervollen Sohn! Also können sie mir keine Vorwürfe mehr wegen der Religion machen. Ich werde ihn behalten und großziehen und ihm all die Dinge beibringen, die ich gelernt habe. Und frag mich nicht nach seinem Vater: Ich werde ihn nicht verraten. Wir haben uns wirklich geliebt, und ich wollte mich ihm hingeben.« Sie sah ängstlich auf. »Es sei denn, du weißt es bereits.«

»Nein«, antwortete Virgil. »Ich weiß es nicht und will es auch gar nicht herausfinden.«

Sie griff nach seinem Arm, als wolle sie seine Unterstützung und Hilfe erbetteln. »Danke«, sagte sie. »Ich werde ihn nie heiraten; ich kann und will es nicht – nicht jetzt. Wenn ich eines Tages einen Mann finde, dann wird er uns beide wollen – meinen Sohn und mich. So wird es sein.«

»Laß es mich wissen, wenn es soweit ist«, sagte er absichtlich so, daß sie es richtig verstehen würde.

Sie beschloß, es wortwörtlich zu nehmen. »Ich sage dir etwas. In diesem Jahr habe ich sehr, sehr viel gelernt – mehr als du dir vorstellen kannst. Ich habe gelernt, einen Mann wie dich zu schätzen.« Sie streckte ihre Arme aus und hielt ihn fest, als sei er ihre persönliche Kraftquelle. »Bitte, können wir Freunde sein?«

Als er sie daraufhin in die Arme nahm und ihren Kopf auf seine Schultern legte, geschah es nicht nur, weil sie es wollte. »Von nun an bis in alle Ewigkeit«, versprach er.

»Bis daß der Tod uns scheidet«, fügte sie hinzu.

Sie fühlte sich warm und sehr weiblich an und strahlte eine enorme Erotik aus. Virgil hielt sie noch einen kurzen Augenblick, dann ließ er sie sanft los.

»Wann mußt du zurück?« fragte sie.

»Wenn ich hier fertig bin und nicht eher.«

Sie reckte ihr Kinn. »Dann bist du einfach noch nicht fertig! Dafür wirst du schon noch einige Tage brauchen. Bitte komm mit mir mit, damit ich dir noch einige Dinge zeigen kann. Fahr mit mir zu den Tigerhöhen und weiter bis zum Himalaja – dem größten Schauspiel auf Erden! Ach, bitte!«

Es *gab* wirklich noch ein paar Dinge, die getan, noch einige Fragen, die beantwortet und einige Gespräche, die geführt werden mußten. Er blickte in das gespannte, hoffnungsvolle Gesicht des Mädchens neben sich und dann hoch zu den fordernden Augen, die über das Tal schauten. Von seinem Standpunkt aus konnte er zwei Augenpaare sehen und keines davon schaute direkt auf ihn.

»Ja«, antwortete er.

Siebzehntes Kapitel

Virgil Tibbs stellte seinen Koffer ab, befreite sich von den Paketen in seinem Arm und steckte den Schlüssel zu seiner Wohnung ins Schloß. Nachdem er aufgeschlossen hatte, nahm er seinen Koffer noch einmal hoch, der ihm plötzlich doppelt so schwer vorkam, und trug ihn hinein. Er hatte das Gefühl, gerade noch so viel Energie übrig zu haben, um zurückgehen und die Sachen holen zu können, die er draußen im Flur gelassen hatte.

Er war so viele Stunden lang beinahe ohne Unterbrechung geflogen, daß er das Gefühl für Zeit gänzlich verloren hatte. Außerdem war alles durcheinander; sein Körper revoltierte dagegen, daß der Tag Nacht und die Nacht Tag war und würde es noch die folgenden Tage tun.

Er ging die paar notwendigen Schritte zurück und hob das schwere Paket auf, das seine Bronzestatue enthielt. Mit der anderen Hand griff er noch einmal nach seinem zusammengerollten tibetanischen Teppich und erwischte mit den verbleibenden Fingern auch noch die geschnitzte Figur. Beim Hineingehen bemerkte er die stickige Luft, die sich während seiner Abwesenheit angestaut hatte, und fragte sich, wie er das alles gleichzeitig hatte tragen können. Er fühlte große Erschöpfung und war froh, wieder zu Hause zu sein, gleichzeitig sah er aber vor seinem geistigen Auge immer noch die frischen Bilder der größten Berge der Welt und des weit entfernten Königreiches, das ihm einige der schönsten Tage seines Lebens beschert hatte.

Er schloß die Tür und öffnete die Fenster, um seine Wohnung durchzulüften. Der Frühling hatte in Pasadena noch nicht so recht Einzug gehalten, aber die Luft war nicht mehr eisig und der späte Nachmittag angenehm. Er zog Mantel und Krawatte aus und schaute in den Kühlschrank. Dort fanden sich lediglich noch zwei Dosen Root Beer und ein Sechserpack Lager. Er hätte ein Glas Milch vorgezogen, aber er hatte keine Lust, anderthalb Häuserblocks weit bis zum Laden zu gehen. Er legte halbherzig seinen Koffer auf das Bett, öffnete ihn und packte die meisten wichtigen Sachen aus. Dann konnte er sich seiner Pflicht nicht länger entziehen; er griff zum Hörer und rief die Friedkins an.

Sein Anruf wurde von jemand entgegengenommen, der ihm sagte, daß Mr. und Mrs. Friedkin für ein paar Tage verreist seien und morgen nachmittag zurück erwartet würden. Ob es dringend sei?

Ohne daß sein Gewissen allzu großen Widerstand leistete, beschloß Virgil, daß es so dringend nicht sei. Er hinterließ seinen Namen und sagte, daß er die Friedkins morgen abend anrufen werde, falls das gelegen käme. Die Person am anderen Ende der Leitung wußte sofort, wer er war und bestätigte umgehend den Termin.

Zutiefst dankbar, nicht mehr aus dem Haus zu müssen, gönnte er sich ausnahmsweise einen Lieferservice, der rund um die Uhr arbeitete. Er bestellte genug, um seinen Kühlschrank wieder aufzufüllen; dann rief er auf dem Revier an und meldete sich zurück. Damit hatte er die dringlichsten Sachen erledigt. Nun gehörte sein Leben wenigstens für ein paar Stunden ihm ganz allein.

Er packte seinen Koffer fertig aus und räumte ihn weg. Der Symbolik dieses Aktes wohl bewußt, zog er sich aus und verbrachte zehn lange Minuten unter der Dusche. Erfrischt kam er wieder heraus, trocknete sich ab und zog den dunkelblauen Bademantel über, den Yumeko ihm geschenkt hatte. Er öffnete seine kleine Bar, tat ein paar Eiswürfel ins Glas und goß etwas Peter Heering darüber. Der bittersüße Kirschgeschmack erfrischte seinen Gaumen und steigerte das wohlige Gefühl. Er legte Debussys *La Mer* auf und versuchte, sein Denken darauf einzustellen, daß sein Reiseabenteuer vorbei war. Er war wieder zu Hause, und der graue Alltag hatte ihn wieder. Er war wieder ganz der Detective.

Es klingelte, und er machte auf. Er packte die Lebensmittel dorthin, wo sie hingehörten, stellte den Liter Milch in die kälteste Ecke des Kühlschranks und ging zurück ins Wohnzimmer. Feierlich packte er die Bronzestatue aus, die er aus Katmandu mitgebracht hatte, und stellte sie an den Platz, den er ihr bereits zugedacht hatte. Er ging einen Schritt zurück, um sie zu bewundern, und spürte dabei, daß es ihm gelungen war, ein winziges Stück aus der anderen, weit entfernten Welt in seine Wohnung zu retten.

Er löste die Schnur, die den tibetanischen Teppich zusammenhielt, und legte ihn vor seine Chaiselongue, wo er besonders gut wirkte und dem Ganzen eine exotische Note verlieh. Seine Wohnung wurde langsam zu einer Andenkensammlung seiner Fälle – an der Südwand des Wohnzimmers hing das eindrucksvolle Bildnis einer nackten jungen Frau. Es war kein keuscher, weit vom Betrachter entfernter Akt mit niedergeschlagenem, abgewandtem Blick; die Figur schaute unerschrocken von der Leinwand und schien sich der Schönheit ihres wohlgeformten, jugendlichen Körpers keineswegs zu schämen.

»Hallo Linda«, sagte Tibbs laut und hob sein Glas in ihre Richtung. Nachdem diese Zeremonie beendet war, ging er zurück ins Schlafzimmer und holte die wertvolle Jade wieder hervor, die er sorgfältig verschlossen hatte. In seinem Mietshaus gab es zwar nie erwähnenswerten Ärger, was möglicherweise daran lag, daß gleich mehrere Polizisten dort lebten, dennoch hatte er diese Vorsichtsmaßnahme getroffen. Er stellte sie wieder in ihre Vitrine und bewunderte den Gesamteindruck dieses Zusammenspiels. Zur Musik von *Dialogue of the Wind and the Sea* öffnete er die Post, schmiß Dreiviertel davon ungelesen weg und las interessiert den Rest. Als er endlich in der Stimmung war, den Rest des Abends genießen zu können, rief er Yumeko an. Sie freute sich, von ihm zu hören, und der Klang ihrer Stimme erinnerte an frischen Honig auf einem gebutterten ofenfrischen Brötchen.

Er verabredete sich mit ihr und hängte zögernd wieder auf. Sie war unter tragischen Umständen zur Welt gekommen, aber er war äußerst dankbar dafür, daß es sie gab. Ihr Vater war ein schwarzer amerikanischer Soldat, ihre Mutter eine junge Japanerin gewesen. Yumeko hatte in Japan eine schlimme Kindheit verlebt, da sie aufgrund ihres Aussehens und ihrer gemischten Abstammung fast nur auf Ablehnung stieß, dennoch war sie zu einer charmanten, ausgeglichenen und schönen Frau herangewachsen. Sie mochte seine Zuneigung und schenkte ihm dafür ihre Aufmerksamkeit in einer Weise, die ihn manchmal seine eigene Herkunft vergessen ließ. Jetzt, da er zurück war, sollte er vielleicht konkreter werden – falls sie ihn wollte.

Er wußte, daß sie wollte, und dieser Gedanke erfüllte ihn mit einem befremdlichen, intensiven Glücksgefühl.

Er betrachtete nochmals ihr Foto, ließ seinen Blick durch das veränderte Wohnzimmer schweifen und kam zu dem Schluß, daß sein Leben am Ende doch recht gelungen sei. Dann ging er ins Bett und fiel beinahe sofort in tiefen Schlaf.

Als er sein Büro betrat, stand Bob Nakamura zur Begrüßung auf. »Willkommen daheim, alter Sportsfreund«, sagte sein Partner. »Wie steht's?«

»Großartig.«

»Was – hast du Doris Friedkin gefunden?«

»Ja; wir sind gute Freunde geworden.«

»Wow! Virgil, verdammt, du hast es geschafft!« Bob war ganz aufgeregt. »Erzähl mir, wie alles gelaufen ist – komm schon.«

»Laß mich erst mal zu Atem kommen«, antwortete Tibbs. »Außerdem sollte ich besser dem Lieutenant Bescheid sagen, daß ich wieder zurück bin.«

»Ganz locker, das weiß bereits jeder. Es gibt Nachrichten für dich. Der Lieutenant möchte dich sehen. Der Captain möchte dich sehen. Der große alte Herr möchte dich sehen. Deine Popularität ist ungebrochen.«

In diesem Moment klingelte das Telefon. Mrs. Stone war am Apparat. Der Chief wollte Virgil gerne sprechen, sobald er ins Büro kam. Virgil versprach, in fünf Minuten oben zu sein und legte auf. Dann wandte er sich an Bob. »Bring mich auf den neusten Stand, was den Kallman-Mordfall betrifft – schnell«, wies er ihn an.

»Da gibt es kaum was Neues«, antwortete Bob. »Billy Owens, der Junge, der sein Auto verkauft hat und dann abgehauen ist, wurde gefunden. Er wurde nicht festgenommen, aber wir behalten ihn im Auge.«

»Ich muß mit ihm reden«, sagte Tibbs. »Sofort. Noch bevor ich den Chief sehe, falls mir das gelingt.« Er nahm den Telefonhörer und redete mit Diane Stone. Nach einem kurzen Gespräch wartete er, während sie den Chief konsultierte. Dann war sie wieder in der Leitung.

Virgil wurde bis zwei Uhr nachmittags Aufschub gewährt. Ohne Zeit zu verlieren und mit Billys Adresse in der Jackentasche nahm er einen der zivilen Dienstwagen, wobei er sich erst wieder auf die Freeways und das Straßenmuster von Los Angeles einstellen mußte. Ohne Schwierigkeiten fand er den Gesuchten bei der Arbeit in einer Imbißbude. Da der Verkauf bei seiner Ankunft weniger als schlecht lief, konnte er gute zehn Minuten mit Billy reden, ohne unterbrochen zu werden. Länger war nicht nötig. Der junge Mann wußte, daß er bei dem hastigen Verkauf seines Autos schon eine Menge Geld verloren hatte – mehr wollte er nicht aufs Spiel setzen. Er sagte die Wahrheit und tat sein Möglichstes, um die Polizei nicht weiter gegen sich aufzubringen.

Tibbs sprang nicht allzu sanft mit ihm um, aber er versprach, daß man über manches hinwegsehen würde, sollte sich Billy weiterhin absolut kooperativ zeigen. Bevor er ging, warnte er noch einmal vor weiteren Tricks, aber dieses Mal verstand Billy voll und ganz den Ernst der Lage, und Tibbs bekam, was er gewollt hatte. Er fuhr nach Pasadena zurück und erlaubte sich den Luxus eines guten Mittagessens, bevor er wieder das Revier betrat und sich seinem Chef stellte. Punkt zwei Uhr erschien er auf der Führungsebene im dritten Stock und stellte fest, daß sich dort ihm zu Ehren eine Party versammelt hatte. Wieder einmal machte sich seine Neigung bemerkbar, die Dinge so unauffällig wie möglich zu regeln, aber er wußte, diesmal gab es kein Entrinnen. Er betrat das Büro und wurde von Chief McGowan herzlich begrüßt, der ihm die Hand schüttelte und ihn bat, Platz zu nehmen. Er begrüßte Captain Wilson, Lieutenant Peron, Sergeant Heatherton und bemerkte, daß sich auch Bob Nakamura in das geräumige Büro geschlichen hatte.

Mrs. Stone schenkte jedem Kaffee ein, um dadurch zu symbolisieren, daß das Treffen zumindest bis zu einem gewissen Grad entspannt und zwanglos sein sollte. »Virgil«, sagte der Chief, »wir haben Ihre Rückkehr mit großer Spannung erwartet. Sie haben sicher ein ziemliches Abenteuer hinter sich.«

»Ja, Sir. Das habe ich.«

»Und, haben Sie Doris Friedkin gefunden?«

Tibbs nickte. »Mit dem Glück auf meiner Seite ist es mir gelungen. Ich habe lange mit ihr gesprochen und die meisten Fragen geklärt, daher kann ich Ihnen berichten, Sir, daß Sie den Fall als abgeschlossen betrachten können.«

Eine allgemeine Erleichterung verbreitete sich im Raum; sie schien fast mit Händen greifbar zu sein.

»Ich habe gewisse Versprechen gegeben, Chief McGowan, die ich einhalten muß. Dazu gehört, daß ich einige meiner Informationen nicht weitergeben darf – an niemanden.«

Der Chief blickte in die kleine Runde. »Ich bin sicher, daß wir alle bereit sind, das zu respektieren.« Er konnte das Einverständnis auf den Gesichtern ablesen. »Nun, erzählen Sie.«

»In kurzer Fassung, Sir – hat Miss Friedkin Pasadena freiwillig verlassen und ist nach Übersee gegangen – nach Nepal. Es gab eine kleine Unregelmäßigkeit wegen ihres Reisepasses, aber die wurde korrigiert; sie besitzt nun absolut gültige Reisedokumente, und ich empfehle, daß wir diese Angelegenheit auf sich beruhen lassen.«

»Das fällt sowieso nicht in unser Ressort«, bemerkte Captain Wilson.

»Miss Friedkin ist gesund, wohlauf und hat unter neuem Namen ein neues Leben begonnen, das ihr sehr gut zu bekommen scheint. Sie hatte einleuchtende, private Gründe, das Land zu verlassen; ihr einziger wirklicher Fehler war, keinen wissen zu lassen, daß sie lebt und gesund ist, und Sie wissen, was uns das gekostet hat. Aber es gibt kein Gesetz, das ihr vorschreibt, nach Hause zu schreiben, daher war es, streng betrachtet, ihr gutes Recht. Übrigens, als ich den Fall aufgerollt und ihr erzählt habe, was wir hier durchgemacht haben, war sie sehr betroffen und bat mich, allen ihr aufrichtiges Bedauern auszusprechen; sie hatte keine Ahnung, daß sie solche Schwierigkeiten verursacht hatte.«

»Da sie gefunden wurde und freiwillig fortging, ist der Fall Doris Friedkin hiermit abgeschlossen. Könnten Sie sich daraufhin auch noch einmal mit dem Verschwinden von Tommy Bowman beschäftigen?«

Tibbs schüttelte den Kopf. »In diesem Fall wüßte ich nicht einmal, wo ich beginnen sollte, Sir. Das liegt einfach zu viele Jahre zurück.«

»Da stimme ich Ihnen zu. Wahrscheinlich verbringen Sie Ihre Zeit sinnvoller damit, jetzt den Fall Nancy Kallman für uns aufzuklären.«

»Ich glaube, daß mir das nun gelingt, Sir. Ich habe heute morgen ein Gespräch geführt, das mir die fehlende Information geliefert hat. Außerdem, so merkwürdig das auch klingen mag, war Doris Friedkin in der Lage, mir wesentlich dabei zu helfen.«

Lieutenant Peron zeigte sich überrascht. »Aber sie verschwand über ein Jahr vor dem Mord!«

»Das stimmt«, antwortete Tibbs, »aber sie konnte mir dennoch einiges sagen, was ich wissen mußte.«

»Da bin ich aber gespannt«, sagte Heatherton.

Es gab eine kurze Unterbrechung, da Sergeant Orr zu ihnen stieß. Er war wegen eines Falls unterwegs gewesen und dabei aufgehalten worden. Der Chief brachte ihn auf den neusten Stand und nickte dann Virgil zu, fortzufahren.

Um Tibbs herum herrschte absolute Stille, als er begann. »Vor etwas über zwei Monaten brach Nancy Kallman mit drei recht engen Freunden – zwei jungen Männern und einem weiteren Mädchen – zu einer Reise an die Westküste auf. Sie brauchten eine Woche, bis sie hier ankamen. Sie haben auf dem Weg keine Strafzettel erhalten – das habe ich überprüft –, und die Reise verlief offensichtlich ohne größere Zwischenfälle. Normalerweise müßte man annehmen, daß es bei einer solchen Konstellation zu sexuellen Aktivitäten kommen könnte, aber da die kleine Kallman noch Jungfrau war, als wir sie fanden, können derartige Dinge ausgeschlossen werden. Außerdem neige ich daher zu der Schlußfolgerung, daß sie nicht freiwillig ins Arroyo Seco gegangen ist.

»Einverstanden«, pflichtete Sergeant Orr bei.

»Nachdem ihre Leiche entdeckt wurde, konnte das Auto, in dem sie quer über den Kontinent gereist war, ausfindig gemacht werden, und ich habe den Besitzer verhört, einen jungen Mann namens Billy Owen. Er schien frei von Schuld zu sein. Das Auto war ordentlich unter seinem Namen registriert, und es gab keine ausstehenden Schulden oder Haftbefehle. Außerdem erzählte er mir eine gradlinige Geschichte, die zu den mir damals bekannten Fakten paßte. Er und seine Freunde hatten bei Bob's auf dem Colorado Boulevard gehalten, um etwas zu essen. Dabei trafen sie auf ein paar gleichaltrige Kids aus Pasadena, mit denen sie eine Ecke des Restaurants teilten. Vor der ganzen Gruppe erklärte Nancy, daß sie in Pasadena bleiben und nicht mit bis nach Venice weiterfahren wolle. Daraufhin bot einer der jungen, aus Pasadena stammenden Männer ihr an, sie an der Jugendherberge oder an einem anderen passenden Ort abzusetzen. Nancy nahm das Angebot an und verließ die Gruppe in seiner Begleitung. Unglücklicherweise sagte Billy, daß er sich nicht mehr an den Namen des Jungen erinnern könne. Ich habe ihm ein paar mögliche Namen genannt, aber er schien sicher, sie nicht zu kennen. Offen gestanden, er hat mich reingelegt; bis zu diesem Punkt war seine Aussage schlüssig und ich sah keinen Grund, ihm zu mißtrauen.«

»Wir werden alle ab und zu an der Nase herumgeführt«, kommentierte Captain Wilson.

Virgil fuhr fort. »Es ist eine Tatsache, daß Billy sich mehrere Tage in Venice aufhielt, als ich ihn verhört habe. Ich hielt es für sehr wahrscheinlich, daß seine Geschichte wahr war, vor allem da seine zwei Begleiter ihn automatisch, und natürlich damit auch sich selbst, mit plausiblen Alibis für Nancys vermutliche Todeszeit versorgen könnten.«

»Haben Sie seine Reisebegleiter verhört?« fragte der Chief.

»Nein, Sir. Dazu komme ich jetzt. Ich habe Billy Owen angewiesen, Kontakt mit ihnen aufzunehmen und sich für den nächsten Tag mit ihnen zu verabreden. Ich ließ ihn bewußt an der langen Leine, weil ich sicher sein wollte, daß er später voll mit mir kooperieren würde. Außerdem wußte ich durch die Polizei von New Jersey bereits deren Namen und Heimatadressen. Dann ergriff ich noch eine weitere Vorsichtsmaßnahme und bat die Polizei von Santa Monica, ihn zu überwachen.«

»Wußte er damals bereits, daß Nancy tot war?« fragte Orr.

»Ja, das wußte er, und er drückte sein aufrichtiges Bedauern darüber aus. Jetzt kommt der erste große Widerspruch in diesem Fall: Ich habe bereits angedeutet, daß Billy Owens absolut unvorbelastet schien. Ich habe das in New Jersey überprüfen lassen und bekam als Antwort, daß er einen guten Ruf als unauffälliger, verläßlicher junger Mann genieße und aus einem soliden Elternhaus stamme.«

»Ich kenne Mörder mit ähnlichem Ruf«, fiel ihm Heatherton ins Wort, »aber normalerweise würde man das mit berücksichtigen.«

Virgil pflichtete ihm bei und fuhr fort. »Nun kommt folgendes: Kurz nachdem ich mit ihm gesprochen habe und noch bevor man in Santa Monica meiner Bitte nachkommen konnte, ergriff ihn offensichtlich die Panik; er rannte los, verkaufte beim nächstbesten Gebrauchtwarenhändler sein Auto weit unter Wert, packte seine Sachen und machte sich aus dem Staub.«

»War das Auto in gutem Zustand?« fragte Orr.

»Ja, es war ein paar Jahre alt, aber gut in Schuß. Der Gebrauchtwarenhändler hat es binnen achtundvierzig Stunden weiterverkauft und dabei einen verdammt guten Schnitt gemacht.«

»Dann wollte er also nicht anhand des Nummernschilds identifiziert werden können; das ist der einzige Grund, warum sich ein Jugendlicher seines Alters von seinem Wagen trennen würde, solange der's noch tut – vor allem hier in der Gegend.«

»Vielleicht ging ihm ja das Bargeld aus«, schlug Bob Nakamura vor.

Virgil schüttelte den Kopf. »Das habe ich überprüft – er hat mehr als genug mitgenommen, und sein Vater hatte ihm ein paar Kreditkarten geliehen.«

Tibbs machte eine Pause, aber es kamen keine weiteren Kommentare. »Kommen wir zu einem jungen Mann namens Randy Joplin, den ich in Verbindung mit Doris Friedkins Verschwinden verhört hatte. Er behauptete, ihr Freund gewesen zu sein und deutete zumindest an, daß er in sie verliebt gewesen sei. Außerdem behauptete er, daß ihre Familie ihn aus religiösen Gründen völlig abgelehnt habe.«

»Das paßt für mich überhaupt nicht zu Herbert Friedkin«, warf Peron ein.

»Nach seinen eigenen Worten«, fuhr Tibbs fort, »führte Randy mit einer ganzen Anzahl junger Frauen ein recht reges Sexualleben. Er sieht ohne Frage gut aus und hat eine Menge Geld. Interessanterweise behauptete er, trotz seiner engen Beziehung zu Miss Friedkin, niemals intim mit ihr geworden zu sein.«

»Nun mal langsam«, unterbrach ihn Captain Wilson, »wir sprechen doch jetzt über den Kallman-Fall. Wenn Sie nichts dagegen haben, möchte ich auch gerne dabei bleiben.«

»Das werde ich, Sir, nur Geduld.«

»Entschuldigen Sie bitte – fahren Sie fort.«

»Mr. Friedkin hat mir unter vier Augen berichtet, daß seine Tochter das Opfer einer Vergewaltigung geworden sei und hat Randy als möglichen Täter dafür genannt. Dies kam nicht ins Protokoll und wurde nicht weiter verfolgt. Aus den üblichen Gründen wurde keine Anzeige erstattet, zumal Randys Vater ein guter und enger Freund der Friedkins ist. Er weiß nichts von dem Vergehen seines Sohnes – wenn dieser tatsächlich eines begangen hat.«

»Verdammt wenige Väter würden sich so großzügig verhalten!« kommentierte Bob Nakamura.

»Ich muß noch etwas hinzufügen«, resümierte Virgil. »Ohne mich in Einzelheiten verlieren zu wollen – aber ich glaube nicht so recht an diese Vergewaltigungsgeschichte. Mr. Friedkin war in seiner Aussage mir gegenüber absolut aufrichtig, aber ich bin nicht sicher, ob er wußte, was Sache war.«

»Wenn ich Sie richtig verstehe, dann haben Sie ihm gegenüber einen Informationsvorsprung«, sagte der Chief.

»So ist es.«

»Ist es vertraulich?«

»Ja, Sir.«

»Da ich davon ausgehe, daß Ihre Zurückhaltung wohlbegründet ist, akzeptiere ich sie. Fahren Sie fort.«

»Zurück zu Randy Joplin. Um mit ihm über Doris Friedkin zu sprechen, holte ich ihn am Pasadena City College ab und nahm ihn mit zum Rose Bowl, damit er sehen konnte, daß wir absolut allein und unbeobachtet waren. Wie auch immer, Gentlemen, etwas an unserer Unterhaltung war sehr merkwürdig: Zu Beginn war er sehr angespannt und übervorsichtig, obwohl er versuchte, locker zu wirken. Aber nachdem ich deutlich gemacht hatte, daß ich mit ihm über Doris Friedkin reden wollte, war er plötzlich auffällig erleichtert. Sofort begann er frei zu reden – zu frei, in der Tat. Er hat sich ausgiebig mit seinen sexuellen Eroberungen gebrüstet und sich sogar die Bemerkung erlaubt, daß er wahrscheinlich ein verdammter Idiot sei, einem Cop zu trauen.«

»Falls Herbert Friedkin behauptet hat, daß dieser Junge seine Tochter vergewaltigt hat, dann scheint das einleuchtend, auch wenn Sie dagegen Einwände haben«, sagte McGowan.

»Vielleicht hat er sie nicht wirklich vergewaltigt, aber er könnte sie ziemlich hart rangenommen haben«, legte Orr nahe.

Als wieder Stille einkehrte, fuhr Virgil fort. »Ich glaube eigentlich nicht an Zufälle, aber als Randy Joplins Verhalten sich schlagartig änderte, nachdem ihm klar wurde, daß ich mit ihm über Doris Friedkin sprechen wollte, fiel mir der unbekannte junge Mann wieder ein, der sich anerboten hatte, Nancy Kallman zu einer geeigneten Übernachtungsmöglichkeit zu bringen. Randy ist sowohl gutaussehend als auch eine angenehme Erscheinung; er macht einen hervorragenden ersten Eindruck. Er besucht das Pasadena City College, gehört dort zu einer Clique und ist häufig im Bob's – übrigens ein beliebter Ort zum Rumhängen. Also war es immerhin im Bereich des Möglichen, daß er derjenige war. Unwahrscheinlich vielleicht, aber nicht unmöglich.«

»Daß er so den Frauenheld markiert, erhöht die Wahrscheinlichkeit«, gab Bob zu.

»Randy ist sehr eitel«, fuhr Tibbs fort, »und ziemlich egoistisch. Er hält sich für einen Mann, dem keine Frau widerstehen kann; das machte er sehr deutlich, als er mir versicherte, daß, wenn Doris Friedkin mit ihm nicht ins Bett gehen wollte, sie das selbstverständlich auch niemals mit einem anderen täte.«

»Wenn Sie eine Verbindung zwischen Randy und dem jungen Owen herstellen könnten, dann hätten Sie wirklich etwas in der Hand«, sagte Lieutenant Peron. »Momentan fällt mein Verdacht eher auf Owen, weil es keine logische Erklärung für sein plötzliches Verschwinden kurz nach Ihrem Gespräch gibt.«

Virgil nickte. »Genau so habe ich es auch gesehen, Ron, also habe ich die Telefongespräche überprüft. Dank der Kooperationsbereitschaft des Chief Special Agent der Pacific Telephone Company, konnte ich die Telefonate in beiden Richtungen untersuchen. Unglücklicherweise wies der Anschluß der Joplins, der nicht im Telefonbuch steht, keine Gespräche nach oder von Venice auf. Und wo Billy wohnte, gab es kein Telefon.«

»Zu schade«, sagte der Captain. »Das wäre der krönende Abschluß gewesen.«

Tibbs sah ihn einen Moment lang an. »An diesem Punkt fiel mir schließlich wieder etwas ein, das mir Miss Peggy Collins unter anderem erzählt hatte: Doris Friedkin hatte ihren eigenen Telefonanschluß. Die Joplins sind ziemlich wohlhabend. Also bin ich wieder zur Telefongesellschaft, habe mich für meine Dummheit entschuldigt und überprüft, ob unter der gleichen Adresse ein Anschluß für Randy Joplin gemeldet ist. Es gab ihn, und an dem Tag, als ich mit Billy Owens gesprochen hatte, war unter dieser Nummer ein Anruf aus einer Telefonzelle in Venice eingegangen. Aus einer Zelle, die nur einen halben Block von Billys Quartier entfernt lag.«

»Wow!« rief Orr aus.

Virgil tat, als habe er das überhört. »Ich besorgte mir ein Foto von Randy und ging damit ins Bob's. Der Manager erinnerte sich an nichts mehr, was mir hätte weiterhelfen können, dafür aber eine Kellnerin; eine sehr aufgeweckte, äußerst attraktive junge Frau. Sie kannte Randy ganz gut, weil er sie bei mehreren Gelegenheiten ziemlich angemacht hatte. Sie hatte gerade Dienst, als die Gruppe von der Ostküste hereinkam, und sie war es, die sie und ihre neuen Freunde aus Pasadena bedient hat.«

»Einschließlich Randy?« fragte Peron.

»Einschließlich Randy. Sie erinnerte sich sogar an Nancy Kallman, als ich ihr eine Zeichnung zeigte. Sie beschrieb Nancy als müde, aber dennoch als sehr hübsch.«

»Das war's dann wohl«, sagte der Chief.

»Da wäre noch mehr. Da sie Randy und dessen Neigungen so gut kannte, beobachtete sie, was da vor sich ging. Ihrer Aussage zufolge ging Randy zu einem bestimmten Zeitpunkt mit einem der jungen Männer, die gerade angekommen waren, nach draußen, angeblich, um nach dem Auto zu sehen. Sie blieben etwa fünf Minuten fort; dann kamen sie zurück, gingen zunächst zur Toilette und kehrten dann in die Ecke des Restaurants zurück. Dadurch hatten sie genug Zeit, sich auszutauschen. Ich konnte damals keinen früheren Kontakt zwischen den beiden feststellen, und inzwischen weiß ich, daß es auch keinen gegeben hat.«

Bob Nakamura ergriff das Wort. »Das ist doch leicht. Randy hatte ein Auge auf die kleine Kallman geworfen und beschlossen, sie flachzulegen. Es gelang ihm, Billy Owens unter dem Vorwand, sich für das Auto zu interessieren, vor die Tür zu lokken, um ihn über Nancy auszuhorchen. Owens sagte ihm wahrscheinlich, daß es allein von Nancy abhinge, aber daß sie noch nie jemanden rangelassen habe. Für Randy eine richtige Herausforderung.«

»Nach Aussage der Kellnerin«, fuhr Tibbs fort, »die arbeiten geht, um ihrem Mann das Zahnmedizinstudium zu finanzieren, brach die Gruppe aus Pasadena als erste auf. Randy blieb noch einen Moment und bezahlte die Rechnung, wogegen die anderen natürlich nichts hatten. Dann sah sie Randy mit Nancy Kallman rausgehen und nahm an, daß das Mädchen wahrscheinlich Randys nächste Eroberung sein würde. Sie war wütend darüber, deshalb kann sie sich noch so gut daran erinnern.

Nun, meine Herren, das war in etwa der Stand der Dinge, als ich so unerwartet nach Nepal aufbrach und Sie den Fall übernommen haben. Während meiner Reise habe ich viel über diesen Fall nachgedacht und ein paar neue Ideen entwickelt. Unter anderem entdeckte ich, daß die Fälle der zwei jungen Frauen, Doris Friedkin und Nancy Kallman, trotz des zeitlichen Abstands von zwölf Monaten, auf vielerlei Art und Weise miteinander verkettet waren. In beide Fälle waren zum Teil dieselben Leute verstrickt. Nachdem es mir gelungen war, Doris ausfindig zu machen und wir uns besser kennenlernten, besprach ich bis zu einem gewissen Grad den Kallman-Fall mit ihr; sie kannte viele der Leute, für die ich mich interessierte, und wußte eine Menge über deren Verhaltensmuster.

Etwas schien mir sehr bezeichnend – sie behauptete definitiv,

Randy sei nie auch nur im entferntesten ihr Freund gewesen. Sie waren nie zusammen ausgegangen, und außerdem hatte sie sich nie in irgendeiner Weise für ihn interessiert. Nach ihrer Aussage ist in Randys Leben die sexuelle Eroberung der wichtigste Motivationsfaktor, und er würde ziemlich weit gehen, um ein bestimmtes Mädchen auf seiner Eroberungsliste abhaken zu können. Er hat es bei ihr auf alle nur erdenklichen Arten versucht, und als er damit keinen Erfolg hatte, fing er an, sie auf vielerlei Weise zu belästigen. So schickte er ihr anrüchige Geschenke, die sie postwendend zurückschickte. Wiederholt hat er sie zu überreden versucht, Pornofilme mit ihm zu gucken. Er nötigte sie, Marihuana auszuprobieren, weil er wußte, daß dies eines der wenigen ursprünglichen Aphrodisiaka ist. Schließlich erwischte sie ihn dabei, wie er versuchte, etwas in ihren Kaffee zu schütten, den sie an der Snack Bar des Colleges trank. An diesem Punkt beschwerte sie sich bei ihrem Vater.«

»Das wurde aber auch Zeit«, sagte der Captain.

»Außerdem erzählte mir Doris ein paar Dinge, die Randy anderen Mädchen angetan hatte, als er ihnen nachstellte. In mindestens einem Fall versuchte er es mit Erpressung. Er war absolut besessen, und wenn er sich einen Korb holte, war er so frustriert, daß er beinahe durchdrehte.«

»Das ist natürlich alles nicht im geringsten komisch«, sagte Chief McGowan, »aber es erinnert mich an eine berühmte Arie im *Don Giovanni*.«

»Der Vergleich ist absolut passend, Sir«, stimmte Tibbs zu. »Mir kam derselbe Gedanke. Aber um zu dem Fall zurückzukehren: Als Randy mit Nancy das Restaurant verließ, hatte er klare Absichten. Vor ein paar Stunden habe ich noch einmal mit dem unzuverlässigen Billy Owens gesprochen. Als ich ihm klarmachte, daß er riskierte, wegen Beihilfe zum Mord vor Gericht zu kommen, wollte er nur noch Kopf und Kragen retten. Er erzählte mir ausführlich von seiner Unterhaltung mit Randy, nachdem dieser ihn gebeten hatte, mit nach draußen zu kommen – unter dem Vorwand, sich für das Auto zu interessieren.

Randy war besessen von der Idee, Nancy Kallman ›haben‹ zu wollen; sie hatte es ihm sehr angetan. Billy behauptet, er habe ihn gewarnt, daß Nancy nicht zu haben sei, und ihm geraten, es auch gar nicht erst zu versuchen. Das stachelte Randys Entschlossenheit zusätzlich an, und Billy, zumindest behauptet er das, versuchte zu verhindern, daß er Nancy mitnahm. An diesem Punkt kehrte Randy seine kumpelhafte Art hervor und versprach, daß er lediglich versuchen wolle, sie ein bißchen näher kennenzulernen und sonst nichts. Er gab Billy zwanzig Dollar und versprach ihm noch weitere achtzig, falls er den angestrebten Erfolg haben sollte. Billy schob die Gewissensbisse beiseite und nahm das Geld – etwas, das er inzwischen bitter bereut. Er hatte dann den cleveren Einfall, Randy zu fragen, wie er zu ihm Kontakt aufnehmen könne; dann versuchte er ihn noch damit abzulenken, daß das andere Mädchen, das mit ihm gekommen war, vielleicht williger sei. Randy gab ihm seine eigene Privatnummer.

Etwas später las Billy in der Zeitung, daß man im Park die Leiche eines Mädchens gefunden habe. Da Nancy nicht, wie versprochen, mit ihm in Kontakt geblieben war, erriet er die erschütternde Wahrheit und rief Randy an. Dieser befahl ihm, den Mund zu halten, wenn ihm sein Leben lieb sei. Kurz darauf tauchte ich auf, und Billy geriet in Panik. Er hatte ja auch allen Grund dazu.

So wie ich die Sache sehe, bezweifele ich, daß Randy, als er mit Nancy das Restaurant verließ, etwas anderes vorhatte, als sie flachzulegen – das war seine Obsession, und er wollte eine weitere Kerbe in seinen Bettpfosten ritzen. Aber Nancy war zugeknöpft und obendrein todmüde. Er hat sie weder zur Jugendherberge noch zu einer ähnlichen Unterkunft gebracht. Das habe ich überprüft. Ich denke, daß er irgendeine Ausrede erfunden hat, um sie ein bißchen durch die Gegend zu fahren. Möglicherweise hatte sie eine Adresse und er bot ihr an, sie dort hinzufahren. Dann, so nehme ich an, ging er zur Verführungsnummer über und biß dabei auf Granit. Das erschütterte sein viel zu stark ausgeprägtes Ego und seinen festen Glauben, er könne jede Frau erobern. Vielleicht versuchte sie zu schreien und er packte sie an der Kehle. Wie dem auch sei, ich bin überzeugt, daß Randy sie – absichtlich oder nicht – erwürgt haben muß und sie im Park zurückließ. Zu diesem Zeitpunkt war er wahrscheinlich durch und durch verängstigt, eine typische Reaktion für einen Egoisten, wenn sich die Dinge gegen ihn wenden. Was dann geschah, wissen wir.

Das ist alles, was ich bis jetzt habe, aber da wir keine Zeugen haben, die ich ausfindig machen könnte, werden wir ohne Geständnis vielleicht Schwierigkeiten haben, eine Verurteilung zu erreichen. Er könnte darauf plädieren, daß er nicht die Absicht hatte, einen Mord zu begehen, was wahrscheinlich sogar der Wahrheit entspricht. Wie auch immer, ich habe auch mit ein paar von Randys Freundinnen gesprochen. Eine davon ist ein sechzehnjähriges Mädchen. Randy hat sie zu ihrer ersten sexuellen Erfahrung verführt, und sie ist bereit, ihre Aussage vor einem Einzelrichter unter Ausschluß der Öffentlichkeit zu machen. Also könnten wir ihn wegen Vergewaltigung einer Minderjährigen festnageln, wenn sonst nichts zieht. Das wär's soweit.«

Sergeant Orr, der Spezialist für Verhöre, brach als erster das Schweigen. »Seine Familie wird natürlich für einen guten Anwalt sorgen, aber ich glaube trotzdem, daß er singen wird. Er ist nicht der Typ, der die Klappe halten kann. Wir kriegen ihn.«

Der Chief beendete das Treffen. »Gute Arbeit, Virgil – wie immer. Gentlemen, ich glaube, daß wir die Antworten auf die zwei Hauptfragen haben. Die praktische Seite ist abgeschlossen, und Virgil, gönnen Sie sich eine Pause. Sie haben es wirklich verdient.«

Tibbs schüttelte schweigend den Kopf. »Noch nicht, Sir. Offiziell mag es erledigt sein, aber es gibt etwas, das ich noch erledigen muß.«

Achtzehntes Kapitel

Zum dritten Mal saß Virgil Tibbs im selben Sessel und hielt eine Tasse Kaffee in der Hand. Sein Gesichtsausdruck war bewußt gelassen und ruhig. Während er darauf wartete, daß das Dienstmädchen das Zimmer verließ, schaute er sich noch einmal die exquisite Inneneinrichtung des Wohnzimmers an und bewunderte, wie gut es zu den Leuten paßte, denen es gehörte. Das Haus der Friedkins verriet großen Reichtum, noch deutlicher jedoch einen erlesenen Geschmack, der jede Kritik von selbst verbot.

Als die Tür schließlich geschlossen worden war, schaute Virgil seinen Gastgeber und seine Gastgeberin an. Sie waren offensichtlich in Sorge, aber sie hatten sich beide zu gut unter Kontrolle, um ihre Ungeduld zu zeigen.

»Zunächst«, begann er, »ich bin sehr erfreut, Ihnen die ersehnten Neuigkeiten bringen zu dürfen: Wir konnten Ihre Tochter Doris finden.«

»Geht es ihr gut?« Die Worte brachen geradezu aus Grace Friedkin heraus.

»Ja, Mrs. Friedkin. Da sich unsere Wege gekreuzt haben, habe ich eine ganze Menge Zeit mit ihr verbracht und mich lange mit ihr unterhalten. Sie lebt, erfreut sich offensichtlich bester Gesundheit und ich glaube, daß sie außergewöhnlich glücklich mit dem ist, was sie tut.«

Grace Friedkins Schultern zuckten und sie suchte nach einem Taschentuch. Dann wurde sie von einem zweiten Krampf geschüttelt und brach in Tränen aus. Die Erleichterung nach der schier unerträglichen Anspannung, die sie über ein Jahr lang gequält hatte, war zu groß, und ihr Körper verlangte nach Erleichterung. Sowohl ihr Mann als auch Tibbs konnten das gut verstehen; Herbert Friedkin selbst gelang es nur mit größter Mühe, die Kontrolle über sich zu wahren. »Sie haben ein Wunder vollbracht«, sagte er.

»Nein, Sir – nur dank der Hilfe meiner Kollegen vom hiesigen Polizeirevier und denen in Asien war es möglich. Sie haben mich vor den angreifenden Gegenspielern geschützt und den Weg für mich freigemacht. Ich brauchte nur noch den Ball zu tragen.«

»Sie sind viel zu bescheiden, Mr. Tibbs, vor allem, als Sie sagten, ›da sich unsere Wege gekreuzt haben.‹ Das ist eine groteske Untertreibung.«

»Nein, Sir, ich versuche lediglich bei der Wahrheit zu bleiben. Ich habe noch ein paar Neuigkeiten, wenn Sie die hören möchten.«

Grace Friedkin trocknete sich die Augen und versuchte ihre Haltung wiederzuerlangen. »Ich kann es einfach noch nicht glauben«, sagte sie. »Wann wird sie heimkommen?«

Virgil schwieg bewußt, trank seinen Kaffee und ließ ihr etwas Zeit. Ihr Mann verstand es zuerst und sprach es aus. »Sie möchte lieber dort bleiben, wo sie jetzt ist.« In seiner Stimme schwang nur ein Hauch Bitterkeit mit, aber seine Enttäuschung war offensichtlich.

»Ich bin zuversichtlich, daß sie zurückkommen wird«, sagte Virgil. »Bis dahin habe ich einige Vereinbarungen getroffen.«

»Ist sie verheiratet?« fragte Grace.

Bevor Tibbs darauf antworten konnte, ergriff ihr Mann das Wort. »Ich glaube, wir sind furchtbar undankbar«, erklärte er.

»Zum ersten Mal – und nach so langer Zeit – erhalten wir Nachricht von Doris, und finden sofort ein Haar in der Suppe. Mr. Tibbs, bitte entschuldigen Sie vielmals, aber Sie verstehen uns hoffentlich.«

»Natürlich, Sir.«

Kurz darauf konnte er fortfahren. »Doris lebt nun in Asien«, erzählte er ihnen. »Sie arbeitet freiwillig in einer Organisation, die den Armen und Heimatlosen hilft. Ich kann hinzufügen, daß sie einen sehr bedeutenden Beitrag leistet, noch dazu für Menschen, die es wirklich verdienen. Sie sind seit langem für Ihre Menschlichkeit bekannt; nun führt Ihre Tochter diese Tradition fort. Sie haben jeden Grund, stolz auf sie zu sein.«

Er machte wieder eine Pause, damit die Friedkins diese Information verdauen konnten.

»Nun habe ich noch etwas anderes, das ich Ihnen sagen möchte und das für Sie, glaube ich, ein zusätzlicher Grund zur Freude sein wird.« Er schaute sie beide genau an und versuchte ihre Minen zu lesen, bevor er noch einen Schritt weiterging. »Sie haben einen Enkelsohn. Er ist ein hübsches Kind und in jeder Hinsicht ein perfektes Kind.«

Grace Friedkin rang leicht nach Luft. »Dann ist sie also verheiratet!«

Herbert Friedkin schaute zu Tibbs und verstand dessen Blick. »Das eine hat nicht unbedingt etwas mit dem anderen zu tun«, hob er hervor. »Du erinnerst dich doch noch, was passiert war.«

Virgil griff diesen Faden auf, bevor er sich noch weiter abwickeln konnte. »Ich glaube nicht, daß es noch damit zu tun hatte.«

Seine Gastgeberin blickte ihn an. »Sie wollen sagen, daß ...«, begann sie.

Wieder rettete ihr Mann die Situation. »Doris ist eine erwachsene junge Frau, die in der Lage ist, ihre eigenen Entscheidungen zu treffen. Soweit ich weiß, ist sie einfach eine moderne junge Frau. Die Sitten heute sind nicht mehr die der frühen Puritaner. Ich denke, das müssen wir akzeptieren.«

»Wissen Sie irgend etwas über die … Religionszugehörigkeit des Vaters?« fragte Grace.

»Nein, Mrs. Friedkin, das weiß ich nicht. Dies gehört zu den Dingen, über die Doris nicht mit mir sprechen wollte, und ich habe sie auch nicht dazu gedrängt. Sie hat mir ziemlich nachdrücklich gesagt, daß es niemand war, den sie kennen könnten oder je getroffen hätten. Sie hat außerdem hinzugefügt, daß es keine billige Affäre war, sondern etwas, das gefühlsmäßig sehr tief ging. Ein bißchen später erzählte sie, daß sie darüber hinweg sei und es inzwischen definitiv vorbei sei.«

»Hat das Kind eine weiße Hautfarbe?« fragte Friedkin.

»Ja, Sir, das kann ich mit Sicherheit bestätigen.«

Er schaute seinen Gastgeber an, der plötzlich vor Scham verstummte. Er wurde rot und suchte nach Worten. Als er realisierte, daß es dafür keine gab, war er klug genug, die Angelegenheit auf sich beruhen zu lassen.

»Hat sie genug Kleidung und so?« fragte Grace Friedkin.

»Ja, so viel wie sie will, beziehungsweise braucht. Sie steht auf eigenen Füßen und ich glaube, daß sie das mit gewissem Stolz erfüllt.«

»Das ist ja nun auch wirklich sehr ehrenvoll«, erklärte Friedkin. »Ich höre heute abend mehr gute Nachrichten als je in meinem Leben zuvor. Bitte fahren Sie fort, Mr. Tibbs.«

»Doris bat mich, Ihnen beiden auszurichten, daß sie inzwischen begriffen habe, wie falsch es gewesen sei, nicht mit Ihnen in Verbindung zu treten; sie bat mich, Ihnen zu sagen, wie sehr sie dies bereue und wie sehr sie Sie liebe. Mit anderen Worten, sie hatte damals einfach Angst und bittet Sie nun inständig um Verzeihung.«

»Sie können sie natürlich erreichen.«

»Ja, Sir – sehr leicht.«

»Dann sagen Sie ihr bitte, daß wir ihr alles vergeben. Unsere Erleichterung und unsere Freude, die wir in diesem Moment verspüren, wiegen alles andere auf.«

»Das ist überaus großzügig, Sir. Offen gesagt, ich habe ihr ziemlich direkt klar gemacht, daß sie Ihnen beiden großes Leid zugefügt hat und sie sich sehr anstrengen müsse, um das wieder gutzumachen. Außerdem habe ich ihr zu verstehen gegeben, daß unsere Abteilung durch sie enorm viel Arbeit hatte, viele Hunderte von Arbeitsstunden.«

»Wann kommt sie nach Hause?« fragte Grace wieder.

»Vielleicht schon recht bald. Aber nur für einen Besuch; sie möchte nicht hierbleiben. Sie fühlt sich dem, was sie tut, sehr verpflichtet und möchte damit weitermachen.«

»Wie schön für sie«, sagte Friedkin. »Da ich inzwischen etwas Zeit hatte, die Neuigkeiten zu verdauen, würde ich sehr gerne meinen Enkelsohn kennenlernen.«

Virgil setzte seine Kaffeetasse ab. »Sie haben gerade die Zauberformel gesprochen«, sagte er. »Doris war sehr besorgt und ängstlich, wie Sie auf das Kind reagieren würden. Ich habe ihr gewisse Versprechen gegeben, die zum Teil davon abhingen, welche Gefühle Sie angesichts Ihres Enkelsohnes äußern würden.«

Tibbs griff in seine Tasche und holte ein Foto hervor. »Dies wurde erst kürzlich von ihr und dem Baby aufgenommen. Ihnen wird auffallen, daß sie ihre Haare anders gefärbt hat, aber ich glaube nicht, daß Sie das stören wird.«

Herbert Friedkin ging rasch zu seiner Frau hinüber, und sie betrachteten gemeinsam das Bild. Sie schauten es eine ganze Weile stumm an, dann sagte Mrs. Friedkin: »Sie sieht recht zufrieden aus.«

»Es ist ein wunderhübsches Kind, genau, wie Sie gesagt haben«, fügte ihr Mann hinzu. Er schaute auf. »Haben Sie noch etwas?«

Virgil nickte. »Ich habe einen Brief von ihr, der an Sie beide gerichtet ist.« Er holte ihn hervor und reichte ihn ihnen. »Wenn Sie mir, nachdem Sie ihn gelesen haben, Ihre Antwort geben, werde ich dafür sorgen, daß sie sie so schnell wie möglich erhält.«

Herbert Friedkin nahm den Brief und legte ihn dann sorgfältig hin. »Wir werden ihn uns gemeinsam anschauen, nachdem Sie gegangen sind«, sagte er. »Wir werden ihn sicherlich viele Male lesen wollen. Sagen Sie mir, gibt es noch etwas anderes, das Sie uns sagen möchten? Alles wäre für uns beide momentan von Bedeutung.«

»Sie werden sicherlich das meiste davon in dem Brief finden«, antwortete Tibbs. »Ich habe ihn nicht gelesen, daher weiß ich nicht, wie viel davon drinsteht. Sie haben recht; sie ist nicht verheiratet, und als ich sie das letzte Mal sah, gab es auch niemanden, der dafür infrage zu kommen schien. Sie ist jetzt unter einem anderen, selbst gewählten Namen bekannt, aus Gründen, die Sie sicherlich verstehen werden. Wenn Sie mir gestatten, möchte ich hinzufügen, daß ich von ihr sehr angetan war. Sie haben eine wundervolle Tochter, und obwohl sie so gehandelt hat, liebt sie Sie beide sehr. Das hat sie immer wieder betont.«

Herbert Friedkin erhob sich. »Mr. Tibbs, ich möchte wiederholen, daß Sie ein Wunder vollbracht haben und sich meine Dankbarkeit dafür einfach nicht in Worte fassen läßt. Es würde mich sehr freuen, Sie in unseren engen und geschätzten Freundeskreis aufnehmen zu dürfen. Sie haben einmal eine junge Dame erwähnt; bitte bringen Sie sie doch zu einem Abendessen mit, damit wir uns ihrer Gesellschaft auch erfreuen können.«

Virgil stand auf, wünschte seiner Gastgeberin eine gute Nacht und ging dann zusammen mit Friedkin zur Tür. Immer noch saß in der Eingangshalle des Anwesens der bemerkenswerte Buddha in seiner Nische, und seine hypnotischen Augen schauten denjenigen direkt an, der vor ihm stand. Virgil hielt inne – das erinnerte nur allzu lebhaft an die riesigen Augen des Buddhas auf der großen Stupa in Nepal.

»Mr. Tibbs.«

Er drehte sich um und schaute den Hausherrn an.

»Dort, wo Doris jetzt ist – Sie erwähnten eine Hilfsorganisation. Wäre Ihrer Meinung nach eine Spende von mir zu diesem Zeitpunkt passend?«

»Lassen Sie mich da nachfragen.«

»Eine gute Idee.« Er bemerkte, daß Virgil wieder den Buddha bewunderte und traf eine spontane Entscheidung. »Die Statue gehört Ihnen«, erklärte er. »Ich bestehe darauf und wünsche auch keine Diskussion darüber. Ich kenne die Vorschriften, aber ich werde mit Chief McGowan darüber reden.«

Tibbs schaute ihn an. »Ich fühle mich sehr geehrt, Sir; aber das kann ich absolut nicht annehmen.«

»Dann reden wir später noch einmal darüber.«

Virgil ging noch ein paar Schritte auf die Tür zu und drehte sich dann um. »Ich bin froh, daß ich Ihnen gute Neuigkeiten bringen durfte«, sagte er.

»Das haben Sie in der Tat. Darf ich Sie Virgil nennen?«

»Bitte.«

»Dann nennen Sie mich Herbert. Virgil, Sie haben mir meine Tochter zurückgegeben, und dazu noch einen Enkelsohn. Ich finde keine Worte, um Ihnen meine ganze Dankbarkeit auszudrücken.«

»Das brauchen Sie auch nicht, Herbert – es war mir eine Freude.«

»Einen kurzen Moment lang«, sagte Friedkin, »habe ich stark befürchtet, daß die junge Frau … die man im Park gefunden hat … meine Tochter sein könnte.«

»Das kann ich gut verstehen«, antwortete Tibbs. »Es muß fürchterlich für Sie gewesen sein, unter diesen Umständen. Sie war Ihre Tochter.«

Der Finanzier starrte ihn an. »Warum sagen Sie das? Doris ...« Er brach ab, als er Virgils ruhigen, etwas müden, aber vielsagenden Blick sah.

»Vielleicht erinnern Sie sich an das Gespräch, Herbert, über Ihre ehemalige Sekretärin Mary Stepanik.«

»Natürlich.«

»Sie wußten, daß sie bei Ihnen gekündigt hatte und wegen ihrer Schwangerschaft nach Osten gegangen ist, um dort ihr Kind zu bekommen. Aber als ich zu Ihnen kam, um Sie wegen ihr zu befragen, ist mir nicht entgangen, daß Sie sich ungewöhnlich intensiv nach ihr erkundigt haben, allerdings dabei nie das Kind erwähnten. Daraus schloß ich, daß sie bereits wußten, was ihr zugestoßen war. Außerdem erzählten Sie mir, daß sie Nancy Kallmans Vater nur flüchtig kannten, aber anschließend fügten Sie direkt hinzu, daß er sich von seiner Frau scheiden lassen wollte, weil sie sich ihm sexuell völlig verweigerte. Sie sehen, daß darin ein Widerspruch liegt: Sie müßten einen Mann schon sehr gut kennen, bevor er Ihnen derartige Intimitäten anvertrauen würde.«

Herbert Friedkin sah so aus, als wolle er etwas sagen, aber er schwieg.

»Es gab noch ein paar andere Punkte«, fuhr Tibbs in einem lockeren Gesprächston fort. »Nachdem ich Ihnen eine ganze Menge über Mary Stepanik, um ihren Mädchennamen zu benutzen, erzählt hatte, fragten sie mich etwas übereilt, ob ich den Namen des Vaters wissen müsse. Da mir bereits die meisten anderen Fakten bekannt waren, stellten Sie mich offensichtlich auf die Probe, um zu sehen, ob ich bereits wußte, welche Rolle Sie dabei spielten. Außerdem: Als ich Ihnen, Herbert, gegenüber zum ersten Mal das ermordete Mädchen erwähnte, haben Sie mich nicht gefragt, ob sie bereits identifiziert sei. Sie wußten es bereits. Ich bin mir recht sicher, daß Nancys Mutter Sie deswegen bereits angerufen hatte, obwohl ich den Anruf nicht zurückverfolgt habe.«

»Gibt es sonst noch etwas?« fragte Friedkin.

»Ja, wenn Sie möchten. Ich habe darauf hingedeutet, daß Sie bereits wußten, wer Nancy Kallman war. Offensichtlich haben Sie sie nie getroffen, aber als ich Ihnen ihre Identität verriet, saßen sie einige Sekunden mit fest geschlossenen Augen da. Ich erinnere mich, daß Sie ›arme Mary!‹ sagten, aber es erstaunte mich damals, daß Ihre Gefühle die normale Sorge um eine ehemalige Angestellte, die Sie seit zwanzig Jahren weder gesehen noch gesprochen hatten, deutlich überstieg.

Sie sind ein sensibler Mann, Herbert, und konnten Ihre Trauer nicht verbergen, obwohl Sie bereits wußten, daß Ihre Tochter Nancy tot war. Das alles bleibt natürlich unter uns. Wir haben den Mann, der sie getötet hat, daher besteht von offizieller Seite kein Anlaß, die Angelegenheit noch weiter zu durchleuchten. Unter vier Augen – ich verstehe Ihre Haltung, und ich bitte Sie, mein tiefstes Mitgefühl zu akzeptieren. Ich hoffe, daß Ihr Enkelsohn Ihnen helfen wird, über den tragischen Verlust hinwegzukommen.«

Herbert Friedkin erwiderte nichts darauf. Er schüttelte seinem Gast die Hand und wünschte ihm eine gute Nacht. Virgil bedankte sich für die Gastfreundschaft, sagte die üblichen Dinge und schloß die Tür hinter sich. Dann ging er den langen gepflasterten Weg bis zu dem Platz zurück, auf dem sein Auto stand.

Nachwort

Detektivromane haben ein eigentümliches Verhältnis zur Realität: Zum einen sind sie unabdingbar auf sie angewiesen, wie unter anderem daran deutlich wird, daß grob geschätzt etwa 99% von ihnen in der Zeit spielen, in der ihre Autoren sie verfaßt haben. Historische Detektivromane sind zwar ein eigenes Subgenre, aber von extremer Seltenheit, da in ihnen die Wirklichkeit erst aufgebaut werden muß, bevor sie verfremdet werden kann. Denn das ist das zweite Kapitel im Verhältnis des Detektivromans zur Wirklichkeit – er verfremdet sie. Deshalb gilt andererseits, was eine Gestalt in Innes' »Klagelied auf einen Dichter« (DuMont's Kriminal-Bibliothek Bd. 1079) so treffend sagt: Detektivromane stehen zur wirklichen Welt des Verbrechens im selben Verhältnis wie die traditionelle Schäferdichtung zur harten Wirklichkeit des Landlebens. Schon im klassischen Vorläufer der Gattung, E.T.A. Hoffmanns »Fräulein von Scuderi«, zitiert ein Vertreter der Polizei die Maxime des Klassizisten Boileau, bisweilen sei das Wahre eben nicht wahrscheinlich, und Polizei und Gerichte gäben, wie die klassische Dichtung seit Aristoteles, dem einleuchtenden Wahrscheinlichen vor dem möglicherweise abstrusen Wahren den Vorzug. Und der klassische Detektivroman ist eine der Gattungen, die sich bewußt zur antiklassischen Ästhetik des Unwahrscheinlichen bekennen – schließlich sei er das einzige Märchen, das die moderne Großstadt hervorgebracht habe, wie der Autor und Kritiker Gilbert Keith Chesterton einmal meinte. Und, wie John Dickson Carr später hinzufügte, könne man von einer Gestalt, die zum Vergnügen des Lesers über die längste Strecke der Erzählung die Naturgesetze außer Kraft gesetzt zu haben scheint, nicht verlangen, daß sie dabei gleichzeitig alle Gesetze der psychologischen Wahrscheinlichkeit beachte (»Der verschlossene Raum«, DuMont's Kriminal-Bibliothek Bd. 1042).

John Ball ist stolz darauf, daß ihm, was das Verhältnis des Detektivromans zur Wirklichkeit angeht, im dichtbestellten Feld des Genres eine Innovation gelungen ist: Sein afro-amerikanischer Seriendetektiv Virgil Tibbs ist nach seinem spektakulären Debüt im tiefen Süden (»In der Hitze der Nacht«, DuMont's Kriminal-Bibliothek Bd. 1064) längst an seinen Arbeitsplatz im kalifornischen Pasadena zurückgekehrt (»Das Jadezimmer«, DuMont's Kriminal-Bibliothek Bd. 1075). Dort ist der selbstverständlich fiktive Meisterdetektiv von lauter realen Kollegen umgeben: Wenn John Ball ihnen vor Beginn des Buches einzeln namentlich für ihre unermüdliche Hilfe bei seinen Recherchen dankt, unterstreicht er zugleich seinen Wirklichkeitsanspruch – fast alle dort Genannten werden im Verlauf des Buchs als Tibbs' Kollegen auftauchen. Zugleich empfinden aber alle diese realen Polizeibeamten die bekanntesten Detektive der Literatur als ihre natürlichen Kollegen. Es versteht sich fast von selber, daß Tibbs von sich selbst und von anderen immer wieder mit Sherlock Holmes verglichen wird, dessen Abenteuer er immer wieder zur Entspannung liest. Sein japano-amerikanischer Kollege Robert Nakamura ist als Mischung aus Vollstreckungsgehilfe und griechischem Chor natürlich sein Watson. Als seinen Onkel nennt er im Scherz John P. Marquands vor allem durch die Filme mit Peter Lorre bekannt gewordenen Mr. Moto, während ein Kollege bei verwischten Spuren sogleich an den legendären australischen Fährtenleser Napoleon Bonaparte aus den Romanen

Arthur W. Upfields denkt. Selbst der Polizeichef von Katmandu in Nepal liest vorzugsweise zur Verbesserung seiner Sprachkenntnisse englische Kriminalromane im Original – unter anderem die von John Ball, weshalb ihm Virgil Tibbs wohlbekannt ist, wie auch fast allen anderen, denen er begegnet: Meist haben sie den oscar-gekrönten Film mit Sidney Poitier gesehen und wundern sich, wieso der ›wirkliche‹ Virgil Tibbs anders aussieht als der Schauspieler.

Der vorliegende Roman fällt, wie es sich nach Ernst Bloch für einen guten Detektivroman gehört, mit der Leiche ins Haus: Ein Pfadfinderführer findet in einem großen Park ein seit längerem totes junges Mädchen, und gleich der erste herbeigerufene Polizist denkt daran, daß dies die traurige Lösung einer regionalen cause celèbre sein könnte: Seit einem Jahr ist die einzige Tochter des reichsten Mannes der Gegend spurlos verschwunden – bei einem offiziellen Mittagessen hatte sie die Toilette aufgesucht und wurde nie mehr gesehen. Alle Bemühungen diverser Polizeistellen und dreier Privatdetekteien waren fruchtlos geblieben, doch als Herbert Friedkin die Gewißheit hat, daß die junge Tote nicht seine Tochter ist, bittet er Pasadenas Polizeichef persönlich darum, mit Virgil Tibbs seinen besten Mann erneut auf den Fall anzusetzen. Er will ihn sich sozusagen persönlich ausleihen und alle entstehenden Kosten tragen – als Parallele erinnert er daran, daß Tibbs schließlich auch in dem Mordfall in den Südstaaten der dortigen Gemeinde befristet zur Verfügung gestellt worden sei. Da Friedkin der mit Abstand wichtigste Bürger Pasadenas ist, der seiner Stadt bei Bedarf komplette Krankenhausflügel stiftet, entsprechen die Behörden gern seinem Wunsch.

Auch Tibbs selber, der sich selbstverständlich weiterhin vor allem Pasadena verpflichtet fühlt, behagt dieser Sonderauftrag, über dem die Suche nach der Identität und vor allem nach dem Mörder der jungen Toten aus dem Park natürlich nicht zu kurz kommen darf. Auch sonst ermittelt er, darin seinem französischen Kollegen Maigret ähnlich, überwiegend einzelgängerisch wie ein Privatdetektiv, wenn er auch die Möglichkeiten des gewaltigen US-Polizeiapparats dankbar benutzt.

Tibbs weiß, daß er nur eine einzige Chance hat: Will er wirklich Neues finden, muß er tiefer graben, als bisher geschehen ist – der tiefen Verwandtschaft zwischen Detektion und Archäologie ist am Beispiel des Ehepaares Dame Agatha Christie und Sir Max Mallowan im Herbst 1999 eine Ausstellung des Ruhrlandmuseums Essen gewidmet. Und Tibbs weiß auch, daß es bei den Stellen, an denen er graben will, keine Tabus geben darf, wie sie sich bei extrem puritanischen Eltern mit einer soeben mündigen Tochter quasi automatisch einstellen. Entsprechend ertappt er die Friedkins auch sogleich bei der Unterdrückung einer Information, die fast einer Lüge gleichkommt. Dies entspricht der Scharfsinnsprobe, mit der häufig Sherlock Holmes' Fälle beginnen: Tibbs wird während seiner gesamten Ermittlungen in beiden ihm anvertrauten Fällen seine Erfolge dadurch erringen, daß er bei seinen häufig schon x-mal verhörten Gesprächspartnern konzentriert auf kleinste Nuancen ihrer Reaktionen achten wird, aus denen er dann jede wie auch immer begründete Abweichung von der Wahrheit erschließt. Hiervon wiederum wird er dosiert Gebrauch machen – von der subtilen Erpressung bis zur direkten Verkündung des Verschwiegenen oder Geleugneten. Symbolisch hierfür steht eine Tibbs faszinierende Buddha-Statue aus der Ostasiatica-Sammlung der Friedkins: Ihre gegen die ikonographische Tradition geöffneten Augen, denen der Roman den Titel verdankt, wirken »hypnotisch durchdringend«, als seien sie »in der Lage, jedem Gegenüber tief in sein Innerstes zu sehen« und dabei »zu tiefen Einsichten« zu kommen. Daß er diese Einsichten gelegentlich auch soliden Literaturkenntnissen verdankt wie sonst nur die zitatenjagenden Detektive der orthodoxen Van Dine-Carr-Innes-

Crispin-Schule unterstreicht das Ineinander von genretypischem Spiel und Realismusanspruch, das Balls Romane kennzeichnet.

Mehr als die meisten seiner literarischen Kollegen, die häufig der reine Forscherehrgeiz und die wissenschaftliche Neugier antreiben, hat Virgil Tibbs ein ethisches, wenn auch durchaus persönlich begründetes Motiv. Seit der Tötung eines schwarzen Jungen, dessen Leben nach damaligen Südstaaten-Kriterien kaum einen Wert besaß, kämpft Virgil für Gerechtigkeit ohne Ansehen der Person, sozusagen für das Menschenrecht auf Leben.

Die realistisch geschilderte Routine des Polizeiapparates und die genialen Einsichten des Einzelgängers Tibbs führen schließlich zur Lösung beider Fälle. Danach wird es niemals wieder so sein wir vorher. Entgegen der Meinung vieler Kritiker kennt der Detektivroman kein happy ending – Richard Alewyn hat ihn deshalb zu Recht das Gleichnis der Zerstörung einer heilen Welt genannt. Nichts war, wie es schien, fast alles war bloße Fassade, und Virgil Tibbs Beobachtungen wirken bei seinem letzten Besuch bei der Familie der Verschwundenen wie bittere Ironie: »Das Haus der Friedkins verriet großen Reichtum, noch deutlicher jedoch einen erlesenen Geschmack, der jede Kritik von selbst verbot.«

Volker Neuhaus

DUMONT's Kriminal-Bibliothek

»Knarrende Geheimtüren, verwirrende Mordserien, schaurige Familienlegenden und, nicht zu vergessen, beherzte Helden (und bemerkenswert viele Heldinnen) sind die Zutaten, die die Lektüre zu einem Lese- und Schmökervergnügen machen. Der besondere Reiz liegt in der Präsentation von hier meist noch unbekannten anglo-amerikanischen Autoren.« *Neue Presse/Hannover*

Band 1001	Charlotte MacLeod	**»Schlaf in himmlischer Ruh'«**
Band 1005	Hampton Stone	**Tod am Ententeich**
Band 1006	S. S. van Dine	**Der Mordfall Bischof**
Band 1007	Charlotte MacLeod	**»...freu dich des Lebens«**
Band 1012	Charlotte MacLeod	**Die Familiengruft**
Band 1016	Anne Perry	**Der Würger von der Cater Street**
Band 1022	Charlotte MacLeod	**Der Rauchsalon**
Band 1025	Anne Perry	**Callander Square**
Band 1026	Josephine Tey	**Die verfolgte Unschuld**
Band 1028	Leslie Thomas	**Dangerous Davies, der letzte Detektiv**
Band 1029	S. S. van Dine	**Der Mordfall Greene**
Band 1030	Timothy Holme	**Tod in Verona**
Band 1031	Charlotte MacLeod	**»Der Kater läßt das Mausen nicht«**
Band 1033	Anne Perry	**Nachts am Paragon Walk**
Band 1035	Charlotte MacLeod	**Madam Wilkins' Pallazzo**
Band 1037	Charlotte MacLeod	**Der Spiegel aus Bilbao**
Band 1041	Charlotte MacLeod	**Kabeljau und Kaviar**
Band 1042	John Dickson Carr	**Der verschlossene Raum**
Band 1044	Anne Perry	**Rutland Place**
Band 1045	Leslie Thomas	**Dangerous Davies... Bis über beide Ohren**
Band 1046	Charlotte MacLeod	**»Stille Teiche gründen tief«**
Band 1048	Timothy Holme	**Morde in Assisi**
Band 1050	Anne Perry	**Tod in Devil's Acre**

Band 1054	Timothy Holme	**Der See des plötzlichen Todes**
Band 1057	Sarah Caudwell	**Adonis tot in Venedig!**
Band 1058	Phoebe Atwood Taylor	**Die leere Kiste**
Band 1059	Paul Kolhoff	**Winterfische**
Band 1060	**Mord als schöne**	**Kunst betrachtet**
Band 1061	Lee Martin	**Tod einer Diva**
Band 1062	S. S. van Dine	**Der Mordfall Canary**
Band 1063	Charlotte MacLeod	**Wenn der Wetterhahn kräht**
Band 1064	John Ball	**In der Hitze der Nacht0**
Band 1065	Leslie Thomas	**Dangerous Davies... Auf eigene Faust**
Band 1066	Charlotte MacLeod	**Eine Eule kommt selten allein**
Band 1067	Lee Martin	**Mörderisches Dreieck**
Band 1068	Paul Kolhoff	**Menschenfischer**
Band 1069	Ellery Queen	**Das ägyptische Kreuz**
Band 1070	John Dickson Carr	**Mord aus Tausendundeiner Nacht**
Band 1071	Lee Martin	**Tödlicher Ausflug**
Band 1072	Charlotte MacLeod	**Teeblätter und Taschendiebe**
Band 1073	Phoebe Atwood Taylor	**Schlag nach bei Shakespeare**
Band 1074	Timothy Holme	**Venezianisches Begräbnis**
Band 1075	John Ball	**Das Jadezimmer**
Band 1076	Ellery Queen	**Die Katze tötet lautlos**
Band 1077	Anne Perry	**Viktorianische Morde** (3 Romane)
Band 1078	Charlotte MacLeod	**Miss Rondels Lupinen**
Band 1079	Michael Innes	**Klagelied auf einen Dichter**
Band 1080	Edmund Crispin	**Mord vor der Premiere**

Band 1064

John Ball

In der Hitze der Nacht

Eine Kleinstadt in den Südstaaten der USA: In einer schwülen Sommernacht wird ein Toter auf der Straße gefunden. Die Kleinstadtpolizisten verdächtigen sofort Virgil Tibbs, einen schwarzen Durchreisenden. Verärgert müssen sie jedoch feststellen, daß Tibbs ein Experte der Mordkommission ist. Doch da es weder Zeugen noch Anhaltspunkte noch Motive gibt, ist die örtliche Polizei auf seine Hilfe angewiesen. Schafft es Tibbs gegen die Widerstände der Einheimischen, den brutalen Mord aufzuklären?
Dieser Krimi ist die Vorlage zu dem berühmten Film »In the heat of the night« mit Sidney Poitier in der Hauptrolle.

Band 1075

John Ball

Das Jadezimmer

Ein chinesischer Jadehändler liegt tot auf dem Boden einer Villa in Pasadena, Kalifornien. Um seinen Kopf bilden vier Jadestücke einen Halbkreis, ein fünftes steckt im Herz – das Ya-Chang Ritualmesser.
Wer hat den Händler ermordet? War es die schöne halb-schwarze, halb-japanische Yumeko, die bei ihm lebte? Johnny Wu, ein reicher amerikanischer Chinese? Ein anderer Kunde? Oder ein politischer Feind aus Übersee? Mordkommissar Virgil Tibbs gerät auf seiner Suche nach dem Mörder in eine tödliche Mischung von harten Drogen, Agenten aus dem kommunistischen China und der Exotik des Jadehandels.

Band 1071

Lee Martin

Tödlicher Ausflug

Als die Polizistin Deb Ralston zu Hause die lapidare Notiz ihres 16jährigen Sohnes Hal findet, daß er mit seiner Freundin Lorie für ein paar Tage nach Los Alamos fahren will, und zwar per Anhalter, ist sie rasend vor Wut. Sie heftet sich an die Fersen der Teenager, um sie nach Hause zurückzuholen. Doch die Spur findet ein blutiges Ende, als Deb entdeckt, daß Lorie verschwunden ist und ihr Sohn Hal unter Mordverdacht im Gefängnis sitzt. Wer ist das Mädchen, das in Lories Schlafsack ermordet aufgefunden wurde? Trotz ihrer fortgeschrittenen Schwangerschaft – Deb ist im achten Monat – versucht sie gemeinsam mit der örtlichen Polizei, ihren Sohn zu entlasten und Lorie zu finden.

Band 1072

Charlotte MacLeod

Teeblätter und Taschendiebe

Sarah und ihr Mann Max sitzen mit dem Rest des Kelling-Clans zusammen, um eine Wohltätigkeits-Auktion zu planen. Onkel Fredericks Sammlung von antikem Nippes soll unter den Hammer kommen, um mit den Erlösen den Ausbau des Senior Citizens Recycling Center zu finanzieren. Man sitzt gerade beim Tee, als die Nachricht von der Ermordung eines Mitglieds des Centers die Ruhe des Abends stört. Und was Cousine Theonia in den Teeblättern liest, läßt nichts Gutes ahnen ...
Charlotte MacLeod, geb. 1922 in Kanada und aufgewachsen in Massachusetts, USA. Ihre Krimi-Serien haben begeisterte Leser gefunden.

Band 1073
Phoebe Atwood Taylor
Schlag nach bei Shakespeare

Durch Boston weht ein eisiger Wind, der durch Martin Jones' dünnen Anzug dringt. Abgesehen von einer Tasche mit Golfschlägern ist ihm sonst nichts mehr geblieben. Außerdem ist ihm die Polizei auf den Fersen. Jones kann sich denken, was die von ihm wollen... Er ist erleichtert, erst einmal Unterschlupf in »Peters Antiquariat« zu finden. Was für eine Überraschung, daß ausgerechnet sein alter Freund Leonidas Witherall in dem Buchladen arbeitet. Dann findet man im Laden die Leiche von Professor John North mit zerschmettertem Kopf, und Jones wird sofort verhaftet. Zum Glück ist Leonidas Witherall von seiner Unschuld überzeugt. Sie zu beweisen, ist eine andere Sache.

Band 1074

Timothy Holme

Venezianisches Begräbnis

Der letzte Band der Achille-Peroni-Serie führt den Inspektor nach Venedig. Die ganze Stadt wartet auf die alljährliche Gondelregatta, auf die schon wilde Wetten abgeschlossen werden. Peroni stößt zwischen kriminellen Gondolieri und bröckelnden Adelspalästen auf ein Netz aus Intrigen. Eine Spur führt ins 18. Jahrhundert zum venezianischen Dramatiker Goldoni. Ist alles nur Theater? Aber irgendwo zwischen den Kanälen und Lagunen wird der Mörder wieder zuschlagen. Achille Peroni deckt mit neapolitanischem Temperament, Scharfsinn und unbestechlicher Entschlossenheit die erstaunlichen Hintergründe des Mordes auf.

Band 1076

Ellery Queen

Die Katze tötet lautlos

Manhattan, Ende der vierziger Jahre, eine Serie von Morden versetzt die Stadt in Panik. Die Boulevardblätter haben dem Mörder einen Namen gegeben: Katze. Für jeden Toten zeichnen ihr die Cartoonisten einen weiteren Schwanz.

Die Katze sucht ihre Opfer wahllos. Und immer bei Nacht. Niemand kann sich vor ihr sicher fühlen. Am Tatort hinterläßt sie nichts als die Leiche mit einem sorgsam geknoteten Seidenfaden um den Hals. Und am nächsten Tag grinst den Lesern aus der Zeitung wieder die Katze entgegen und hat einen Schwanz mehr. Ellery Queen hat viele Knoten zu lösen.

Band 1078

Charlotte MacLeod

Miss Rondels Lupinen

Professor Peter Shandy fährt an die Küste, um blumigen Gerüchten auf den Grund zu gehen. In den wildesten Farben erzählt man sich von prächtigen Lupinen, die hier gedeihen sollen.
Noch andere Überraschungen findet Shandy auf Miss Rondels Farm. Tiere und Pflanzen strotzen vor gespenstischer Gesundheit und auch die alte Dame selbst ist seltsam quicklebendig. Im Gegensatz zu Jasper Flodge, der eines Tags tot über seinem Teller Hühnerfrikasse zusammenbricht.
Peter Shandy darf seinen botanischen und detektivischen Leidenschaften nach Herzenslust frönen. Ein Band aus der Balaclava-Serie.

Band 1079

Michael Innes

Klagelied auf einen Dichter

Niemand ist traurig, als Ranald Guthrie stirbt. Man munkelt, der gefürchtete Schloßherr habe sich in einer Winternacht von seiner Burg in den schottischen Highlands gestürzt. Gerüchte von Eifersucht, Rache, Irrsinn und Liebe kursieren.

Was nach Selbstmord aussieht, entpuppt sich jedoch als Verwechslungsspiel. Schließlich bringt das Klagelied auf einen Dichter Rechtsanwalt Wedderburn auf die Spur grausiger Vorgänge.

Band 1080

Edmund Crispin

Mord vor der Premiere

Elf Personen steigen an einem Oktobernachmittag im Bahnhof Oxford aus dem Zug. Sie reisen in verschiedenen Klassen und und in verschiedener Mission. Nach Ablauf einer Woche sind drei von ihnen tot. Yseut Haskell, die schöne und provokative Schauspielerin, wird mit einer Kugel im Kopf aufgefunden. Keiner hat sie gemocht. Am wenigsten der Regisseur Robert Warner. Doch wie läßt sich der Verdacht des Literaturkritikers Gervase Fen beweisen? Unvermutet findet er sich in der Rolle des Detektivs wieder.